Lydia Pointvogl

Absurdes Angebot

Das Buch
Als Eva ihren neuen Nachbarn Simon kennenlernt, ist dieser sicher, sie aus dem gemeinsamen Heimatdorf ihrer Kindheit zu kennen. Doch Eva erinnert sich nicht.

Simon sucht die Nähe zu Eva und drängt sich zunehmend in ihr Leben, auch beruflich, was sich für sie zunächst als Glücksfall darstellt. Als Simon behauptet, sie hätte in ihrer Jugend etwas Schreckliches getan, macht er ihr ein absurdes Angebot, mit dem er sie regelrecht verfolgt. Sie soll seine Frau töten. Eva kann sich Simon nicht entziehen und gerät immer mehr unter Druck.

Die Autorin
Lydia Pointvogl war im Bereich Kommunikation in einem großen Unternehmen tätig und leitete zuletzt eine Kleinkunstbühne. Sie lebt in München und hat einen Sohn.

Absurdes Angebot ist ihr zweiter veröffentlichter Roman. Mit *Falscher Schatten* fand sie bereit begeisterte Leser.

Lydia Pointvogl

Absurdes Angebot

Roman

Bibliografische Information
der Deutschen Nationalbibliothek:
Die Deutsche Nationalbibliothek verzeichnet diese
Publikation in der Deutschen Nationalbibliografie;
detaillierte bibliografische Daten sind im Internet über
www.dnb.de abrufbar.

Umschlaggestaltung: Lydia Pointvogl
unter Verwendung einer Zeichnung von Helga Pointvogl
Herstellung und Verlag:
BoD – Books on Demand, Norderstedt

ISBN 9783750487031

www.lydia-pointvogl.de

**Habe keine Angst
vor der Kraft der Vergangenheit,
auch wenn sie jeden Tag wiederkehrt.**

1. Kapitel

Mitte Januar. Es war eisig kalt und windig. Gefühlte Temperatur mindestens zehn Grad unter null. Eva kaufte sich eine warme Bettdecke und fuhr dann zum Kreisverwaltungsreferat, um ihren Personalausweis verlängern zu lassen.

Sie zog eine Nummer, setzte sich in den Wartebereich und rechnete sich aus, wie lange es dauern würde, bis sie an der Reihe war. Die Leute, die auf diesen unbequemen Stühlen um sie herum saßen, wirkten fahl, grau, müde – oder unruhig, gestresst, wippten mit einem Bein und blickten permanent auf die Anzeigentafel mit der aktuell aufgerufenen Nummer. Eine hübsche Frau, die ihr schräg gegenübersaß, fiel ihr auf, weil sie so verliebt vor sich hinlächelte. Der Mann neben ihr – er trug eine Strickmütze – betrachtete die Frau von der Seite. Anscheinend gefiel sie ihm. Dann sah er hoch und sein Blick traf Eva. Er schien irritiert zu sein und seine Augen wanderten unruhig im Raum umher, bis sie wieder an Eva hängen blieben. Sie hatte den Eindruck, den Mann von irgendwoher zu kennen, als hätte sie mit ihm schon mal was zu tun gehabt. Sie fragte sich, ob das etwas Angenehmes war, aber sie konnte sich nicht erinnern. Sie sah weg – er war ihr nicht besonders sympathisch. Dann wurde endlich ihre Nummer aufgerufen.

Als sie aus dem Antragszimmer kam, saß der Mann immer noch da und beobachtete sie, wie sie mit ihrer großen Einkaufstüte hantierte. Sie hoffte, dass er sie nicht ansprach, denn sie hatte keine Lust, mit diesem Mann in Kontakt zu treten. Sie drehte ihm demonstrativ den Rücken zu und verschwand zügig in Richtung Ausgang.

Es schneite. Schon wieder. Eva mochte keinen Schnee – das Weiß, das in der Stadt nach kurzer Zeit nur noch dreckig braun war; Schnee, der überall in Haufen herumlag und zu nichts nütze war. Sie flüchtete hin und wieder in eine Privatsauna, in der es viele Grünpflanzen gab, Wandgemälde mit Meer und Sonne sowie einen Whirlpool. Am liebsten wäre sie jetzt sofort dort hingefahren, sie hatte aber keine Saunasachen dabei. Frierend fuhr sie nach Hause und hatte das Gefühl, kurz davor zu stehen, in ein psychisches Loch zu fallen. Sie rief, wie schon seit langem – seit sehr vielen Jahren – immer die gleiche Nummer an, wenn es ihr schlecht ging: die Nummer einer psychologischen Praxis, die auch anonyme telefonische Beratungen durchführte. Eva bezeichnete diese Art der Beratung als Telefonseelsorge. Obwohl die Telefonate mit der psychologischen Praxis kostenpflichtig waren, leistete sich Eva diesen Luxus, weil sie sich nach diesen Gesprächen tatsächlich sehr oft besser fühlte. Die Telefonseelsorge der Kirche, die kostenlos gewesen wäre, hatte sie nie ausprobiert, da sie dachte, dass man dort Probleme vorwiegend unter religiösen Aspekten betrachten würde, was natürlich nicht stimmte. Aber das wusste Eva nicht.

„Hallo. Ich bin es. Eva."

Man kannte sie. Alle Berater – es waren vier Psychologen, zwei Männer und zwei Frauen – hatten mit ihr schon gesprochen.

„Hallo Eva. Wie geht es dir?" Am Apparat war der Mann mit der dunklen Stimme, der sich Leo nannte. Eva war sich sicher, dass er in Wirklichkeit anders hieß, doch das war unwichtig.

„Ich habe meinen Ausweis verlängern lassen."

„Gut. Und sonst?"

„Es ist so kalt. Mir ist kalt. Innerlich. Ich könnte mich jetzt ins Bett legen und schlafen, jetzt um zwölf Uhr mittags."

„Und warum tust du es nicht?"

„Ich bin doch keine alte Frau, die einen Mittagsschlaf braucht. Ich bin sechsunddreißig. Das ist doch abartig."

„Das finde ich nicht. Du kannst es dir ruhig genehmigen, wenn es dir guttut", sagte Leo besänftigend.

„Alle Leute arbeiten. Ich habe nichts zu tun. Gestern habe ich zwei Absagen bekommen. Ich habe keine Lust mehr, Bewerbungen zu verschicken. Es frustriert mich, nicht gebraucht zu werden, keine Kollegen zu haben, mich immer selbst beschäftigen zu müssen. Mein Kopf ist leer. Am liebsten würde ich mit diesem Scheißschädel gegen eine Wand donnern."

„Vor Kurzem hast du mir gesagt, dass du dich hübsch findest. Du darfst deinen Schädel gar nirgends hindonnern lassen, den brauchen wir noch."

„Wer soll denn dieses *Wir* sein? Da ist niemand. Ich bin ein einsamer Single, das weißt du. Für meine Freundinnen brauche ich nicht hübsch zu sein", jammerte Eva und hoffte unbewusst, dass Leo sagen möge, wie schon öfter, sie fände sicher bald einen Mann, der zu ihr passen würde. Er sagte es nicht, stattdessen forderte er sie auf, ihre Bewerbungen kritisch unter die Lupe zu nehmen und mit anderen darüber zu reden. Und sie sollte sich doch mal wieder mit ihren Exkollegen treffen.

„Mit meinen Exkollegen? Ich habe sie schon Monate lange nicht mehr gesehen."

„Dann wird es Zeit. Tausch dich mit ihnen aus. Das ist doch besser, als mit dem alten Leo zu quatschen."

„Gott, bist du heute realistisch." Eva wusste, dass er recht hatte.

Sie zog ihre Bettdecke aus der Tüte und roch daran.

Gott sei Dank stank sie nicht. Sie hatte vergessen, im Kaufhaus daran zu riechen.

Sie bezog das komplette Bett frisch und legte sich darauf. Sie sah sich um in ihrem Apartment, das gerade mal vierzig Quadratmeter groß war: Ein kleiner Flur, von dem aus es rechts ins Bad ging, dann in die winzige Küche, immerhin mit einem Fenster. Der Rest war der eigentliche Wohnraum mit einer Nische für das Bett. Sie liebte diese Wohnung nicht besonders, hätte gerne noch ein zweites Zimmer gehabt, aber das konnte sie sich momentan nicht leisten.

Eva war seit sieben Monaten arbeitslos. Als sie vor drei Jahren in das Apartment – in einem nicht ganz so guten Viertel Münchens – zog, sollte das nur vorübergehend sein, bis sie wieder eine richtige Wohnung gefunden haben würde. Aus der vorigen Wohnung zog sie aus, da diese komplett renoviert wurde und sie nicht bereit war, die geforderte Mieterhöhung zu zahlen. Nun hockte sie, so empfand sie es, in diesem Apartment fest – zwar mit schöner Einbauküche, aber ohne Bewegungsmöglichkeit. Manchmal fühlte sie sich wie im Gefängnis. Dann musste sie raus und irgendetwas erledigen oder nur um den Häuserblock laufen. Im Internet zu surfen, angeblich eine Lieblingsbeschäftigung von Arbeitslosen, befriedigte sie nicht – im Gegenteil: Das Internet war für sie als Webdesignerin und Softwaretrainerin ihr kreatives Metier. Sie sehnte sich danach, wieder zu arbeiten für Chefs, Kollegen, Kunden – Kunden, die es nicht mehr gab und wohl auch nicht mehr geben würde. An Selbständigkeit hatte sie zwar öfter gedacht, aber dabei blieb es, denn Eigenmarketing und Akquise waren nicht ihre Stärke.

Die nächsten Tage ging sie ihre Bewerbungsaktivitäten mit neuem Schwung an. Leo hatte sie motiviert, wieder ins Leben einzutauchen, anstatt sich sinnlosen Gedanken hinzugeben. Sie rief mehrere Exkollegen an, besprach mit ihnen ihre und deren Situation und erfuhr, dass in ihrer alten Firma mittlerweile niemand mehr mit Festanstellung arbeitete. Es gab nur noch Honoraraufträge und sie war nicht die Einzige, die bislang keinen Job gefunden hatte. Ihr Selbstmitleid relativierte sich ein wenig.

Sie verabredete sich mit zwei früheren Kolleginnen zu einer lustigen Frauenrunde. Und sie traf Robert. Mit ihm verbrachte sie einen besonders netten Abend – ein Kollege, mit dem sie sich intellektuell schon immer gut verstanden hatte. Als Mann war Robert für sie kein Thema, da er verheiratet war, und Eva sich mit keinem verheirateten Mann einlassen wollte. Robert brachte sie mit seinem Auto vom gemeinsamen Restaurantbesuch nach Hause und setzte sie vor dem Hauseingang ab. Sie gaben sich ein Küsschen und beschlossen, sich bald wieder zu treffen.

Gut gelaunt ging sie zum Fahrstuhl. Ein Mann stieg aus. Irgendeiner. Sie kannte ihn nicht, so wie sie kaum jemanden in dem Wohnhaus kannte. Es gab dreißig Parteien mit einer hohen Fluktuation. Ständig zogen Leute ein und aus, was Eva im Grunde unerträglich fand. Sie hätte lieber Nachbarn gehabt, mit denen man auch mal reden konnte. Das war nicht der Fall, alle lebten in der Anonymität.

Der Mann grüßte sie sehr freundlich: „Einen schönen guten Abend" – und lächelte Eva an. Eva überraschte dies, denn mehr als „hallo" sagte hier normalerweise kaum einer. Sie betrat ihr Apartment und lüftete. Die Luft empfand sie immer als stickig, wenn die Fenster mehrere Stunden geschlossen waren.

Es war bereits dreiundzwanzig Uhr, aber ihre Freundin Brigitte konnte sie um diese Uhrzeit ohne weiteres noch anrufen.

„Hier ist Eva. Bist du noch telefonfähig?"

„Hallo, du Nachtgeist. Was gibt's? Wie geht es dir?"

„Normal. Nichts Besonderes."

„Noch kein neuer Job in Sicht? Kein Lottogewinn?

11

Keine interessanten Männerbekanntschaften?"

„Nichts dergleichen."

„Weil du wahrscheinlich nur zu Hause sitzt." Aus Brigittes Sicht war Eva zu wenig aktiv und oft blind für das, was sich in ihrer unmittelbaren Umgebung abspielte, nicht offen für Chancen, die sich ihr boten.

„Stimmt nicht", verteidigte sich Eva. „Ich habe mich gerade mit einem Exkollegen getroffen und ... ein freundlicher Mann ist mir beim Fahrstuhl begegnet."

„Habt ihr euch unterhalten?"

„Meinst du den Mann vom Fahrstuhl?"

„Ja. Dass du dich mit deinem Exkollegen unterhalten hast, ist mir schon klar."

„Nein, das nicht. Er hat nur sehr nett gegrüßt. Irgendwie kam er mir bekannt vor."

„Und?"

„Er sah mich so – wie soll ich sagen? – *direkt* an."

„Und weiter?"

„Nichts weiter."

„Das nächste Mal sprichst du ihn einfach an, im Sinne von ‚kennen wir uns nicht von irgendwoher'?"

„Ich weiß nicht. Wahrscheinlich bilde ich mir das sowieso nur ein."

„Eine Frage und du weißt Bescheid. Und wenn du dich getäuscht haben solltest ... ja und? Vielleicht ergibt sich ein Gespräch. Ist doch spannend."

„So spannend nun auch wieder nicht."

„Seit einer Ewigkeit höre ich von dir, dass du gerne mal wieder einen Mann kennenlernen würdest. Und wenn du die Chance hast, dann lässt du sie dir entgehen."

„Das war doch kein potentieller Partner, sondern nur eine Treppenhausbegegnung. Ich bitte dich!" Dann erzählte Eva, dass sie ein neues Kartoffelgratin-Rezept ausprobiert hatte und von ihrem Treffen mit Robert. Und stellte dabei fest, dass ihre Erlebnisse kaum erwähnenswert waren, aber etwas Aufregenderes fand in ihrem Leben momentan nicht statt. „Und was gibt es bei dir

Neues?"

„Mein lieber Sohn wollte mal wieder nicht in die Schule gehen. Irgendwas stimmt in dieser Klasse nicht. Ich muss mal mit seinem Klassenlehrer reden."

Brigitte war geschieden und auch Single. Ihr Sohn ging in die erste Klasse. Eva und Brigitte lernten sich in einem Kurs für Bildhauerei kennen. Beide wollten mit ihren Objekten Geld verdienen, indem sie sie im Internet anboten. Doch sie verkauften nichts, gar nichts, nicht eine einzige Figur. Schließlich standen sie mit ihrer wohl doch nicht so großen Kunst auf einem Flohmarkt. In gewisser Weise schmolz sie ihr künstlerischer Misserfolg zusammen und sie wurden gute Freundinnen.

„Bei mir gibt's nichts Neues" Brigitte zögert kurz. „Noch nicht. Wir müssen uns bald treffen, dann können wir ausgiebig quatschen."

„Hast du jemanden kennengelernt?"

„Nicht wirklich, aber ... ach das erzähle ich dir, wenn wir uns sehen."

„Besuche mich doch demnächst. Ich bin neugierig. "

„Ich ruf dich an. Aber jetzt muss ich ins Bett. Gute Nacht."

Eva hatte den Müll hinuntergetragen. Eigentlich lohnte es sich kaum, aber es war ein Grund, sich ein wenig zu bewegen. Sie lief gerade in den vierten Stock zu ihrem Apartment hoch, da kam ihr wieder der Mann entgegen, der sie neulich so freundlich – ein wenig zu freundlich, so empfand sie das im Nachhinein – gegrüßt hatte, gut gekleidet mit Anzug und Krawatte und einem hellen Schal; einen Mantel im Arm. Sie war sich sicher, dass es sich um denselben Mann handelte. Es war ein kurzer Moment, bevor sie aneinander vorbeiliefen, in dem sie beide ihre Schritte verlangsamten, fast zeitgleich „hallo" sagten und sich anlächelten. Eva fragte spontan, ermuntert durch Brigittes Motivation, ob es sein könnte, dass sie sich von irgendwoher kannten.

„Wir sind uns schon mal begegnet, in der Tat."

„Ach ja?" Eva war erstaunt. Sie hatte sich also nicht getäuscht. „Und wo?"

„Im Warteraum des Kreisverwaltungsreferats. Sie hatten eine riesige Einkaufstüte dabei.

„Im Kreisverwaltungsreferat?"

„Wahrscheinlich erinnern Sie sich nicht. Ich hatte eine dicke Strickmütze auf."

„Das waren Sie? Der Mann mit der Strickmütze?"

„Ja. Ich hatte keine Lust, sie abzunehmen. Mich fror."

„Sie haben mich – es tut mir leid, dass ich das sagen muss – etwas eindringlich angesehen."

„Das war nicht meine Absicht."

„Nicht so schlimm", beschwichtigte Eva. Sie betrachtete ihn kritisch und interessiert und wunderte sich, dass sie nun mit diesem Mann hier im Treppenhaus stand. „Entschuldigen Sie, aber darf ich Sie fragen, was Sie hier tun? Sie waren doch vor ein paar Tagen schon mal da. Es war später Abend und Sie kamen gerade aus dem Aufzug, als ich einsteigen wollte. Das waren doch Sie, oder?"

„Ja, das war ich. Ich denke, wir werden uns in Zukunft noch öfter sehen. Ich bin hier gerade eingezogen. Ich heiße Schmidt." Er reichte ihr die Hand.

Eva stellte sich als „Hanke" vor. „Herzlich willkommen. In welchem Stockwerk wohnen Sie?"

„Im vierten, wie Sie."

„Woher wissen Sie das?"

„Vom Türschild."

„Ach so?"

„Ich wohne gegenüber von Ihnen", sagte er. „Aber – sollten wir uns nicht duzen, wenn wir schon quasi Tür an Tür wohnen? Ich bin Simon."

Eva fühlte sich zwar ein wenig überrumpelt, wollte aber keinen abweisenden Eindruck hinterlassen, zumal sie sich immer gewünscht hatte, mit einem Nachbarn in Kontakt zu kommen. Aber ob es ausgerechnet dieser

14

Mann sein musste? Jetzt, wo sie mit ihm sprach, war er ihr fast ein wenig unheimlich. Er hatte so stechend hellblaue Augen, die einen durchbohrten. Dennoch ließ sie sich auf seinen Vorschlag ein. „Ich bin Eva."

„Hallo Eva." Wieder reichte er ihr die Hand. „Auf eine gute Nachbarschaft."

Mal sehen, dachte sich Eva und wiederholte seine Begrüßungsformel: „Auf eine gute Nachbarschaft."

Es dauerte nicht lange, genau zwei Tage, und sie begegneten sich schon wieder. Simon war dabei, mehrere zerschnittene Kartons und anderen Abfall zu den Mülltonnen zu bringen, als Eva mit Einkaufstüten nach Hause kam, und sie im Erdgeschoss aufeinandertrafen.

„Guten Abend Eva. Wenn man umzieht, kann man viel Überflüssiges wegwerfen", sagte Simon und setzte die Kartons mitten im Durchgang ab, um besser mit Eva reden zu können. „Warst du einkaufen?" Er sah ihr direkt und tief in die Augen.

„Ja, ich war einkaufen. Hallo." Simons Blick war ihr in diesem Moment viel zu intensiv. Sie drehte sich um zu ihrem Briefkasten und sah ihre Post durch.

Er machte keine Anstalten, seinen Müll wegzutragen, sondern wartete bis Eva wieder bereit war, mit ihm zu reden. Das war sie aber nicht.

„Ich muss hoch", sagte sie. „Darf ich bitte durch?"

„Ja klar." Er zog die Kartons beiseite und ließ sie vorbeigehen, wobei er sie von oben bis unten betrachtete.

Eva spürte, als sie zum Aufzug ging, dass sein Blick an ihr kleben blieb und sie dachte: Eigentlich müsste ich es gut finden, wenn mir ein Mann nachschaut. Aber sie fühlte sich unwohl.

Sie sperrte ihre Wohnungstür auf und warf sie mit einem Fuß zu. „Komischer Typ", murmelte sie und trug ihre Einkäufe in die Küche. Obst, Gemüse, Milch und Brot – das Nötigste für die nächsten Tage.

Es klingelte. Sie war sich sicher, dass er es war.

Genervt öffnete sie die Tür, aber da war niemand.

„Wer ist da?", fragte sie dann in die Gegensprechanlage.

„Hier ist Brigitte."

Eva hatte vergessen, dass sich Brigitte für achtzehn Uhr angekündigt hatte, und drückte auf den Öffner. Sie ließ die Tür offen, während sie ihre dicken Winterstiefel auszog. Sie hörte Lärm von gegenüber. Vermutlich stellte dieser Simon irgendwelche Sachen auf den Flur. Neugierig und vorsichtig lugte sie durch den Türspalt und beobachtete, wie er einen durchsichtigen Plastiksack mit Kleidung vor die Tür zerrte. Sie identifizierte die Sachen eindeutig als Frauenkleider. Sogar einen BH konnte sie erkennen.

Da kam Brigitte. „Komm rein!" Eva winkte ihr mit einer Geste, dass sie sich beeilen solle.

„Schau", flüsterte Eva, „gegenüber ist der Typ eingezogen, der mich so freundlich gegrüßt hat. Er sortiert Frauenkleidung aus. Komisch, oder?"

Brigitte warf einen Blick auf den Sack und zuckte mit den Achseln. „Wahrscheinlich hat er sich getrennt und bringt nun die Sachen seiner Ex weg. Ist das wichtig? Du stehst auf ihn. Habe ich recht?"

„Nein, er ist nicht mein Typ. Aber er schaut mich so intensiv an."

„Du wirst ihm gefallen. Übrigens: Ich habe eine Flasche Sekt mitgebracht. Die killen wir jetzt."

„Super."

Sie öffneten die Flasche und machten es sich auf Evas Bett bequem, das bei guten Freunden auch als Sitzmöbel diente. Für ein Sofa war in dem Apartment kein Platz.

„Was gibt es zu berichten?", fragte Eva. „Du hast vielversprechende Andeutungen gemacht."

„Eva, ich glaube – ja ich glaube es wirklich – ich habe mich verliebt." Brigitte umarmte ihre Freundin stürmisch mit dem halbvollen Glas in der Hand.

„Pass auf, du verschüttest den Sekt."

16

„Ja, ja. Schenk lieber nach."

Eva nahm einen großen Schluck und füllte die Gläser.

„Er ist Fahrradkurier. Er kam zu uns in die Firma, um einen Umschlag abzugeben, irgendwas für den Chef, der den Empfang persönlich hätte unterschreiben müssen. Aber weder mein Chef noch seine Sekretärin waren da."

Brigitte verschluckte sich und musste kräftig husten. Hin und wieder wurden in ihrer Abteilung Fahrradkuriere eingesetzt. Brigitte kannte einige von ihnen, aber den Neuen noch nicht.

„Er wollte, dass ich die Empfangsbestätigung unterzeichne, aber ich habe keine Berechtigung. Er sagte, er würde kurz warten … und dann hat er mich so lieb angelächelt. Wir haben uns angesehen. Und wie! Es war Liebe auf den ersten Blick – nun ja Liebe vielleicht nicht, aber eine große Anziehung." Brigitte schwärmte noch eine Weile und konnte das bereits geplante private Treffen mit ihrem Fahrradkurier kaum erwarten.

Eva hörte die Geschichte, nicht mit Neid, aber mit einer gewissen Enttäuschung, dass ihr das nie passierte. „Ich werde mich nie mehr verlieben", jammerte sie wie eine gerade verlassene Frau, die immer verlassen wird.

Dabei war es ganz und gar nicht so. Ihren letzten Freund hatte sie verlassen und den davor auch. Sie konnte ihre Beziehungen meistens nicht lange halten. Entweder langweilten sie die Männer nach kurzer Zeit oder sie empfand sie als zu aufdringlich. Oder die Beziehungen waren oberflächlich und somit uninteressant. Eva tat sich schwer, sich locker, ohne große Ansprüche auf einen Mann einzulassen und abzuwarten, wie es weitergehen würde und wie man sich zusammen entwickelte. Bevor sie sich auf eine engere Bindung einstellen hätte können, war sie schon wieder dabei abzuspringen, wenn dieses oder jenes nicht passte. Sie hatte Angst vor zu großer Nähe, auch wenn ihr das nicht bewusst war. Am längsten und besten funktionierte es mit Männern, die ähnlich ambivalent gelagert waren wie sie, die mit

Nähe und Distanz spielten, die letztendlich genau das gleiche Problem hatten, nämlich sich auf einen Menschen nicht wirklich einlassen zu können. Praktisch sah das immer ähnlich aus: Man rief sich regelmäßig an, hatte aber nie regelmäßig Zeit oder Lust, sich zu treffen. Und es achteten beide sehr genau darauf, dass sich die gegenseitigen Zu- und Absagen die Waage hielten. Es durfte nie ganz sicher sein, ob man füreinander da war und wenn, dann musste das Füreinander bald wieder zum Auseinander werden. Ein Spiel mit einem Reiz, der sich aus Bedürfnissen und Zweifeln nährte.

Brigitte beobachtete dieses Arrangement in Evas Beziehungen schon lange und redete wie ein Weltmeister auf sie ein, dass sie sich endlich mal auf einen Mann richtig einlassen sollte. Vergeblich. Eva verstand zwar, was Brigitte meinte, fühlte es aber nicht. Die Forderung klang in ihren Ohren wie ein Vortrag, ein interessanter zwar, aber eben nur wie Theorie, wie Worte, die man versteht, die aber mit dem eigenen Leben nichts zu tun haben.

„Und was tut sich bei dir?", frage Brigitte.

„Ich habe zwei Bewerbungen weggeschickt. Und ich habe einen komischen Nachbarn. Das weißt du ja schon."

„Wie sieht er denn aus?"

„Normal."

„Gut oder eher nicht gut?"

„Das kann ich nicht sagen. Neutral."

„Neutral? Was soll das denn sein?"

„Ich weiß es nicht. Ich spüre den Sekt", lallte Eva und kicherte.

„Also dann Prost." Auch Brigitte war schon angeheitert.

„Ich habe noch eine Flasche hier. Sollen wir sie noch öffnen?", fragte Eva.

„Gerne. Ich bin in guter Stimmung."

Eva holte die Flasche, gab sie Brigitte zum Öffnen und

legte flotte Musik auf.

„Noch mal prosit", lachte Brigitte. „Auf die Liebe und den Sex."

„Welchen Sex?"

„Na, den hier", sagte Brigitte, küsste Eva auf den Mund und fasste ihr an den Busen.

„Hey, was wird das?"

„Was es wird."

„Lass das. Ich bin nicht lesbisch."

„Ich auch nicht. Aber man kann doch auch mal unter Frauen Spaß haben."

„So siehst du das."

„Genau." Brigitte trank ihr Glas leer und kicherte. „Du darfst auch meinen Busen anfassen, wenn du willst. Ich trage heute nicht mal einen BH."

Eva stellte ihr Glas ab und griff mit beiden Händen nach Brigittes Brüsten und befühlte sie kurz.

„Hast du es schon mal mit einer Frau gemacht?", fragte Brigitte.

„Nein. Und du?"

„Ich auch nicht."

„Hättest du Lust?"

„Oh Gott, nein! Du willst damit hoffentlich nicht sagen, dass du jetzt mit mir ... oder?", fragte Eva, nicht wirklich entsetzt, denn dazu war sie bereits zu betrunken.

„Nein, ich steh wirklich nicht auf Frauen, auch nicht auf dich?"

Sie leerten die zweite Flasche nur noch zur Hälfte. Brigitte fuhr nicht mehr nach Hause.

Der nächste Morgen war für Brigitte bitter und für Eva ernüchternd – nicht nur weil der Alkohol seine Spuren hinterließ. Brigitte schlief nicht besonders gut neben Eva, ihr war kotzübel vom Alkohol. Trotzdem stand sie um sechs Uhr auf, als der Wecker klingelte. Sie musste noch heim, frische Klamotten anziehen, bevor sie zur

Arbeit fuhr. Ihr Sohn war bei ihrer Mutter, sonst wäre sie die Nacht über nicht weggeblieben.

Eva schlief bis acht Uhr, empfand ihre Situation – wieder allein in der Wohnung zu sein, sich um Abwechslung und um Arbeit bemühen zu müssen – nur noch trostlos. Am liebsten wäre sie gar nicht aufgestanden. Wozu auch? Nichts und niemand wartete auf sie. Ein Abend, wie mit Brigitte, war zwar ein netter Spaß unter Alkoholeinfluss, änderte aber nichts an ihrem Leben, das ihr momentan leer und sinnlos erschien.

Dann klingelte es an der Tür. Sie quälte sich hoch. Sie vermutete, dass ein Paket kommen würde, denn sie hatte bei EBay eine Tasche ersteigert. Sie zog sich einen Bademantel über und öffnete die Tür. Vor ihr stand Simon frisch gestylt im Nadelstreifenanzug.

„Oh! Guten Morgen. Habe ich dich aufgeweckt? Das wollte ich nicht. Es tut mir leid."

„Schon gut. Ich war schon wach. Was gibt's?"

„Könntest du mir bitte Kaffee borgen? Mein Haushalt ist noch nicht perfekt." Er streckte ihr einen Kaffeefilter entgegen.

„Natürlich. Warte." Sie ließ Simon an der Tür stehen und füllte den Kaffeefilter mit vier Teelöffeln Pulver.

„Hier, bitte."

„Danke. Wenn du mal was brauchst ..."

„... dann melde ich mich. Schönen Tag." Sie drückte ihm die Tür vor der Nase zu. Es war ihr unangenehm, dass er sie in diesem verschlafenen und zerzausten Zustand sah.

Eva duschte. Dann fühlte sie sich besser. Sie bereitete sich das Frühstück. Während sie das Kaffeepulver in ihren Filter schüttete, überlegte sie, ob das mit dem Kaffee eben nicht nur ein Trick war, um sie zu belästigen – aber warum sollte er das? – oder hatte er tatsächlich ein Auge auf sie geworfen? Letzteres glaubte sie jedoch nicht wirklich. Männer, die sich für eine Frau interessieren, strahlen etwas anderes aus, sind ein wenig unsicher, werden rot oder plustern sich übermäßig auf, überlegte sie. Simon war aber ganz entspannt.

Es klingelte erneut, als sie zu frühstücken begann. Unwillkürlich schreckte sie hoch und stieß dabei ihre Kaffeetasse um.

„Mist verdammter. Wenn das schon wieder dieser Scheiß Simon ist ...", murmelte sie, während sie den sich auf ihrem Tisch ausbreitenden Kaffee mit dem Spültuch aufzufangen versuchte.

Wieder klingelte es. Mit dem Spültuch in der Hand und ziemlich verärgert lief sie zur Tür. Wie sie es sich dachte: es war Simon.

„Was brauchst du jetzt? Vielleicht Milch? Wegen dir habe ich die Kaffeetasse umgeschüttet", fauchte sie.

„Wegen mir?"

„Ja genau. Weil du noch mal geklingelt hast!" Eva merkte, dass ihre Aggression unangemessen war und korrigierte sich. „Nein, entschuldige. Natürlich kannst du Milch haben. Ich bin nur erschrocken."

„Ich wollte dich gewiss nicht erschrecken", sagte Simon besänftigend. „Ich brauche keine Milch und auch sonst nichts. Ich will dich vielmehr fragen, ob du nicht Lust hättest, heute Abend zu mir zu kommen, auf ein Glas Wein, damit wir uns nachbarschaftlich ein bisschen kennenlernen können. Ich würde mich freuen."

„Hm." Eva hatte wenig Lust, war aber von der Einladung trotzdem positiv überrascht. „Wann hast du denn gedacht?"

„Um acht?" Simon zog die Augenbrauen fragend hoch.

„Gut. Aber nur auf ein Glas."

Der Tag verlief, wie sie es befürchtet hatte: Ein Unglück kommt selten allein. Im Briefkasten fand sie zurückgesandte Bewerbungsunterlagen von genau der Firma, von der sie dachte, dass ihr Profil zur Ausschreibung perfekt gepasst hätte. In Momenten wie diesen, wo die Frustration ihren Körper überzog wie eine Hülle aus Zellophan, wo ihr das Atmen schwerfiel und sie kurz davor war, deprimiert zusammenzuklappen, musste sie etwas tun, das sie ablenkte. Zum Beispiel *Telefonjoker* spielen. Als *Telefonjoker* diente irgendjemand in der Stadt und der war dann *fällig*. Hierzu wählte sie eine x-beliebige Nummer und erzählte dem Menschen am anderen Ende der Leitung eine ihrer Geschichten – Geschichten, die sie sich vor langer Zeit für diese Telefonate ausgedacht hatte, um das Leben zu spüren, wie sie das nannte, zu spüren, dass jemand auf sie reagierte, möglichst betroffen oder wenigstens verunsichert, auf ihre Phantasien und Lügen, die für die Angerufenen stets Unangenehmes bedeuteten.

Sie wählte 3 5 8 0 2 1. Da keine Verbindung zustande kam, setzte sie noch eine 5 nach. Und tatsächlich, die Nummer existierte.

„Morawitz", meldete sich eine Frau.

Eva schätzte, dass sie etwa zwischen vierzig und fünfzig Jahre alt war.

„Polizeiinspektion vierzehn. Guten Tag Frau Morawitz. Hier spricht Hauptkommissarin Burgbender", sagte Eva ernst und betont.

„Guten Tag", sagte die Frau zögerlich.

„Frau Morawitz, wissen Sie, wo sich ihr Mann befindet?"

„In der Arbeit nehme ich an."

Bingo, dachte sich Eva. Sie ist verheiratet. Nun kann es losgehen.

„Ihr Mann ist bei uns in der Polizeiinspektion vierzehn. Wir haben ihn aufgegriffen. Er war – wie soll ich sagen – in einer nicht so guten Verfassung."

„Um Gottes Willen, was ist denn passiert?"

„Hat er öfter mal Orientierungsschwierigkeiten, Kreislaufprobleme oder andere Beeinträchtigungen?", fragte Eva sachlich mit neutraler Stimme.

„Nein, warum? Jetzt sagen Sie schon, was mit ihm ist."

„Das wird Ihnen nicht gefallen, Frau Morawitz. Eine Thailänderin hat ihn wahrscheinlich ausgenommen und ihm vielleicht eine Substanz verabreicht und ihn irgendwie auf die Straße befördert. Jedenfalls stand er vor einer Haustür und ist etwas lautstark geworden, deshalb hat man uns geholt. Als wir mit ihm reden wollten, merkten wir, dass er leicht torkelte und etwas verwirrt war. Er sagte, dass die Chicheng, eine Thailänderin, ihn am – sie wissen schon – könne und noch einige andere negative Dinge. Sagt ihnen der Name Chicheng etwas?"

„Nein. Nie gehört. Also ich kann mir das nicht vorstellen, dass Peter ... mitten am Tag ... das muss eine Verwechslung sein."

„Frau Morawitz, am besten wäre es, wenn sie herkommen könnten, um die Sache aufzuklären. Leider haben wir in dem Haus keine Frau Chicheng ausfindig machen können und ihr Mann hat die Tür leicht beschädigt, nur ein paar Kratzer, aber wir würden den Fall gerne abschließen. Ich bin mir nicht sicher, ob ihr Mann richtig auskunftsfähig ist."

„Glauben Sie, er braucht einen Arzt? Wenn es denn wirklich mein Mann ist. Kann ich ihn sprechen?"

Scheiße, dachte sich Eva. Immer wollen sie mit ihren geliebten Göttergatten sprechen. Da gibt's nichts zu sprechen, du Tussi.

„Er ist gerade auf der Toilette. Ich frage mal meinen Kollegen. ‚Anton, schau mal bitte nach Peter Morawitz, wie lange der noch braucht. Seine Frau ist am Telefon und möchte ihn sprechen'." Eva tat so, als ob jemand im Hintergrund gehen würde. Das imitierte sie, indem sie mit der Hand auf den Tisch klopfte, immer sachter, so dass es sich anhörte, als würde sich jemand aus dem Zimmer entfernen. Um das zu üben, hatte sie sich selbst angerufen und die Versuche auf den Anrufbeantworter aufgenommen, so lange, bis es sich wirklichkeitsgetreu anhörte.

„Hallo Frau Morawitz, sind Sie noch dran?"

„Ja."

„Bitte kommen Sie für das Protokoll vorbei. Dann können sie sich auch um Ihren Mann kümmern?"

„Gut. Es bleibt mir wohl nichts anderes übrig."

Eva öffnete ihre Tür zum Bad.

„Mein Kollege gibt mir gerade ein Zeichen. Ihr Mann braucht wohl noch ein wenig länger auf der Toilette."

„Hm", seufzte Frau Morawitz.

„Sie wissen, wo die Polizeiinspektion vierzehn ist? In der Beethovenstraße Hausnummer fünf, in der Nähe der Theresienwiese."

„Ja, ich weiß, wo das ist. Mit wem spreche ich gleich wieder?"

„Mit der Hauptkommissarin Frau Burgbender. Bitte vergessen Sie nicht, ihren Ausweis mitzubringen. Wie lange werden sie in etwa brauchen?"

„Eine halbe Stunde."

„Gut. Dann bis gleich, Frau Morawitz. Auf Wiederhören."

„Wiederhören" hörte Eva und ein „Äh" hinterher, aber sie legte auf. Die Mission war erfüllt.

„Hei, ja, super!", jauchzte Eva und boxte mit der Faust in die Luft, als hätte sie bei einer Verlosung den Hauptgewinn gezogen. Die werden alle ganz schön blöd schauen auf der Polizeiinspektion. Das hat perfekt geklappt, dachte sie sich. Sie war immer wieder erstaunt, wie gutgläubig die Menschen waren, wenn es um ihre Liebsten ging, wenn sie sich Sorgen machten. Schade, fand Eva nur, dass sie den Fortgang der Geschichten meist nicht mitbekam. Vielleicht käme in diesem Fall an den Tag, dass der Mann fremdging. Könnte ja sein, wenn Frau Morawitz überlegte, wer die Anruferin gewesen sein könnte: vielleicht eine Geliebte? Das Vertrauen wäre dann dahin.

Eva fühlte sich besser. Sie warf die an sie zurückgeschickten Bewerbungsunterlagen auf den Stapel ihrer nicht erledigten Vorgänge, zog sich ihre wärmste Winterjacke an, die gefütterten Stiefel und machte einen Spaziergang. Manchmal fuhr sie nach solchen Telefonaten an den Ort des Geschehens, um die Szenerie zu beobachten und ihre Darsteller zu erleben. Besonders spannend war das, wenn sie jemanden irgendwo hinbestellte, um fingierte Briefe abzuholen. Bei dem jetzigen Fall jedoch lohnte sich kein persönliches Erscheinen. Vor einem Polizeigebäude zu warten bis eine verärgerte Frau herauskam – das war uninteressant.

Die Gegend, in der sie wohnte, unweit der Justizvollzugsanstalt, gefiel ihr nicht. Eine Wohnsiedlung für weniger gut Betuchte, mit reihenweisen Wohnblöcken, dazwischen Grünflächen mit ein paar Bäumen. Die Häuser einfach, ordentlich, die Straßen sauber; keine asoziale Gegend, das nicht, aber langweilig, öde. Man wohnte hier nicht, man war untergebracht. Es gab einen Supermarkt, eine Apotheke, einen Back-Shop, einen Frisör und ein paar dunkelrustikale Gaststätten, die sie niemals betreten würde. Die Umgebung hier hatte auf sie eine bedrückende Wirkung. Es gab keine Kunst und Kreativität, nichts Intellektuelles. Sie fühlte sich dort fremd und isoliert. Da gehörte sie nicht hin.

Sie brach den Spaziergang ab und fuhr nach Haidhausen – ein besseres Viertel mit Boutiquen, Cafés, Schuhläden und was der gepflegte Mensch so brauchte. Sie betrachtete den Schmuck im Schaufenster eines modernen Ladens. Dabei fiel ihr auf, dass sie schon sehr lange keinen neuen Schmuck mehr gekauft hatte, auch nicht, als sie noch ganz gut verdient hatte. In ihrem Kopf drängte sich das Wort „schmucklos" und so fühlte sie sich auch plötzlich: reduziert, sachlich, auf das Notwendigste beschränkt – farblos, unauffällig. Genau. Ich bin richtig uninteressant geworden; ich habe nichts mehr zu bieten, stellte sie fest. Ich trage Allerweltsklamotten, wohne in einem kleinen, doofen Apartment in einer trostlosen

Wohngegend. Alles passt zusammen. Rein äußerlich. Aber eigentlich bin ich doch jemand anderes – war jemand anderes.

Und das war sie auch. Als uninteressant hätten sie ihre, zugegebenermaßen nicht allzu vielen Freunde nicht bezeichnet, vielmehr als introvertiert, mit einer gelegentlichen – wenn sie gerade gut drauf war – charmanten, aber nie übertriebenen Selbstdarstellung, die auch kippen konnte in spitze Bemerkungen. Sie war hübsch, hatte eine gute Figur, lange Beine und braune, schulterlange Haare. Ihre dunkelgrauen Augen konnte sie, wenn sie dazu Lust hatte, vortrefflich schminken.

Eva wäre am liebsten in den Laden hineingegangen und hätte sich eine der schönen Ketten oder Ringe, die sie im Fenster betrachtete, gekauft. Das tat sie nicht, denn sie war vernünftig. Dafür hatte sie nun wirklich kein Geld. Stattdessen sah sie durch die Glastür ins Innere des Ladens. Ein Mann stand mit dem Rücken zu ihr vor dem Verkaufstresen. Er drehte sich zur Seite und Eva konnte ihn erkennen. Das war doch – sie konnte es kaum glauben – ihr letzter Freund: Stefan. Kaufte er etwa Schmuck für seine Neue? Eine gewisse Neugier konnte sie sich nicht verkneifen. Deshalb wartete sie, bis er das Geschäft verließ.

„Hey! Eva. So ein Zufall." Stefan war freudig überrascht, als Eva vor ihm stand.

„Allerdings. Ein außergewöhnlicher Zufall. Hallo Stefan. Du kaufst Schmuck?"

„Ja. Nur eine Kleinigkeit für eine Freundin. Wolltest du auch gerade in diesen Laden?"

„Nein. Ich habe nur die Auslage betrachtet. Ist diese eine Freundin deine Freundin?"

„So genau weiß ich das noch nicht. Jedenfalls hat sie Geburtstag und da dachte ich mir ... Egal. Hast du Zeit für einen Kaffee? Wir haben uns doch schon seit Monaten nicht mehr gesehen."

„Ja, ich habe Zeit."

Sie plauderten über ihre momentane Lebenssituation – Stefan schien in seine Neue verliebt zu sein. Sie diskutierten über Politik und über die wirtschaftliche Situation im Land. Mit Stefan hatte sie schon immer viele Themen diskutieren können. Es war sein kritisches Denken, das ihr an ihm gefiel, auch jetzt noch. Das war es dann auch. Mehr Interesse hatte sie an ihm nicht mehr. Sie war weder eifersüchtig auf ihre Nachfolgerin noch auf sein anscheinend positives Gefühls- und Sexualleben.

Sie war mit Stefan ein Jahr zusammen gewesen, bis er anfing, sie zu nerven – eigentlich nur mit Kleinigkeiten. Die Kleinigkeiten wurden mit der Zeit ziemlich groß und häuften sich irgendwann zu einem Berg, der nicht mehr zu übersehen war. Sie trennte sich. In Wirklichkeit war es so – das hatte Eva jedoch gar nicht bemerkt –, dass auch Stefan sich von ihr distanzierte, bis es schließlich so weit war, dass sie beide immer weniger Lust hatten, sich zu sehen und schließlich übereinkamen, die Beziehung zu beenden. Wenn Eva nicht eines Tages gesagt hätte „lassen wir es sein", hätte es über kurz oder lang Stefan gesagt.

„Ich muss nach Hause", sagte sie plötzlich. „Ich habe noch eine Einladung."

„Von einem Mann?"

„Ja. Aber nicht was du denkst. Ich habe einen neuen Nachbarn."

„Was nicht ist, kann ja noch werden."

„Wohl eher nicht."

Sie spürte plötzlich eine Abneigung, Simon zu besuchen, diesen fremden Mann, der ihr immer so tief in die Augen schaute. Noch während sie neben Stefan saß und auf die Bedienung wartete, um zu zahlen, nahm sie sich vor, nicht lange bei Simon zu bleiben, ihm aber offen zu begegnen, abzuwarten, was passierte. Dann sagte sie zu Stefan: „Es ist gar nicht so leicht, fremden Menschen ohne Vorbehalte zu begegnen."

„Da hast du recht", sagte er mit einem zustimmenden

Kopfnicken. „Wenn man sich noch nicht gut kennt, ist es zwar spannend zu erleben, wie der andere so ist, aber man weiß nie, ob noch was Unangenehmes nachkommt, Eigenheiten, an die man sich vielleicht nie gewöhnen kann, die man vielleicht sogar ganz furchtbar findet."

Stefans Worte verstärkten Evas ungutes Gefühl, Simon zu besuchen. Warum nur, fragte sie sich, irritiert mich dieser Mann so sehr? Er ist doch nur ein neuer Nachbar, ein freundlicher noch dazu. Und doch: Irgendwas stimmte nicht. Oder bildete sie sich das ein? Hätte sie seine Telefonnummer gehabt, hätte sie ihm jetzt abgesagt. Sie schaute an Stefan vorbei ins Nichts.

„An was denkst du?", fragte Stefan, dem Evas Abwesenheit nicht entging.

„Ich denke über deine Worte nach. Und ich bin froh, dass bei uns nie etwas Furchtbares nachgekommen ist."

Stefan lachte. „Sonst würden wir hier nicht sitzen."

Bis zum Abend verflüchtigte sich ihr schlechtes Gefühl Simon gegenüber. Trotzdem hatte sie keine Lust, sich für ihn schön zu machen. Allerdings hatte sie auch nicht vor, in ihren gemütlichen, alten Heimklamotten bei ihm aufzutauchen. Ein bisschen Stil musste sein, schon gleich, um ihrer langweiligen Aura entgegenzuwirken. Sie wählte ihre gutsitzende Jeans, ein weißes T-Shirt und ein eng anliegendes hellgrünes Jäckchen, das gerade bis zu den Hüften reichte.

Um Punkt acht Uhr klingelte sie. Simon führte sie in sein Apartment, das den gleichen Grundriss hatte wie ihres, nur war es insgesamt mindestens zwei Meter breiter, so dass in der Küche ein richtiger Tisch Platz hatte. Er hatte das Apartment spartanisch, aber geschmackvoll möbliert, modern, mit einem großen Fernseher und mehreren, so schien es Eva, teuren Stehleuchten.

Simon hatte einige kleine Häppchen mit Lachs, Käse und Schinken vorbereitet, dekorativ auf einem großen Teller angerichtet, und diesen in die Mitte des Tisches gestellt.

„Bitte, setz dich doch", sagte er. „Was willst du trinken? Ich habe Rotwein, aber auch Bier, Wasser, Orangensaft und Batida de Coco."

„Orangensaft bitte."

„Keinen Wein?"

„Nein danke, ich hatte gestern zu viel Alkohol."

„Ich nehme Wasser."

Natürlich spartanisch, dachte sich Eva, sein Getränk passend zur Wohnung. Dafür sind die Häppchen sehr appetitanregend.

„Hast du Hunger? Greif zu." Simon deutete auf den Teller und nahm sich eine Käseschnitte. Eva nahm eine Schnitte mit Lachs.

„Hast du dich schon eingewöhnt?", fragte sie.

„Nun ja. Soweit das in zwei Wochen möglich ist. Wie lange wohnst du schon hier?"

„Drei Jahre."

„Gefällt es dir hier?"

„Geht so." Eva erzählte, wo sie vorher gewohnt hatte und warum sie damals umgezogen war. „Die geforderte Miete nach der Renovierung war viel zu hoch. Leider."

„Ah ja", sagte Simon und sah sie wieder eindringlich an. „Und früher, wo hast du da gewohnt?"

„Wann früher?"

„Als Kind und Jugendliche. Wo bist du aufgewachsen?"

„In einem Dorf."

„In welchem Dorf?"

„Kennst du nicht."

„In der Nähe von München?"

„Nein. Etwas weiter weg." Mehr wollte sie dazu nicht sagen. Sie fühlte sich ausgefragt. Sie aß lieber die Häppchen, die ihr gut schmeckten, anstatt weiter von sich zu erzählen.

„Und wo bist du aufgewachsen?", fragte sie schließlich, um das Gesprächsthema von ihr wegzulenken.

„Ich bin auch in einem Dorf groß geworden und dann zum Studieren nach Augsburg."

„Was hast du studiert?"

„Betriebswirtschaft."

„Aha. Wo arbeitest du?"

„Bei der Firma TEILCOR. Wir entwickeln elektronische Bauelemente. Ich arbeite im kaufmännischen Ressort als Abteilungsleiter."

Er erzählte ihr, dass seine Firma nicht weit von hier ihren Sitz hätte, darum wäre er auch hierhergezogen – vorübergehend. Er wäre gerade in einer Umbruchphase. Warum, sagte er nicht, und Eva fragte nicht danach. Es war ihr nicht wichtig. Im Gegenteil: Ihr war es gerade recht, dass er das Persönliche ausklammerte. Sie selbst hätte sowieso nichts erzählen wollen.

Dann fragte er, was sie beruflich machte. Sie erzählte, dass sie Krankenschwester sei, aber gegen Ende der Ausbildung gemerkt hätte, dass ihr der Beruf auf Dauer wohl keinen Spaß machen würde, so dass sie sich dann in Richtung EDV umorientierte, Schwerpunkt Software-Schulung und Webdesign. Sie erzählte auch, dass sie seit sieben Monaten arbeitslos sei und dass sie dieser Zustand langsam deprimierte.

Simon blickte ihr intensiv in die Augen. „Möchtest du vielleicht jetzt ein Glas Wein?"

„Also gut. Aber nur ein kleines Glas."

Während er die Flasche öffnete, lächelte er vor sich hin. In diesem Moment fragte sie sich, ob er versuchen würde, ihr näher zu kommen und ob sie sich für ihn interessieren könnte. Sie begutachtete ihn – unauffällig aber genau. Er war nicht ihr Typ. Er hatte so gar nichts Besonderes, abgesehen von seinen schlanken, gepflegten Händen. Aber sonst? Für Eva war er ein Mann, wie es sie zu Tauenden gab: Mittelgroß, schlank, schütteres, dunkelblondes Haar. Mit Ausnahme der hellblauen Augen. Die waren etwas Besonderes, aber nicht im positiven Sinne. Diese Augen, die sie immer so durchdringend ansahen, so intensiv, als würde er mit seinem Blick in sie hineinkriechen, etwas in ihr suchen. Das irritierte sie. Das passte nicht zu seiner sonstigen, normalen, netten und freundlichen Art.

„Jetzt müssen wir endlich auf eine gute Nachbarschaft anstoßen", sagte Simon.

Schon wieder kommt die *gute Nachbarschaft*, dachte sich Eva. Dazu haben wir uns doch neulich schon die Hände geschüttelt. Sie empfand diese Wiederholung ein wenig übertrieben. Trotzdem hob sie ihr Glas.

„Auf eine gute Nachbarschaft", sagte sie mit einem schiefen Lächeln.

Und sie ließen die Gläser klingen.

Der Wein schmeckte ihr gut und sie wurde ein bisschen lockerer. Sie erzählte von ihrem früheren Job und vom schwierigen Leben als Arbeitslose ohne feste Tagesstruktur.

Simon hörte aufmerksam zu. Aber plötzlich wurde sein Gesichtsausdruck ernst und er blickte nachdenklich vor sich hin.

„Was ist?", fragte Eva. „Droht dir auch die Arbeitslosigkeit? Geht eure Firma Pleite?"

„Nein, nein. Ganz und gar nicht. Ich überlege nur etwas. Würdest du auch eine andere Arbeit machen? Präsentationen und Tabellen ausarbeiten, den Vorgesetzten unterstützen, Kleinkram erledigen?"

„Ja, vielleicht. Warum?"

„Bei uns in der Firma könnten wir jemand mit vielfältigen Kenntnissen gut gebrauchen. Es ist eine Stelle frei als Assistentin, die sich nebenbei um unsere Intranet-Seiten kümmern sollte. Du könntest dich bewerben."

Eva setzte sich schlagartig kerzengerade hin und dachte, sie hörte nicht recht. „Ist das wahr?"

„Natürlich, sonst würde ich es nicht sagen."

„Warum wird die Stelle nicht intern besetzt?"

„Es gab keine passenden Bewerber."

„Wirklich nicht? In so einer großen Firma?"

„Entweder waren sie über- oder unterqualifiziert. Niemand hat gepasst."

„Das heißt, ich hätte eine Chance?"

„Ja, ich denke schon. Ob es klappt, kann ich natürlich nicht garantieren. Die Stelle ist in einer anderen Abteilung. Es kämen wohl verschiedene Aufgaben auf dich zu. Eine gewisse Flexibilität müsstest du schon mitbringen."

„Kein Problem."

„Gut. Du kannst mir deine Unterlagen gerne mitgeben. Ich reiche sie dann weiter."

„Das freut mich. Super! Das freut mich sehr."

Es waren noch zwei Häppchen da, die ihr Simon mit einem tiefgründigen Lächeln reichte. „Nimm. Ich bin satt."

„Danke. Ich nehme sie gerne. Und danke für das Weiterreichen meiner Bewerbung."

Vielleicht war Simon doch ganz nett, überlegte sie. Vielleicht waren meine seltsamen Gefühle ihm gegenüber unberechtigt, Vorurteile oder unbewusste Ängste. Doch das war momentan nicht wichtig. Sollte das ein Hoffnungsschimmer sein oder gar mehr? Eine realistische Chance? Sie vermutete zwar, dass sie an der Stelle unterfordert sein könnte, aber besser eine einfache Tätigkeit als gar keine. Sie könnte sich ja weiterentwickeln. Noch am selben Abend schrieb sie die Bewerbung.

Am nächsten Morgen um halb acht klingelte sie bei Simon, um ihm die Bewerbungsunterlagen zu überreichen. Gerade als sie den Klingelknopf drückte, hatte sie die Befürchtung, dass er eventuell noch schlafen könnte. Wer weiß, was für Arbeitszeiten in dieser Firma herrschten. Es dauerte. Nichts rührte sich. Er ist wohl schon weg, vermutete sie. Gerade wollte sie zurück in ihre Wohnung gehen, da öffnete er die Tür und blickte noch nicht ganz wach durch den Türspalt.

„Oh je. Jetzt habe ich dich aufgeweckt. Das tut mir

wirklich leid", sagte Eva.

„Nicht so schlimm. Ich musste jetzt ohnehin aufstehen. Guten Morgen."

Sie streckte ihm ihre Unterlagen entgegen. „Meine Bewerbung." Sie sah ihn fast flehentlich an. „Würdest du sie bitte weiterreichen, auch wenn ich dich aufgeweckt habe?"

„Ja, natürlich."

„Vielen Dank. Dann wünsche ich dir noch ein schönes Wachwerden."

Weder am Wochenende noch in der darauffolgenden Woche hatte sie Simon gesehen oder gehört. Mit einem Ohr war sie morgens wie abends in Habachtstellung, um ihn abzupassen. Vergeblich. Dabei hätte sie zu gern gewusst, ob es ein Feedback von ihrem eventuell zukünftigen Chef gab. Jetzt, wo es ihr gerade recht gewesen wäre, von Simon *belästigt* zu werden, war er plötzlich verschwunden. Sie rief schon zweimal in der Firma an, aber man sagte ihr nur, dass er unterwegs sei und man fragte sie sehr freundlich, um was es sich handelte und ob man ihr weiterhelfen könnte. Ein weiteres Mal wollte sie nicht mehr anrufen, um nicht aufdringlich zu wirken. Eine Privatnummer hatte sie nicht. Es blieb ihr also nichts anderes übrig, als zu warten.

Nach weiteren drei Tagen absoluter Ruhe und äußerster Anspannung beim Öffnen des Briefkastens, gab es für Eva endlich einen Grund, den Atem anzuhalten: Ein Brief der Firma TEILCOR. Sofort riss sie mit zitternder Hand den Umschlag auf und las den Betreff: Einladung zu einem Vorstellungsgespräch.

„Wow", juchzte sie.

Während sie zu ihrem Apartment hochging, las sie das Einladungsschreiben. Man bedankte sich für ihre Unterlagen, ihre Kenntnisse entsprächen den Anforderungen für die Stelle und man würde sie bitten, sich am Freitag um vierzehn Uhr vorzustellen, um sie persönlich kennenzulernen.

Freitag. Das ist ja übermorgen, realisierte Sie, als sie sich voller Freude auf ihr Bett fallen ließ. So kurzfristig!

Sie musste mit Simon reden. Dringend. Noch heute Abend – vorausgesetzt er war endlich wiederaufgetaucht – musste sie ihn um Hintergrundinformationen bitten. Mit wem würde sie reden? Was ist dem – vielleicht oder hoffentlich zukünftigen – Chef wichtig? Was ist er für ein Typ? Was herrscht für ein Umgangston in der Firma? Was soll ich anziehen?

Um achtzehn Uhr stand sie vor seiner Wohnungstür und klingelte. Nichts. Er war nicht da. Um kurz vor neunzehn Uhr klingelte sie noch mal. Wieder nichts. Sie klebte ihm einen Zettel an die Tür, mit der Bitte, sich bei ihr zu melden. Umsonst – der Zettel klebte den ganzen Abend über an der gleichen Stelle. Schließlich war sie sich sicher, dass er verreist sein musste. Deshalb hatte sie ihn auch die letzte Woche nicht gesehen.

Am folgenden Morgen war der Zettel immer noch da, auch noch am späten Abend, genauso wie am Freitagmorgen. Dann nahm sie ihn ab. Sie musste zum Vorstellungsgespräch ohne Hintergrundinformationen und ohne Tipps. Warum hatte er ihr nicht gesagt, dass er verreisen würde?

Den ganzen Vormittag bereitete sie sich auf ihren Auftritt vor, äußerlich und gedanklich. Sie machte sich hübsch, wählte das schwarze Kostüm, das sie sich für Bewerbungsgespräche extra gekauft hatte, und sagte immer wieder auf, welche Projekte sie bislang durchgezogen hatte, wo ihre Stärken lagen und warum es ein Vorteil sei, gerade sie als Mitarbeiterin zu gewinnen – als müsste sie einen Text für eine Theateraufführung auswendig lernen. Sie war nervös. Keine Frage. Aber nicht so sehr, dass man es ihr äußerlich unbedingt angesehen hätte. Sie hatte sich ganz gut im Griff und konnte sich in Stresssituationen fast perfekt konzentrieren, wenngleich sie dann oft steif und unnahbar wirkte. Das wusste sie. Aber sie wusste auch, dass sie es gar nicht zu versuchen brauchte, die Humorvolle oder Lockere zu spielen. Das war bereits bei einem früheren Bewerbungsgespräch komplett in die Hose gegangen. Man sagte ihr damals, sie würde unecht wirken und an einer Mitarbeiterin mit einer aufgesetzten Fröhlichkeit hätte man kein Interesse. An diesem Feedback hatte sie eine Zeit lang ziemlich gekaut.

Um dreizehn Uhr fünfzig betrat Eva das Firmengebäude. Sie meldete sich am Empfang und wurde einige Minuten später von einer jungen Frau abgeholt, die sie in ein kleines Besprechungszimmer führte. Ein Herr um die Fünfzig betrat den Raum und stellte sich als Manfred Doldinger, Abteilungsleiter, und als vielleicht ihr künftiger Chef, vor.

„Sie kommen also über Herrn Schmidt zu uns."

„Ja. Er wohnt seit Kurzem im selben Haus wie ich."

„Ich weiß, das hat er erzählt. Sie wohnen sogar auf derselben Etage."

„Stimmt. Deshalb sind wir ins Gespräch gekommen."

Doldinger schilderte dann die wichtigsten Eckdaten der Firma und sagte ein wenig zu seiner Person, alles sehr sachlich. Dann wandte er sich Eva zu und stellte die üblichen Fragen zu ihrem Werdegang, ihren Fachkenntnissen, zu den Gehaltsvorstellungen (man würde ihr dreißig Prozent weniger zahlen als sie forderte) und zu ihrer jetzigen Situation. Zu Letzterem log Eva und behauptete, sie sei momentan selbständig. Zum Schluss fragte Doldinger nach ihrem Privatleben, nach Hobbies, Mann und Kindern. Das Thema Mann und Kinder konnte sie charmant und selbstbewusst abschmettern, in dem sie sagte, sie wäre keine Frau, die sich über einen Mann und Kinder definierte. Sie hätte einen Freund, dächte aber nicht ans Heiraten. Auch hier log sie. Aus Überzeugung. Diese Lügen waren für sie nichts anderes als legitime Spiele, um ihr Ziel zu erreichen. Die Frage nach den Hobbies jedoch, die ärgerte sie, denn es konnte einem Vorgesetzten doch nun wirklich egal sein, wie man seine Freizeit verbrachte. Aber darum ging es auch nicht; das war Eva durchaus bewusst. Auf diese Frage musste man mit der Antwort zeigen, dass man das Spiel der Selbstinszenierung beherrschte und wie in der Astrologie das richtige Zeichen wählen, mit dem man ausdrückte, zu welcher Kategorie Mensch man gehörte. Also überlegte Eva schnell: Was will ein Herr Doldinger hören, ein sachlicher, leistungsorientierter Mensch mit einer grasgrünen Krawatte? Kajakfahren als Ausdruck für einen sportlich-dynamischen Menschen mit wenig Bodenhaftung? Oder Tennis für einen durchschlagenden Typ, beweglich, mit einem Hang zur Wichtigtuerei? Oder sollte es lieber etwas Kulturelles sein, das zeigt, dass man geistig beweglich ist? Eva war es zuwider, darauf einzugehen und sagte stattdessen: „Ich habe keine Hobbies. Ich bin ein vielseitig interessierter Mensch; mich interessiert eigentlich alles." Und sie fragte keck zurück: „Was für ein Hobby haben Sie denn?"

Doldinger zog die Stirn kraus und sah sie erstaunt an. „Ich? Für Hobbies habe ich keine Zeit. Aber wenn ich Zeit hätte, dann würde ich Insekten sammeln."

Eva glaubte zu verstehen, was er ihr damit sagen wollte, nämlich: sie sollte lieber korrekt antworten als herausfordernde Gegenfragen stellen. Und anstatt ihren Mund zu halten setzte sie noch eins drauf und fragte: „Tot oder lebendig?"

Doldinger schmunzelte.

„Ach wissen Sie Frau Hanke, ich würde sie fangen und eine Zeit lang beobachten und dann – eher früher als später – würde ich sie töten. Könnte ihnen das keinen Spaß machen?"

„Insekten töten?"

„Ja."

„Ich weiß nicht."

Doldinger hatte sie nun doch in die Enge getrieben. Sie hatte auf diese Frage keine Antwort. Und das *vielseitige*

Interesse konnte sie in diesem Fall nicht zeigen. Aber vielleicht war das gar kein Manko, schließlich ist niemand perfekt.

Doldinger stand auf und begleitete Eva zur Tür. „Auf Wiedersehen Frau Hanke. Sie hören von uns." Er gab ihr die Hand, fragte sie, ob sie alleine hinausfinden würde und schloss die Tür von innen.

Eva stand eine Weile im Flur wie bestellt und nicht abgeholt, atmete tief durch und hatte so gar kein Gefühl, ob das Gespräch nun gut gelaufen war oder ob sie es versaut hatte. Auf dem Weg nach Hause ließ sie es noch öfter Revue passieren, aber das Gefühl wurde nicht deutlicher. So beließ sie es dabei und hoffte, dass sie bald Nachricht erhalten würde. So oder so. Obwohl ihr nichts lieber gewesen wäre, als endlich wieder zu arbeiten, stellte sich später ein klein wenig Unbehagen ein, das sie nicht näher definieren konnte. Und sie spürte, dass sie auf die Stelle keineswegs fixiert war.

Das war auch gut so. Denn bereits eine Woche später bekam sie eine Absage. Sie war nun doch enttäuscht – mehr als sie sich eingestehen wollte. Als sie den Umschlag geöffnet hatte, hielt sie eine Standardabsage in den Händen. „Es tut uns leid, dass wir sie nicht berücksichtigen konnten ..." Bla bla. Beinahe hätte sie die Zeilen nicht zu Ende gelesen, aber dann stach ihr ein Wort ins Auge: *Schmidt*. „Gegebenenfalls können Sie sich gerne bei Herrn Schmidt über weitere Bewerbungsmöglichkeiten zu einem späteren Zeitpunkt informieren."

Was soll das denn bedeuten? Ist Simon der hausinterne Headhunter? Und wo ist dieser Mann die ganze Zeit? Noch immer war er wie vom Erdboden verschluckt.

Sie überlegte die Telefonseelsorge anzurufen, entschied sich aber dagegen. Zum Jammern war ihr nicht wirklich zumute. Sie spürte vielmehr einen leichten Hass auf Simon. Er hätte ihr zumindest sagen sollen, dass ihre Chancen gering waren. Stattdessen behauptete er das Gegenteil und machte ihr dadurch Hoffnung. Wie auch immer. Es wäre zu schön gewesen. Und an Wunder glaubte sie sowieso nicht.

Wochenende. Eva besuchte eine alte Freundin, die sie noch aus der Zeit ihrer Ausbildung zur Krankenschwester kannte: Irina.

Irina war auch arbeitslos, wenn auch aus völlig anderen Gründen als Eva. In einer stressigen Spätschicht hatte sie einem Patienten falsche Medikamente gegeben, der daraufhin gestorben war. Sie verlor ihren Job und konnte als Krankenschwester nie wieder Fuß fassen. Sie kellnerte. Nicht besonders gerne, deshalb hatte sie immer nur Kurzzeitjobs. Oder sie ging putzen, aber nur bei reichen Leuten.

Irina hatte einen Freund, einen noch verheirateten Mann, und lebte in einem Vorort der Stadt. Eva blieb, wenn sie Irina besuche, meistens von Samstagmittag bis Sonntagnachmittag bei ihr. Die beiden Frauen waren nicht gerade das Dreamteam in Bezug darauf, sich gegenseitig Hoffnung zu machen, schafften es aber, indem sie sich ihre Enttäuschungen, Frustrationen und Ängste erzählten, dass sie sich nicht so allein fühlten in ihrem Selbstmitleid. Das führte dazu, dass es ihnen nach langen Stunden des Wehklagens tatsächlich besser ging, jedenfalls vorübergehend.

Der Samstag war stürmisch und eiskalt. Der beabsichtigte Spaziergang musste entfallen. Stattdessen gab es im Wohnzimmer Kräutertee.

„Wir sollten Urlaub machen. Wegfahren, vielleicht auf die Kanaren, wo es warm ist", schlug Eva am Samstagnachmittag vor, nachdem zur Lage der unzufriedenen Frauen alles gesagt war, was gesagt werden musste. „Wenn ich meine letzten Euros zusammenkratze ..."

„Geht nicht", unterbrach sie Irina, „ich habe kein Geld für Urlaub. Wenn du es genau wissen willst, ich bin pleite."

Eva sah sich in Irinas Wohnzimmer um.

„Ja, weil du über deine Verhältnisse lebst. Ein riesengroßer Fernseher, ein neues Sofa, schicke Klamotten – ich verstehe nicht, wie du das machst. Klar, dass dann für Urlaub kein Geld mehr da ist. Als Kellnerin verdient man nicht gerade üppig, nehme ich an."

„Als Kellnerin allein sowieso nicht."

„Hast du noch einen anderen Job?"

„Ja. Manchmal."

„Was denn? Kannst du mir eventuell etwas vermitteln?"

„Das ist nichts für dich. Das ist nichts – wie soll ich sagen? – Normales."

„Etwas Illegales? Mach bloß keinen Scheiß."

„Ich mache keine illegalen Sachen, keine Sorge. Es ist nur nicht so ganz ... nicht für jede Frau geeignet."

Eva ahnte, was Irina andeutete. „Du meinst doch nicht etwa, du lässt dich bezahlen?"

„Nicht das, was du denkst."

„Oh, Scheiße. Du lässt dich wirklich bezahlen? Du machst es für Geld?"

„Ich mache *es* nicht. Ich gehe gelegentlich mit einsamen Männern aus. Aber ich mache nicht die Beine breit, wenn du das meinst."

„Bist du etwa ein Callgirl? Oder wie heißt das: Begleitservice? Bei einer Agentur?" Eva gefiel die Sache nicht. Sie vermutete, dass Irina auf ein falsches Gleis kommen könnte oder bereits gekommen war.

„Nein, privat."

„Privat?"

„Ich war letzten Sommer auf einer Party von Pharmavertretern. Es gab einen Männerüberschuss. Alle waren ziemlich besoffen oder sonst irgendwie gedopt. Man tanzte wild, es war laut und die Anmache lief auf vollen Touren. Ein Typ hatte es auf mich abgesehen, ich es aber nicht auf ihn. Das merkte er natürlich. Plötzlich sagte er, er würde mir hundert Euro zahlen, wenn ich mit nach draußen ginge und ihn streicheln würde. Nun ja. Den

Rest kannst du dir denken."

Eva konnte sich in der Tat denken, was Irina meinte, trotzdem fragte sie naiv: „Streicheln?"

„Nein, natürlich nicht." Irina verdrehte die Augen. „Ich habe ihm einen runtergeholt."

„Ekelig."

„Ach was. Er küsste meinen Busen und in ein paar Minuten war die Sache vorbei."

„Und er hat dich nicht zu mehr gedrängt?"

„Nein."

„Du bist bescheuert. Er hätte dir weiß Gott was antun können: erwürgen oder vergewaltigen. Da hast du Glück gehabt."

„Ach was. Ich habe eine ganz gute Menschenkenntnis."

Eva sagte dazu nichts, dachte sich aber, dass sich Irina was vormachte. Im Zweifelsfall würde ihre Menschenkenntnis keinen Deut wert sein.

„Zahlte er denn?"

„Schon vorher. Danach gingen wir wieder zurück zur Party und ich gab ihm meine Telefonnummer. Einige Tage später rief er mich an und bat mich, mit ihm auszugehen." Irina unterbrach ihre Schilderung und überprüfte Evas Gesichtsausdruck. „Schau nicht so grimmig", sagte sie und boxte Eva sanft mit der Faust auf den Oberarm.

„Ich schau nicht grimmig", widersprach Eva, „nur interessiert und – okay: kritisch. Ich weiß nicht, was ich davon halten soll. Erzähl weiter."

„Ich ging öfter mit ihm aus. Er durfte mich berühren und ich machte es ihm gelegentlich, immer nur händisch. Immer gegen gute Bezahlung. Er hatte Geld, das war kein Problem. So ging das los."

„Und wie ging es weiter?"

„Plötzlich ließ sein Interesse an mir nach. Leider. So unsympathisch war er nicht, nur ziemlich verklemmt und so gar nicht mein Typ. Ich glaube, er wollte letztlich doch mehr, vielleicht sogar eine Beziehung, was für mich nicht in Frage kam. Irgendwann – nachdem er sich schon länger nicht mehr gemeldet hatte – hatte er mich gefragt, ob er mich weiterempfehlen dürfe. Es meldete sich ein Bekannter von ihm. Ich ging mit ihm aus. Es lief ähnlich ab."

„Das könnte ich nicht. Mich würde es anwidern."

„Nur wenn einer stinkt, dann ist es ekelig."

„Du hattest also noch mehrere Begegnungen in der Art?"

„Hin und wieder. Manchmal ganz ohne sexuelle Handlungen. Der Letzte hatte mich einen ganzen Abend lang zugequatscht. Drei Stunden hatte er ununterbrochen geredet. Ich war hinterher total fertig."

„Hast du keine Angst bei solchen Treffen?"

„Bis jetzt nicht. Ich war mit diesen Männern immer in der Öffentlichkeit und ich sage von vornherein meine Bedingungen: Kein Geschlechtsverkehr."

„Und wo holst du ihnen dann einen runter?"

„Ich mache das ja, wie gesagt, nicht immer. Wenn, dann in seinem Auto. Oder auf dem Klo in einer Kneipe. Im Auto mache ich es nur, wenn wir vorher den Schlüssel irgendwo hinterlegt haben. Da bin ich schon vorsichtig. Nicht dass einer mit mir plötzlich abhaut."

Eva warf Irina einen abschätzigen Blick zu. Irina merkte, dass Eva diesen Nebenverdienst nicht akzeptierte.

„Jetzt hör mal zu", zischte Irina. „Ich weiß genau, was du denkst, dass ich eine Art Nutte bin. Ich verdiene bei diesem Geschäft so viel wie sonst nirgends. Ich bin zum Putzen gegangen. Glaubst du, das ist besser? Einen stinkigen Schwanz in der Hand zu halten macht wirklich keinen Spaß. Aber mit einem Putzlappen stinkige Klos zu putzen auch nicht. Bei der einen Arbeit bekomme ich hundert Euro, bei der anderen zehn. So einfach ist das."

„Wenn du meinst. Ich würde es trotzdem nicht machen."

„Die feine Eva. Na klar."

„Was soll das heißen? Unterstellst du mir, dass ich mich für was Besseres halte?"

„Das nicht. Aber für eine, die immer so heilig tut. Während unserer Ausbildungszeit warst du noch ganz normal, aber dann wurdest du irgendwie so etepetete und gleichzeitig streng und zurückgezogen. Heilig eben. Du hättest auch ins Kloster gehen können, stattdessen hast du mit dem Computerzeug angefangen. Eigentlich hat das gar nicht zu dir gepasst."

„Warum greifst du mich eigentlich an? Du mich? Ich hätte mehr Grund dich anzugreifen, mit deinem supertollen Nebenjob. Das ist nichts anderes als eine Vorstufe zur Nutte. Darauf brauchst du dir nun wirklich nichts einzubilden."

„Ich bilde mir darauf nichts ein." Irina wollte keinen Streit und versuchte die Stimmung zu retten. „Lass uns wieder vernünftig miteinander reden. Es bringt doch nichts, wenn wir uns gegenseitig niedermachen."

Trotz des Friedensangebots hatte Eva den Eindruck, dass es besser wäre, den Besuch bei Irina bald zu beenden. Irina war ihr fremd geworden. Sie hatten sich fast ein halbes Jahr nicht gesehen. Ein halbes Jahr, in dem bei Irina anscheinend einiges passiert war, mehr als bei ihr. Eva wunderte sich, dass ihr Irina am Telefon nie davon erzählt hatte, obwohl sie doch öfter miteinander telefoniert hatten.

„Warum hast du mir nie davon erzählt?"

„Wozu? Wahrscheinlich wäre es besser gewesen, ich hätte es auch jetzt für mich behalten."

Ja, vielleicht, dachte Eva. Sie fühlte sich bei Irina nicht mehr wohl.

„Ich denke, es ist besser, ich fahre nach Hause", sagte sie. Es war Samstag, sechzehn Uhr. Sie hatte keine Lust mehr zu bleiben. Sie packte ihre Sachen.

Die beiden Frauen umarmten sich zum Abschied eher flüchtig, ohne die sonst übliche Zeremonie mit Küsschen

rechts und links und doppeltem Händedruck und der Be-
teuerung, dass man diesmal nicht so lange warten würde,
bis man sich wiedersähe.

Als Eva im Wagen saß und auf die Schnellstraße fuhr,
überlegte sie, ob sie Irina nicht doch zu sehr verurteilte.
Vielleicht war sie, gestand sie sich ein, sogar ein Stück
weit neidisch. Es war weder der Neid des Auch-haben-
Wollens noch der Neid des Nicht-Gönnens. Irinas Art
Geld zu verdienen, strebte sie nicht an. Aber die Art, wie
Irina an die Sache ranging – zwar gefährlich naiv, aber
ansonsten spielerisch, unverkrampft –, das hätte sie auch
gerne gekonnt. Eva entdeckte einen Wunsch, den sie
schon lange nicht mehr ausgelebt hatte: Das unbeschwerte Nehmen, einfach nur so. Warum kann ich mir
nicht mal einen Mann nehmen? Ohne Gefühle, ohne Ansprüche, nur zum Spaß? Zum Beispiel Robert – mein
netter Exkollege. Er würde sicher nichts gegen eine
Nacht mit mir haben.

Noch ganz in Gedanken bog sie in ihre Straße ein und
parkte unweit ihres Hauses. Parkplatzprobleme gab es
hier nur ab und an. Direkt vor ihrem alten, schon an manchen Stellen zerkratzten, grauen VW Polo parkte gerade
ein schicker, schwarzer BMW. Im Vergleich zu diesem
noblen Wagen empfand sie ihren VW als schäbig, genauso wie ihre Wohnung, ihre Einsamkeit, ihr Arbeits-
losendasein und ihr ganzes Leben. Innerhalb von Milli-
sekunden – ausgelöst durch eine winzige Kleinigkeit, die
sie an etwas erinnerte, das sie aber nicht benennen
konnte – sackte ihre innere Stabilität zusammen,
schnurstracks und zielsicher, direkt in den tiefsten, dun-
kelsten Keller. In solchen Momenten musste sie sich sofort hinlegen. Das ging aber gerade nicht. Stattdessen
zerrte sie kraftlos ihre Tasche aus dem Auto und registrierte, dass auch der Fahrer des BMWs ausstieg. Als
er sich umdrehte, erkannte sie ihn: Simon. Ihr Blutdruck
und ihr Adrenalinspiegel sausten schlagartig in die

Höhe, sie schnellte aus ihrem *Keller* hoch und sprach ihn an.

„Hallo Simon! Du bist wieder da," sagte sie mit einem erwartungsvollen Lächeln.

„Ja, wie du siehst." Er öffnete den Kofferraum und hob einen Koffer heraus. Seine Stimme klang nicht so freundlich wie sonst.

„Ich habe ein paarmal bei dir geklingelt. Leider umsonst. Schade, dass du nicht da warst. Ich hätte dich gerne vor meinem Bewerbungsgespräch noch ein paar Dinge gefragt."

Simon zog seinen Koffer hinter sich her. Eva ging neben ihm.

„Ach ja, das Bewerbungsgespräch. Das war schon?"

„Ja."

„Wie ist es gelaufen?"

„Anscheinend nicht so gut. Ich habe eine Absage bekommen."

„Das ging aber flott."

„Allerdings. Sehr flott. Wo warst du denn die ganze Zeit?"

„Ich hatte zu tun", sagte Simon abweisend. Es war deutlich, dass er keine Auskunft geben wollte.

„Entschuldige die Frage. Das geht mich nichts an."

Simon reagierte auf Evas Entschuldigung mit einem leichten Kopfnicken, ohne sie anzusehen.

Sie standen vor dem Aufzug und warteten schweigend. Immer noch schweigend fuhren sie in die vierte Etage. Bevor sie zu ihren Wohnungstüren abbogen, sagte Simon: „Es tut mir leid, dass aus deiner Bewerbung nichts geworden ist. Wirklich schade. Mit wem hast du gesprochen?"

„Mit einem Herrn Doldinger."

„Allein?"

„Ja. Warum?"

„Nur so."

„Würde es dir etwas ausmachen, ihn zu fragen, warum

er mich nicht genommen hat? Es würde mich interessieren."

„Wenn ich ihn sehe, frage ich ihn. Lass uns ein anderes Mal darüber reden. Ein schönes restliches Wochenende."

„Für dich auch."

Eva stellte ihre Tasche mitten ins Zimmer, zog Jacke und Schuhe aus und warf sich aufs Bett. Sie fühlte sich elend. Mit Irina war es Scheiße, Simon ist und bleibt ein komischer Typ. Und sonst? Nichts. Sie musste etwas unternehmen, bevor sie durchdrehte.

Sie unternahm nichts, sondern schlief ein.

Als sie wieder aufwachte, war es kurz vor zweiundzwanzig Uhr. Sie war hellwach. Sie fühlte sich leicht aggressiv. Sie zwang sich, die Aggressivität festzuhalten, wie einen Traum, den man in sich aufsagen musste, damit er sich nicht verflüchtigte, denn sie hatte die Befürchtung, dass sie sonst in eine tiefe Traurigkeit verfallen würde. Sie überlegte kurz, das Jokerspiel zu spielen, aber das war ihr jetzt zu anstrengend. Schlagartig sprang sie aus dem Bett. Sie zog eine Hose mit großen Taschen an, ein T-Shirt und darüber einen alten Pullover. Sie schminkte sich und schmückte sich mit Ringen und einer auffälligen Kette. In ihren Hosentaschen verstaute sie Geld, Ausweis, Schlüssel und Pfefferspray. Sie war fertig zum Tanzen. Bevor sie die Wohnung verließ, nahm sie noch einen großen Schluck Wodka.

Im Club wurden House, Psychedelic und Drums & Beat gespielt, dazwischen Oldies. Die Mischung fand sie erträglich. Im Grunde gefiel ihr die Musik nicht, die in den Clubs aufgelegt wurde. Aber das war ihr letztlich nicht so wichtig. Heute schon gleich gar nicht. Sie tanzte auf alles und sah sich um. Nicht nach den schönen, interessanten Männern, sondern nach den älteren, die einsam wirkten. Es gab nicht viele davon; die meisten waren jünger als sie. Mit sechsunddreißig war sie über das typische Clubalter hinaus. Aber auch das war ihr heute nicht wichtig. Sie wollte nur eines: Einen Mann kennenlernen, den sie sich nehmen konnte. Wenn sie schon nicht so cool war wie Irina, aber eine Heilige, wie Irina sie bezeichnete, wollte sie nicht sein und auch nicht werden.

Sie kam mit einigen Männern ins Gespräch, aber es funkte nicht, gar nicht. Einer hatte Mundgeruch, der andere war ziemlich angetrunken und einer, der nett lächelte mit seinem sinnlichen Mund, war total verklemmt und sagte rein gar nichts. Zu anstrengend für einen Flirt mit Zusatzprogramm.

Nach einer Tanzpause, in der sie einen halben Liter Wasser in sich hineingeschüttet hatte, tanzte sie wieder. Mittlerweile war es ein Uhr und sehr voll, da tanzte ein Mann direkt vor ihr, der überraschenderweise sogar einige Jahre älter wirkte als sie, und sah sie immer wieder an. Sie ihn auch.

„Gefällt es dir hier?", schrie er, denn die Musik war zu laut, um normal zu reden.

„Ja, es ist okay", schrie Eva zurück.

„Mir gefällt das Bitri besser."

„Kenne ich nicht."

„Da solltest du unbedingt mal hingehen."

„Warum?"

„Dort ist es nicht so eng."

Eva verstand nicht, was er sagte. „Was? Ich versteh dich nicht. Es ist zu laut hier", schrie sie dem Unbekannten ins Ohr.

Er nahm sie an der Hand und führte sie weg von der Tanzfläche in eine ruhigere Ecke. „So. Jetzt können wir reden", sagte er.

„Ja. Was hast du gesagt?"

„Du solltest mal ins Bitri gehen. Das ist beim Hauptbahnhof."

„Und was ist da besser?"

„Mehr Platz zum Tanzen, bessere Musik und – nun ja,

das klingt jetzt blöd – bessere Frauen. Stopp! Sag nichts. Du bist die Beste hier."

„Danke. Hast du denn einen Überblick?"

„Brauche ich nicht. Ich habe dich gesehen."

Der geht aber ran, dachte sich Eva. Es war ihr recht, aber gleichzeitig war es ihr zu viel. Dieser innere Widerspruch kam ihr bekannt vor. Und gerade deshalb wollte sie sich heute davon nicht verwirren lassen, mal keine innere Ja-aber-Diskussion, nicht kneifen, sondern ihr Vorhaben durchziehen. Egal wie es ausgeht.

„Schön, dass du mich gesehen hast. Wahrscheinlich hätte ich dich auch gesehen, ziemlich sicher sogar."

„Soll ich uns was zu trinken holen? Ich heiße übrigens Adam."

Eva prustete los und kicherte laut. Adam schaute verwirrt. „So lustig ist der Name nun auch wieder nicht", sagte er verunsichert.

„Nein, natürlich nicht. Aber: Ich heiße Eva."

„Eva? Adam und Eva!" Jetzt musste auch Adam lachen. „Ich habe noch nie eine Eva kennengelernt."

Sie gingen gemeinsam an die Bar, tranken Bier und unterhielten sich über die unterschiedlichen Tanzstile der Besucher. Adam legte einen Arm um Eva und es dauerte nicht lange, bis sie ihre Köpfe aneinanderschmiegten und sie sich mehrmals küssten. Eva empfand die Küsse zwar als fremd, aber auch als aufregend, jedenfalls nicht unangenehm. Als sie ihre Gläser geleert hatten, küssten sie sich wieder und diesmal länger und intensiver.

„Sollen wir gehen?", fragte Adam.

„Ja. Das sollten wir."

Sie holten ihre Garderobe und verließen sie den Club.

„Was für eine gute Luft hier draußen ist", stellte Eva fest und legte ihren Arm um Adams Taille.

„Gut, aber saukalt", erwiderte Adam.

„Stimmt." Auch Eva fror. Es hatte mindestens fünf Grad unter null.

„Wo gehen wir hin?", fragte Adam.

„Zu mir oder zu dir?"

„Öha! Ich dachte wir gehen noch was trinken."

„Ach so. Aha. Also gut, wenn du meinst." Eva fühlte sich zurückgestoßen und ließ Adam los.

„Sei nicht beleidigt. Ich habe mich nur gewundert. Normalerweise gehen Frauen nicht so schnell ran."

„Normalerweise", wiederholte Eva doppeldeutig und ließ offen, ob sie damit ausdrücken wollte, dass sie nicht zu den normalen Frauen gehörte oder dass sie annahm, er würde ständig Frauen aufreißen wollen.

„Ich weiß jetzt gar nicht mehr, was ich sagen soll", sagte Adam und sah Eva fragend an, was sie nicht bemerkte, denn sie blickte vor sich hin. Und sie schwieg.

Nach einer kurzen Pause nahm Adam den Faden wieder auf. „Ich würde schon gerne zu dir gehen."

„Wir können ja bei mir noch was trinken. Nur kurz. Übernachten kannst du bei mir nicht." So, dachte Eva, jetzt habe ich das Gleichgewicht wiederhergestellt.

„Okay. Wo wohnst du?"

„Ich habe das Auto um die Ecke. Keine Angst, ich bin fahrfähig. Ich habe nur das eine Bier getrunken."

Sie fuhr raus aus der Innenstand, nach Süden, in die Richtung ihrer Wohnung.

„Wo wohnst du?", fragte Adam noch mal.

„Das siehst du dann schon." Eva wollte nicht sagen, in welchem Viertel sie wohnte. Es war ihr peinlich.

„Ist es noch weit?"

„Zehn Minuten. Warum?"

„Hör mal", sagte Adam ernst. „Ich möchte heute nicht unbedingt noch eine schnelle Nummer hinlegen. Ich hätte zwar schon Lust mit dir ... keine Frage, aber ... ich fühle mich nicht so gut. Wir sollten uns ein anderes Mal treffen, wenn mehr Zeit ist. So bringt's das doch nicht. Ich bin schon ziemlich müde."

So ein Spießer, dachte sich Eva. Erst spielt er den Aufreißer und dann kneift er. Weil er *müde* ist!

„Du hast recht. Das bringt's wirklich nicht. Es ist besser, wir trennen uns jetzt. Soll ich dich heimfahren?"

Adam spürte, dass Eva gekränkt war, aber er konnte daran nichts mehr ändern. „Es tut mir leid, dass ich so lasch bin. Ich war die letzten Tage krank. Wahrscheinlich hängt mir das noch in den Knochen. Aber ich möchte dich auf alle Fälle wiedersehen."

Sie fuhr in eine Einfahrt und hielt an. „Lieber Adam. Ich fahre dich jetzt nach Hause, weil es saukalt ist. Und wenn du mir deine Handynummer geben willst, dann kannst du das jetzt tun."

Sie holte ihr Handy hervor und rief die Nummer an, die Adam ihr sagte. Tatsächlich klingelte sein Handy.

Adam starrte sie erstaunt an. „Hast du gedacht, ich gebe dir eine falsche Nummer?"

Eva lächelte verschmitzt. „Jetzt fahre ich dich nach Hause. Anderenfalls hätte ich dich rausgeschmissen."

Eva musste wenden, denn Adam wohnte in Bogenhause.

„Hier, die Hausnummer acht ist es", sagte er und deutete mit dem Finger auf die Eingangstür.

Bevor er ausstieg, fragte sie ihn, ob er verheiratet sei oder eine feste Freundin oder Kinder habe.

„Nein. Nichts dergleichen." Er legte eine Hand auf Evas Knie. „Und du? Wie schaut es bei dir aus?"

„Kein Mann, kein Kind."

„Dann haben wir eine Gemeinsamkeit." Adam nahm die Hand von ihrem Knie und legte sie in ihren Nacken. „Eigentlich bin ich jetzt wieder wach", sagte er. „Magst du noch mit zu mir kommen? Nur kurz. Übernachten kannst du jedoch nicht."

„Idiot. Musst du mir alles nachplappern?"

„Revanche."

Eva drückte Adam von sich weg. „Jetzt bin ich müde. Tut mir leid."

„Revanche auf Revanche – wie du meinst. Irgendwie schade, aber es ist schon okay. Danke, dass du mich heimgefahren hast."

„Schlaf gut."

„Du auch." Adam verschwand hinter einer schweren Eichentür eines noblen, vierstöckigen Altbaus.

Sie fuhr nach Hause und überlegte, ob sie Adam gleich morgen oder gar nicht anrufen sollte. Eigentlich wollte sie sich ja einen Mann nehmen, aber, so musste sie sich eingestehen, so einfach war das nicht. Es musste auch einer genommen werden wollen. Adam suchte wohl e-her, überlegte sie, eine feste Freundin, nicht nur schnellen Sex. Ob sie Adam für eine ernstere Sache interessant genug fand, wusste sie nicht.

Als sie endlich vor ihrer Wohnungstür stand – es war mittlerweile fast drei Uhr – warf sie einen Blick zu Simons Tür. Sehr leise, kaum wahrnehmbar, hörte sie Töne, wahrscheinlich Musik, aus seiner Wohnung. Sie schlich hinüber und lauschte. Tatsächlich, da war Musik: Gesang. Eine ziemlich helle Stimme. Die Wohnungstüren in dem Haus waren einfach zu dünn, man hörte alles. Alles? Sie versuchte, indem sie das Ohr an die Tür lehnte, noch mehr zu hören. Umsonst. Sie vermochte nur die Musik wahrzunehmen. Sie fragte sich, ob er eventuell Frauenbesuch hatte oder Probleme, die ihm eine schlaflose Nacht bereiteten. Er war ja heute so komisch.

Am nächsten Abend klingelte Simon an ihrer Tür. Er war gar nicht mehr komisch, sondern wieder freundlich und mit dem stechenden Blick, so wie ihn Eva kannte.

„Hallo Eva. Guten Abend. Kannst du einen Mixer gebrauchen?" Er hielt einen Mixer zum Schlagen von Schlagsahne vor ihre Nase. „Ich brauche das Ding nicht. Ich werfe es sonst weg."

Eva hatte keinen Mixer. „Ja. Nicht schlecht. Kann ich tatsächlich gebrauchen."

„Dann: hier für dich."

„Danke."

„Übrigens: Es tut mir wirklich leid, dass das mit deiner Bewerbung bei uns nichts geworden ist."

„Das ist ja nicht deine Schuld. Magst du reinkommen? Ich habe gerade eine Flasche Wein aufgemacht."

„Oh!" Er wunderte sich ein wenig über die spontane Einladung. „Ja gerne. Danke."

„Du kannst dich auf den Sessel setzen. Mein Apartment ist kleiner als deines. In die Küche passt kein Tisch."

„Die Apartments auf meiner Seite des Hauses sind größer, deshalb sind da auch weniger Türen", sagte Simon und kniff sogleich die Lippen zusammen, da er merkte, dass sein Kommentar nicht besonders geistreich war.

„Logisch irgendwie." Eva lächelte ihn von der Seite an.

Nachdem sie Simon ein Glas Wein gereicht und aus Verlegenheit eine Packung Salzstangen geöffnet hatte – was anderes hatte sie nicht in ihrem Vorratsschrank gefunden –, fragte sie Simon, ob er schon mit Doldinger habe sprechen können.

„Ja, aber nur kurz. Er sagte, eine andere Dame hätte ihm mehr zugesagt, auch weil sie Controllingkenntnisse hatte."

„Controllingkenntnisse? Verstehe ich nicht. Danach hatte er mich nur so nebenbei gefragt, als wäre das nebensächlich."

„War es aber wohl nicht."

„Mist. Das war mir nicht klar." Eva dachte nach und erinnerte sich, dass Doldinger sie bei dieser Frage nicht mal angesehen hatte, sondern in seinen Unterlagen kramte. Dann sagte sie: „Darum ging es doch in Wirklichkeit gar nicht, oder? Ich war wohl nicht der richtige Frauentyp."

„Das kann ich nicht beurteilen."

„Wie gut kennst du Doldinger?"

„Er ist ein Kollege, mehr nicht. Wie gesagt, ich finde

es auch sehr schade, wirklich sehr schade, dass es nicht geklappt hat, aber Doldinger hat sich nun mal so entschieden." Simon lächelte mit einer Miene, als müsste er sich für seinen Kollegen entschuldigen.

„Schon gut", sagte Eva und trank von dem Wein. „Schmeckt dir der Wein?"

„Ja, sehr gut."

Beide tranken ihre Gläser aus und Eva füllte nach. Sie knabberte an einer Salzstange. Simon sah ihr dabei zu.

„Hast du noch Geschwister?", fragte er.

„Geschwister? Wie kommst du jetzt darauf? Eigenartiger Themenwechsel."

„Finde ich nicht. Es ist doch besser, wir reden über uns als über einen Doldinger. Oder?"

„Hm."

„Also: Hast du Geschwister?"

„Nein. Du?"

„Auch nicht. Wo sind deine Eltern? Leben sie noch in dem Dorf, in dem du groß geworden bist?"

Eva waren diese persönlichen Fragen unangenehm, deplatziert. Sie empfand Simon als zu neugierig, als würde er in ihr Privatleben eindringen wollen. Sie antwortete nur kurz: „Meine Mutter ist weggezogen."

„Und dein Vater?"

„Ehrlich gesagt, ich möchte jetzt nicht über meine Familie reden."

„Gut." Simon nahm einen Schluck Wein. „Über was möchtest du dann reden?"

„Egal. Über das Leben. Über deine Arbeit. Über dich."

„Über mich gibt es nicht viel zu sagen. Du weißt ja, wo ich arbeite. Die Firma ist in Ordnung, ich fühle mich wohl dort."

„Und sonst? Ich meine, hast du dich gerade von einer oder deiner Frau getrennt? Warum bist du hier eingezogen? In deiner Position könntest du dir doch was Besseres leisten."

„Ich habe nicht vor, hier für immer zu bleiben. Nur so

lange, bis ich weiß, wie alles weitergeht. Ja, deine Vermutung ist nicht ganz falsch. Ich habe mich von meiner Frau getrennt – zumindest könnte man das so bezeichnen. Ich sehe sie schon noch regelmäßig, aber ich kann mit ihr nicht mehr zusammenwohnen."

„Verstehe."

„Hast du eine feste Beziehung? Warst du schon mal verheiratet?"

„Vom Heiraten halte ich nichts. Meine letzte Beziehung ging vor einem Jahr in die Brüche, ein paar Monate später wurde ich arbeitslos. Ich habe momentan keine so gute Phase. Wird Zeit, dass eine bessere kommt."

Simon sah Eva tief in die Augen – zu tief. Sie musste wegsehen. „Schau mich bitte nicht so an. Ich halte das nicht aus, das ist mir zu viel."

Simon war irritiert und blickte in sein Weinglas. Er war sich seines manchmal intensiven Blickes zwar bewusst, aber dass dies sein Gegenüber nicht aushalten konnte, war ihm neu. „Wie schau ich denn?"

„Als würdest du direkt in meinen Kopf blicken."

„Wirklich? Das wollte ich nicht. Ich habe dich nur angesehen, mehr nicht. Wahrscheinlich habe ich einfach eine zu helle Augenfarbe und deshalb wirkt mein Blick ein wenig stechend. Ich hoffe, du kannst dich daran gewöhnen."

„Ich versuche es."

„Gut. Das beruhigt mich."

Eva nahm zwei Salzstangen. Auch Simon griff zu.

Der Fluss der Unterhaltung war unterbrochen. Zaghaft sahen sie sich – als wäre es ein Test – kurz in die Augen. Sie vermieden aber, einen längeren Blickkontakt zu halten. Sie tranken Wein und aßen Salzstangen, als hätten sie richtig Hunger, was gar nicht der Fall war. Dann stand Eva auf und zeigte Simon ihre neuesten Bewerbungsfotos.

„Die sind gut", sagte er. „Sehr gut sogar. Du bist fotogen."

„Danke."

Simon erzählte, dass er früher oft mit seiner Kamera losgezogen war. „Ich habe Baumaschinen, Kräne und so was fotografiert. Saubere, verdreckte, neue, alte – was herging."

„Kunst am Bau?"

„In etwa. Wenn du Lust hast, zeige ich sie dir mal."

Das weitere Gespräch handelte von Evas Versuchen in der Bildhauerei. Simon interessierte sich sehr dafür, ließ sich Fotos zeigen, wollte wissen, was einem für Gedanken durch den Kopf gingen, wenn man an einem Objekt arbeitete, und warum sie dieses Hobby aufgegeben hatte. Eva erzählte bereitwillig und freute sich, dass es jemanden gab, der sich für ihre künstlerischen Ambitionen begeistern konnte.

Sie kamen sich ein wenig näher, fanden einen gemeinsamen Nenner: Kunst. Mehr passierte nicht. Kein Flirt, keine körperliche Annäherung. Eva gewöhnte sich tatsächlich an Simons helle Augen. Vielleicht aber auch – das dachte sie sich im Nachhinein – hielt er seinen intensiven Blick einfach zurück. Nach fast zwei Stunden verließ Simon Evas Wohnung.

Eva räumte die restlichen Salzstangen weg, dann hatte sie Lust mit Leo zu sprechen. Sie wählte die Nummer der Telefonseelsorge. Leo war gleich am Apparat. Sie freute sich, seine Stimme zu hören. Sie berichtete von Simon, dass er plötzlich da war, in ihr Leben kam, zufällig und irgendwie auffällig.

„Du hast dir doch immer einen netten Nachbarn gewünscht", stellte Leo fest. „Er ist doch nett. Oder? Du kannst mit ihm reden und du kannst wieder die Tür hinter dir zumachen. Das wolltest du doch immer."

„Ja, schon."

„Aber?"

„Ich weiß nicht."

„Könnte es eventuell sein, dass du dich ein wenig, vielleicht nur ein klein wenig, in ihn verliebt hast?"

„Ich weiß es nicht."

„Dann lass doch alles so wie es ist. Wo ist das Problem? Warum hast du angerufen?"

„Weiß nicht", sagte Eva leise.

Leo hustete, als würde er damit Eva aufwecken wollen. „Du sagst immer nur ‚weiß nicht'. Was ist los, Eva?"

„Er fragte mich nach meinen Eltern. Was geht ihn das an?"

„Was ist schon dabei, wenn er das fragt? Er scheint sich für dich zu interessieren."

„Hey. Du warst nicht dabei. Die Frage war völlig aus dem Zusammenhang gerissen." Eva atmete schnell und kurz. „Ich mag es nicht, wenn man mich aushorcht."

„Hat er das?"

„Er hat es versucht", sagte sie scharf.

„Bist du dir sicher?"

„Nein. Egal. Ich mag es einfach nicht."

Leo schwieg einen Moment. Er verstand nicht, was Evas Problem war. „Wie kann ich dir helfen?"

„Gar nicht."

„Du hast angerufen – das muss einen Grund haben. Du hast schon oft mit mir gesprochen. Dir ging es meistens nicht besonders gut, wenn du angerufen hast und meistens wolltest du einen Rat oder einfach nur reden. Aber heute? Was machst du gerade?"

„Nichts. Was soll ich tun? Ich telefoniere mit dir, was sonst."

„Schon klar. Und davor?"

„War Simon da. Dazwischen war nichts. Es tut mir leid, dass ich angerufen habe. Es gibt keinen Grund."

„Wirklich?" Leo war sich da nicht so sicher.

„Wirklich. Ich möchte deine Zeit nicht länger in Anspruch nehmen."

„Das tust du nicht. Ich rede gerne mit dir."

„Danke. Aber ich rufe lieber ein anderes Mal wieder an."

„Wann immer dir danach ist."

„Tschüss Leo." Sie legte auf.

Die kalten Wintertage zogen sich hin. Es war Ende Februar und an Frühling war noch lange nicht zu denken. Eva wäre gerne in die Tropen geflogen, wo es keinen Schnee gab, keine Kälte. Es nützte nichts. Sie hatte kein Geld für Urlaub und für so einen schon gar nicht. Also machte sie es sich, so gut es ging, zu Hause gemütlich mit Büchern, Fernsehen und Glühwein. Simon hatte sie schon zwei Wochen nicht mehr gesehen. Manchmal hörte sie ihn kommen oder gehen. Aber sie hatte keine Lust, ihn abzupassen. Und bei ihm klingeln wollte sie auch nicht. Sie wunderte sich ein wenig, dass er sich noch nicht gemeldet hatte. Aber nun gut, sagte sie sich, wahrscheinlich war nach dem letzten Besuch eine Phase der Distanz nötig. Schließlich sind wir ja nur Nachbarn und keine Freunde.

Es war dann Simon, der wieder Kontakt aufnahm. Er klingelte bei ihr, als er von der Arbeit heimkam.

„Hallo Eva". Er blinzelte ein wenig.

„Hallo Simon. Lange nicht mehr gesehen."

„Ich hatte zu tun. Nur eine Frage: Suchst du immer noch Arbeit?"

„Ja. Leider."

„Doldinger wird in eine andere Abteilung wechseln und seine Assistentin mitnehmen. Die Stelle wird nun wieder frei. Du könntest sie eventuell haben."

„Was? Also ehrlich gesagt ...", stammelte Eva überrascht, „ich glaube kaum ... und dann wird es wieder nichts."

„Doch, doch. Du warst ja an zweiter Stelle. Ich kann Kollege Doldinger bitten, dass er dich bei seinem Nachfolger empfiehlt. Das macht er sicher. Mit einer Empfehlung hast du gute Chancen. Ich kann mir sehr gut vorstellen, dass es diesmal klappt."

„Ehrlich?"

„Ehrlich."

Eva freute sich und war zugleich misstrauisch. Sie befürchtete, wieder enttäuscht zu werden. Automatisch hielt sie sich die Hand vor ihren Mund und starrte Simon fragend an.

„Und wer ist der Nachfolger von Doldinger?"

„Es gibt zwei Kandidaten. Wer es wird, stellt sich in Kürze raus."

„Der Neue wird mich sicher ebenso wie Doldinger unter die Lupe nehmen."

„Das glaube ich nicht. Doldinger ist bekannt für seine pingelige Art. Weißt du was", sagte Simon aufmunternd, „bring mir deine Unterlagen nachher rüber, dann kann ich sie morgen gleich mitnehmen. Das geht schneller, als mit der Post."

Eva ließ ihre Hand unter ihr Kinn rutschen, fasste sich am Hals und murmelte: „Habe ich wirklich eine realistische Chance?"

Simon lächelte. „Ja, natürlich. Auf alle Fälle. Doldingers Nachfolger hat bestimmt keine Lust auf ein langwieriges Bewerbungsverfahren, sondern muss den Laden am Laufen halten. Dafür braucht er zuverlässiges Personal. Insofern dürfte die Sache zügig vonstatten gehen."

„Das ist eine supergute Nachricht."

Eva brauchte nicht lange – sie hatte ihre Unterlagen ja bereits perfekt zusammengestellt. Sie tauschte nur das Foto aus. Eine viertel Stunde später stand sie vor Simon mit ihrer Mappe.

„Hier bitte. Also alles noch mal von vorne. Kann ich vor dem Vorstellungsgespräch mit dir reden?"

„Über was denn?"

„Na über meinen eventuell neuen Chef, auf was ich achten muss, wo die Schwerpunkte liegen und so weiter."

„Eva. Mach dir doch nicht so viele Gedanken. Die Firma kennst du ja schon und den Chef ... sei einfach du selbst. Es ist alles kein Problem."

„Das sagst du. Du steckst nicht in meiner Haut."

„Nein. Aber in meiner. Und die reicht mir."

„Wie bitte?"

„Also, ich meine, alles zur rechten Zeit." Simon berührte sie sanft am Arm. „Mein Badewasser läuft gerade ein."

„Ich geh schon. Ich frage dich aber trotzdem noch mal, wenn es soweit ist. Ich möchte die Stelle haben."

„Ich weiß", sagte Simon, zuckte entschuldigend mit den Achseln und schloss die Tür.

Eva lief in ihrem Apartment vor Freude hin und her wie ein kleiner Hund. Endlich Besserung in Sicht. Sie berichtete die Neuigkeiten Brigitte. Sie hatte sogar kurz überlegt Irina anzurufen, hielt es dann aber doch für besser, die angeknackste Freundschaft vorerst ruhen zu lassen. Nach dem Telefonat mit Brigitte war sie immer noch zu aufgewühlt, um sich auf irgendwas zu konzentrieren.

Adam. Genau. Adam musste herhalten. Heute ist es soweit. Heute ist der richtige Tag für Sex. Hoffentlich hat er Zeit – und Lust. Ohne auch nur einen Gedanken daran zu verschwenden, ob sie aufdringlich wirken könnte, rief sie ihn an. Noch vor gar nicht langer Zeit, hätte sie sich diesen Schritt genau überlegt. Heute nicht. Sie war viel zu gut drauf für irgendwelche Bedenken.

Nach mehrmaligem Klingeln meldete er sich mit: „Adam Schleifer."

Nun kannte sie also auch seinen Familiennamen.

„Hier ist Eva. Hallo Adam. Ich hoffe, ich störe nicht."

„Oh! Eva. Hallo. Ähm. Moment mal." Rauschen war am anderen Ende zu hören, Schritte und dann eine Tür, die ins Schloss fiel.

„Verdammt", hörte Eva Adam nuscheln. Wieder Rauschen.

„Hallo, was ist los?", fragte Eva.

„Entschuldige. Ich musste nur das Zimmer wechseln."

„Hast du Besuch?"

„Ja, das heißt nein."

„Hör mal, wenn ich störe, ich kann auch später ..."

„Nein, nein", unterbrach sie Adam, „du störst keinesfalls. Ein Freund ist noch hier, aber er ist sozusagen schon im Gehen. Ich freue mich, dass du anrufst. Ich hätte dich auch schon beinahe angerufen."

„Beinahe", wiederholte Eva spitz.

„Immer wieder kam was dazwischen."

„So ist das manchmal."

„Manchmal ist meistens häufig."

„Aha."

„Wollen wir uns treffen?"

Na endlich, dachte Eva, kommt ein Vorstoß von ihm.

„Ja, ich denke schon. Hast du vielleicht zufälligerweise heute noch Zeit? Oder besser jetzt gleich?"

„Jetzt gleich?" Adam war überrascht von diesem äußerst spontanen Vorschlag.

„Ja, warum nicht?", fragte Eva mit einem erotischen Unterton in ihrer Stimme.

„Hm ... okay, treffen wir uns also gleich jetzt. Kommst du zu mir? Bis du da bist, ist mein Freund gegangen. Oder sollen wir uns lieber bei dir treffen? Oder lieber erst auf neutralem Boden?"

„Nein. Ich besuche dich gerne. Bis in etwa einer halben Stunde. Ist das okay?"

„Ja … ja das ist okay. Weißt du denn noch wo ich wohne?"

„Ja, natürlich."

„Ich freue mich."

„Ich mich auch."

Sie freute sich wirklich. Endlich hatte sie wieder mal ein Erlebnis, ein Date mit einem Mann und ziemlich sicher Sex.

Als sie vor dem noblen Haus, in dem er wohnte, parkte, wurde ihr bewusst, dass sie hier in einer Gegend war, in der keine armen Leute wohnten. Möglicherweise war dieser Adam reich, wohlhabend, gutsituiert – oder wie man solche Zustände nennt, wo Geld keine Rolle spielte oder zumindest üppig vorhanden war. Es fiel ihr auf, dass sie sich plötzlich einen Moment lang unsicher fühlte, nicht standesgemäß. Doch sie wischte dieses Gefühl beiseite, wollte sich ihre Entschlossenheit von diesen herrschaftlichen Gebäuden ringsum nicht erschlagen lassen. Sie drückte den Klingelknopf, es surrte und sie marschierte die gepflegten Holztreppen hoch, die in der Mitte mit Teppich ausgelegt waren. Einen Aufzug gab es nicht. In der dritten Etage wohnte Adam. Er empfing Eva vor der Wohnungstür und lächelte sie freudig an.

„Schön, dich so spontan zu sehen. Gut siehst du aus."

„Danke, du auch. Viel besser als im Club." Das meinte sie wirklich. Er wirkte auf sie dynamischer und frischer, irgendwie männlicher. Er hatte ein markantes Kinn, das ihr erst jetzt auffiel.

„Komm rein." Er gab ihr einen Kuss auf die Wange. „Wir gehen ins Wohnzimmer."

„Wow." Eva war sprachlos, als sie die Wohnung betrat. Der Flur so breit wie ein Zimmer. Die Wände mindestens drei Meter hoch mit Stuck, sogar hier im Flur. Moderne Gemälde. Türen mit geschliffenen Glaseinsätzen. Jeden Schritt hörte man auf dem alten Eichenparkett. Im Wohnzimmer lag ein feiner hellblauer Teppich vor einer naturweißen, großen Couch. Ein riesiger Fernseher hing an der Wand und ein etwa zwei mal drei Meter großes Bild: Meer und Himmel in diffusem Licht. Sehr romantisch, fast schon melancholisch.

„Du wohnst richtig edel", sagte sie. Sie war beeindruckt. So eine Wohnung kannte sie nur aus Filmen. „Wie groß ist die Wohnung?"

„Einhundertsechzig Quadratmeter."

„Wahnsinn. Und du wohnst hier alleine?"

„Zurzeit ja."

„Wie viele Zimmer?"

„Fünf. Oder sechs, wenn man das kleine Wäschezimmer noch dazuzählt."

Wäschezimmer – so etwas hatte Eva noch nie gehört. „Aha."

„Wenn es dich interessiert, kann ich dich rumführen. Oder willst du erst was trinken. Ein Glas Champagner?"

„Champagner. Gerne."

„Komm mit, dann kannst du dir gleich die Küche ansehen."

Sie ging hinter ihm her ins letzte Zimmer links. Es war eine moderne Küche, aber im Vergleich zum Wohnzimmer normal. Neben der glänzend weißen Küchenzeile gab es einen großen Tisch aus Nussbaumholz und sechs unterschiedliche Stühle aus verschiedenen Hölzern. Mit Holz kannte sich Eva aus. Damit hatte sie sich beschäftigt, als sie mit der Bildhauerei begonnen hatte.

Adam öffnete geschickt die Flasche und reichte Eva ein Glas. „Schön, dass du dich gemeldet hast."

Sie sagte dazu nichts. Adam nahm die Flasche und sie gingen zurück ins Wohnzimmer. Sie setzten sich nebeneinander auf die Couch und sprachen über den Club-Abend. Adam entschuldigte sich: Er täte ihm leid, wenn er abweisend gewirkt hätte. Das wollte er nicht.

„Ich habe mich nicht wohlgefühlt."

„Warum bist du dann überhaupt in den Club, wenn es dir nicht gut ging?", fragte Eva erstaunt.

„Mir ist die Decke auf den Kopf gefallen."

Sie blickte nach oben. „Ich kann mir nicht vorstellen, dass diese Decke runterfällt! Du solltest mal in mein kleines Apartment kommen. Dort würdest du wahrscheinlich ersticken."

„Man kann auch in einer großen Wohnung ersticken."

„Aber nicht so schnell." Eva erhob sich. „Los, zeig mir jetzt dein restliches Schloss."

Er führte sie in seine Zimmer: Ins Arbeitszimmer, ins Sportzimmer, in dem verschiedene Fitnessgeräte standen, ins sogenannte Wäschezimmer – ein kleinerer Raum mit Schränken rundum, einem Spiegel, diversen

Wäschekörben und einem Bügelbrett in der Mitte. Dann zeigte er ihr das Gästezimmer und schließlich das Schlafzimmer mit einem großen Doppelbett, auf dem mehrere Bettdecken neben- und aufeinander lagen. Es war nicht erkennbar, ob er das Bett nur alleine benutzte.

Sie umarmten sich zaghaft und ein wenig unsicher. Langsam suchten sich ihre Lippen. Sie küssten sich neugierig, genussvoll, aber nicht leidenschaftlich.

„Lass uns zurück ins Wohnzimmer gehen. Dieses Bett steht ein wenig zu herausfordernd da", flüsterte Adam.

Eva lachte. „Das Gefühl hatte ich eben auch."

Sie setzten sich entspannt auf die Couch. Eva zog ihre Schuhe aus und auch Adam machte es sich gemütlich. Sie redeten über ihre Berufe. Adam war Betriebswirt, Geschäftsführer einer Firma für Rohstoffhandel. Aber der eigentliche Boss war sein Vater.

„Ich habe wenig zu sagen. Mein Vater glaubt, immer alles besser zu wissen. Er lässt mich ständig spüren, dass ich seiner Meinung nach zu wenig Erfahrung habe. Aber ich will nicht jammern. Im Grund habe ich ein ganz gutes Leben, finanziell zumindest."

„Wie man sieht." Sie deutete mit einer ausladenden Geste in den Raum. „Ich beneide dich."

„Das Finanzielle ist nur ein Teil im Leben. Vieles kann man sich nicht kaufen."

„Das meiste schon", sagte Eva. „Und was fehlt dir?"

„Jetzt im Momentan fehlt mir nichts. Du bist da."

Adam beugte sich zu Eva, streichelte ihr Gesicht, ihren Oberarm, dann ihre Brüste und sah ihr dabei tief in die Augen. Sie küssten sich. Zärtlich, intensiver und schließlich leidenschaftlich. Es dauerte nicht lange, dann zogen sie sich gegenseitig aus. Adam trug Eva ins Schlafzimmer, während er versuchte, an ihren Brustwarzen zu saugen.

Es war Sex, ganz guter Sex für das erste Mal. Eva lag in Adams Arm, roch an seiner Haut – eine unaufdringliche Süße mit einer Nuance Menthol oder Pfefferminze.

Seltsam. Männer benutzten normalerweise herbere Düfte. Dieser Geruch erinnerte sie an ihre Kindheit, was sie erst befremdete und bald als unangenehm empfand. Sie drehte sich von Adam weg und sah sich im Schlafzimmer um. Das Schlafzimmer war, anders als die anderen Räume, ohne Bilder, ohne Kunstgegenstände – nüchtern. Außer einem Schwebetürenschrank und einem kleinen Bücherregal gab es rechts und links neben dem großen Bett je einen kleinen Tisch mit einer Leuchte. Sonst nichts.

„Warum hast du keine Frau?"

Adam zuckte mit den Schultern.

„Ist es das, was dir fehlt?"

„Ja. So ist es."

„Mich wundert das, ehrlich gesagt."

„Mich nicht. Ich hänge die ganze Zeit in dieser männerdominanten Firma rum und privat läuft nicht so viel. Und wie ist das bei dir? Warum bist du Single?"

„Das kann ich dir nicht sagen. Es hat sich in letzter Zeit einfach nichts ergeben."

„Bei mir auch nicht. Außerdem habe ich gewisse Ansprüche."

„Und die wären?"

„Nun ja. Hübsch müsste sie sein. Schönes Gesicht mit einem sinnlichen Mund und großen Augen, lange Beine – so wie deine –, schlank mit festem Busen und knackigem Po, lange blonde Haare, oder dunkle, die Farbe ist nicht so wichtig. Allerdings hasse ich rote Haare. Außerdem müsste sie eine sexy Ausstrahlung haben und einen gewissen Hüftschwung – du weißt schon."

„Und sonst?"

„Nichts sonst. Nun ja, nett sollte sie natürlich sein."

„Alles klar." Mein Gott, dachte sich Eva, was ist das für ein einfältiger Typ, Sex hin oder her. Nur gut, dass er diese Anforderungs-Liste nicht schon vorher von sich gegeben hat, sonst wäre ich sofort geflüchtet.

Sie löste sich aus seiner Umarmung, stand auf, ging ins

Wohnzimmer und suchte ihre Kleider, um sich anzuziehen. Alsbald kam Adam nach.

„Willst du schon gehen?"

„Ja."

„Warum so abrupt?"

„Mission erfüllt."

„Wie bitte?"

„Es war schön, aber ich muss jetzt los. Wir können uns gerne mal wieder treffen, dann erzähle ich dir, wie mein Traummann aussehen muss."

„Habe ich was Falsches gesagt? Bist du jetzt beleidigt? Das brauchst du nicht. Du schaust doch super aus. Du bist genau mein Typ."

„Dir geht es anscheinend nur um Äußerlichkeiten."

„Das stimmt nicht. Ich will dich kennenlernen. Aber du musst uns dafür Zeit geben."

„Das würde ich schon, aber nicht jetzt. Mir wird das alles gerade zu viel hier."

„Das verstehe ich nicht."

„Das ist mir schon klar, aber das kann ich nicht ändern. Es tut mir leid, aber ich lasse dich jetzt mit deiner Verständnislosigkeit zurück."

Rasch hatte sie sich angezogen und ging – mit einem ganz besonders ausladenden Hüftschwung – zur Wohnungstür.

„Ciao Adam."

Sie wollte weg von ihm, raus aus dieser Wohnung. Er hatte recht, man konnte auch in einer großen Wohnung ersticken. Vielleicht sogar schneller als in einer kleinen, wenn sich die Aura eines oberflächlichen Menschen ausbreitete. Wie schon lange nicht mehr, freute sie sich auf ihr Zuhause und auf das Alleinsein. Sie hatte sich nicht verliebt.

Trotzdem spürte sie in den folgenden Tagen, dass ihr die Begegnung mit Adam gutgetan hatte, obwohl er ihr menschlich uninteressant erschien: selbstbezogen, ein Mann, der Frauen als Gegenstand betrachtete. Vielleicht würde sie ihn trotzdem wieder anrufen, vielleicht auch nicht.

„Die Salamipizza ist besser", sagte Simon.

Eva verglich gerade die Pizzasorten.

„Huch!" Eva erschrak und drehte sich ruckartig um, so dass sie gegen Simons Einkaufswagen stieß. „Oh! Simon. Was tust du hier?"

„Einkaufen, was sonst."

„Natürlich. Was sonst. So ein Zufall, dass wir uns hier treffen. In diesen Supermarkt gehe ich eher selten."

„Ich bin auch nicht oft hier, aber das Pizzaangebot ist gut."

Eva wollte und konnte mit ihrer Neugierde nicht hinter dem Berg halten, obwohl dieses Thema so gar nicht in den stressigen Supermarkt passte. „Was macht meine Bewerbung? Weißt du irgendwas?"

„Nein. Ich weiß leider nichts."

„Schade. Wann werde ich denn Bescheid bekommen?"

„Ich weiß es nicht."

„Hm. Zumindest kam ja noch keine Absage."

„Das wird schon was. Ich sehe das positiv. Ich muss leider weiter, bin ein wenig unter Druck", sagte Simon und nahm eine Pizza mit Thunfisch. „Vielleicht können wir nächste Woche mal quatschen. Am Wochenende habe ich keine Zeit."

„Was hast du denn vor?", fragte Eva spontan.

„Eine familiäre Angelegenheit. Und was machst du?"

„Ich? Keine Ahnung. Pizza essen."

Tage später war es endlich soweit: Sie hielt einen relativ dicken Brief von der Firma TEILCOR in den Händen und ihr Herz klopfte. „Jetzt kommt die Einladung", sagte sie, als würde sie zu jemandem sprechen. Aber, wunderte sie sich, warum war der Brief so dick? „Bitte keine Absage, bitte, bitte nicht", flehte sie.

Sie setze sich auf das Bett, damit sie im Negativfall gleich umfallen konnte, und öffnete langsam den Umschlag. Sie zog mehrere Blätter heraus und las das Anschreiben.

Betreff: Ihre Bewerbung – Vertragsunterlagen
Sehr geehrte Frau Hanke,
wir freuen uns, dass wir Sie in unserem Hause am 1. April als neue Mitarbeiterin begrüßen dürfen.
Sie erhalten hiermit den Arbeitsvertrag sowie eine Erklärung zum Datenschutz und zu weiteren Verpflichtungen in doppelter Ausfertigung. Bitte schicken Sie je ein unterschriebenes Exemplar des Arbeitsvertrages und der beiliegenden Anlagen umgehend an uns zurück.
Bitte beachten Sie auch unsere Informationsflyer.
An Ihrem ersten Arbeitstag melden Sie sich bitte um 9:30 Uhr am Empfang.
Mit freundlichen Grüßen
Isolde Hiller
Personalabteilung

Eva hielt den Atem an. Sie blätterte die Unterlagen durch: ein Arbeitsvertrag und diverse Anlagen. Da stimmt irgendwas nicht, dachte sie. Sie las das Schreiben mehrmals. Sie las den Arbeitsvertrag ausführlich. Kein schlechter Vertrag – bis auf die Bezahlung. Aber was soll das? Ein Vertrag ohne Bewerbungsgespräch? Das kann nur ein Missverständnis sein. Sie steckte wieder alles zurück in den Umschlag und schob ihn unter das Bett, damit er nicht mehr in ihrem Blickfeld war. Verdammt. Es war sechzehn Uhr. Sie musste mit Simon reden, ihn fragen, was das zu bedeuten hatte. Wobei das wahrscheinlich auch sinnlos sein würde. Was sollte er dazu sagen? Das kann nur ein Fehler der Personalabteilung sein. Wahrscheinlich eine Verwechslung. Sicher eine Verwechslung. Was sonst.

Sie konnte an nichts anderes mehr denken. Es war ein

langer Nachmittag und auch noch ein langer Abend. Erst gegen zwanzig Uhr hörte sie Simon kommen. Sie holte den Umschlag wieder hervor, warf einen kurzen Blick in den Spiegel und klingelte dann bei ihm. Er machte nicht auf. Sie klingelte noch mal und ein weiteres Mal und ärgerte sich. Dann klopfte sie gegen die Tür. „Simon, mach bitte auf. Ich bin's, Eva. Ich weiß, dass du da bist. Es ist wichtig." Nichts rührte sich. „Simon!" Sie wurde immer lauter. „Simon, bitte aufmachen!" Sie schrie beinahe und stieß mit dem Fuß gegen die Tür.

Der Nachbar von nebenan streckte seinen Kopf heraus. „Was soll dieser Lärm?"

„Ich will zu Herrn Schmidt. Ich weiß, dass er da ist. Ich habe ihn soeben kommen gehört."

„Da haben Sie sich wahrscheinlich getäuscht. Ich bin gerade nach Hause gekommen und mir ist die Wohnungstür zugefallen. Herrn Schmidt habe ich nicht gesehen."

„Ach so. Sie waren das. Ich dachte ... sorry, ich war wohl zu laut."

Sie blieb noch eine Weile vor Simons Apartment stehen, aber vergeblich. Enttäuscht ging sie wieder in ihre Wohnung.

Erst viel später, so gegen Mitternacht kam Simon, aber da schlief Eva schon.

Am nächsten Morgen wachte sie um sieben Uhr auf. Wenige Minuten später schlich sie, nur mit einem Bademantel bekleidet, zu Simon und horchte an der Tür. Sie glaubte, ein leises Summen zu vernehmen. Vielleicht ein Rasierapparat oder eine elektrische Zahnbürste. Oder eine Kaffeemaschine. Sie beschloss, ein wenig später zu klingeln, erst etwas Ordentliches anzuziehen. Gerade als sie in ihre Wohnung huschen wollte, kam Simon aus seiner. Er lächelte erstaunt.

„Guten Morgen Nachbarin. Was treibt dich denn schon um?"

„Simon", sagte Eva mit einer Mischung aus Freude,

ihn anzutreffen, und aus Scham wegen ihrer äußeren Erscheinung. „Guten Morgen. Entschuldige, dass ich noch nicht angezogen bin. Ich muss dir dringend etwas zeigen. Würdest du bitte kurz rüberkommen?"

Sie hielt ihm den Arbeitsvertrag mit den Anlagen hin. Er blätterte alles ziemlich schnell durch, ohne die Miene zu verziehen und zuckte mit den Achseln. „Gut. Unser Standardvertrag. Das ging jetzt aber schnell. Freust du dich?"

„Nein. Ich hatte noch gar kein Bewerbungsgespräch!"
„Ach so?"

„Ich glaube, die haben mich mit jemand verwechselt. Das ist ein Versehen." Eva war kurz davor, ein wenig wütend zu werden, hielt ihre Emotionen aber zurück, da ihr bewusst war, dass Simon keine Schuld traf.

„Hm", murmelte Simon mit einem langen, summenden Ton. „In schon knapp zwei Wochen sollst du anfangen. Nun ja", überlegte er, „geh doch einfach hin."

„Sehr witzig."

„Natürlich gehst du hin."

„Bla bla." Sie zog ihm die Papiere aus der Hand. „Ich rufe später an."

„Ich würde ihn unterschreiben. Das ist ein ordentlicher Arbeitsvertrag." Simon grinste verschmitzt.

„Verarschen kann ich mich selbst. Das ist kein Vertrag, sondern ein Irrtum und somit ungültig. Du kannst ihn gleich mitnehmen."

„Übrigens", Simon zog die Augenbrauen hoch und lächelte, „das habe ich ganz vergessen, dir zu sagen: Doldinger bleibt nun doch auf seiner alten Abteilungsleiterstelle, aber seine neue Assistentin – deine Exkonkurrentin – hat schon wieder gekündigt. Ich habe das jetzt erst erfahren."

„Also braucht Doldinger eine Nachfolgerin."

„Ja. Dich zum Beispiel. Passt doch."

„Kannst du bitte aufhören, dich über mich lustig zu machen? Bevor ein Vertrag verschickt wird, hätte sich

68

Doldinger bei mir melden müssen und fragen, ob ich an der Stelle noch interessiert und mit den Konditionen einverstanden sei. Das wäre normal."

„Hat er das nicht?"

„Nein. Auch nicht die Personalabteilung."

„Hm. Nun ja." Simon lächelte. „Wahrscheinlich schien für ihn alles klar oder er hat sich bei der Terminplanung vertan. Oder die Personalabteilung hat den vorbereiteten Vertrag aus Versehen zu früh verschickt. Solche Sachen kommen vor. Und in deinem Fall: Wenn es für alle Beteiligten passt, ist das doch wunderbar."

„Solange zwischen Doldinger und mir keine Absprache stattgefunden hat, passt gar nichts. Ich finde das alles eigenartig", stellte Eva fest, obwohl sie keine Ahnung von Entscheidungsabläufen in großen Firmen hatte. „Kannst du mir sagen, warum meine Konkurrentin so schnell wieder gekündigt hat?"

„Das weiß ich nicht. Vielleicht hat sie sich unter der Stelle etwas anderes vorgestellt oder sie hat von einer anderen Firma ein besseres Angebot bekommen."

„Vielleicht ist dieser Doldinger auch unerträglich."

„Sicher nicht. In seiner Abteilung ist die Fluktuation sehr gering. Was hast du nun vor?"

„Keine Ahnung. Das sind gefühlsmäßige Achterbahnfahrten. Verstehst du das?"

„Ich verstehe das schon. Trotzdem: ich würde die Stelle antreten. Ob bei Doldinger oder bei einem anderen ist doch letztlich egal."

„Irgendwie kommt mir das vor, als hätte ich bei einem Preisausschreiben mitgemacht und eine Reise gewonnen, bei der ich nicht weiß, wo es hingeht."

„Eine Joker-Reise."

„Eine Joker-Reise? Warum sagst du das?" Eva dachte an ihre Telefonjoker-Anrufe und fühlte sich irgendwie ertappt, obwohl Simon von den Anrufen nichts wissen konnte.

„Weil man solche Reisen so nennt."

„Ach so, ja, ich weiß."

„Ich muss jetzt los", sagte Simon. „Nutz deine Chance. Wenn es dir nicht gefällt, kannst du ja wieder kündigen."

„Stimmt. Falls man mich überhaupt will."

Simon streichelte Eva zart am Arm und sah ihr freundlich, aber mit stechendem Blick in die Augen.

Sie unterschrieb den Vertrag, brachte ihn zur Post und fing im Laufe des Tages an, sich langsam zu freuen. Nicht so richtig, denn weder die Tätigkeit schien ihr besonders attraktiv zu sein noch war Doldinger alles andere als ihr Traumchef. Und die Bezahlung war eigentlich unter ihrem Niveau. Trotzdem, es war ein Anfang. Und je länger sie über alles nachdachte, umso mehr wurde ihr klar, dass diese öden, langen Tage, die sie oftmals nur mit Unsinn füllen konnte, bald ein Ende haben würden. Vorausgesetzt, es war nicht doch alles ein Irrtum.

Sie warf eine Nachricht über ihre Entscheidung in Simons Briefkasten.

Am ersten April um neun Uhr dreißig betrat Eva das Firmengebäude. Sie war ein wenig nervös. Die Dame am Empfang bat sie, in die zweite Etage zu fahren und sich im Zimmer zwölf zu melden.

Sie sah auf das Namensschild vor der Tür. Dort stand „Simon Schmidt". Wieso schickt man mich zu Simon?, wunderte sich Eva. Sie öffnete ihren warmen Wintermantel und klopfte. Da die Tür angelehnt war, betrat sie das Zimmer.

Simon saß lächelnd hinter dem Schreibtisch. „Hallo Eva. Du bist schon da? Schön. Simon stand auf und reichte Eva die Hand. „Herzlich willkommen. Auf eine gute Zusammenarbeit."

„Hallo Simon. Man hat mich zu dir geschickt."

„Das ist schon richtig."

„Bringst du mich zu Doldinger?"

„Ich muss dir was sagen: Doldinger ist nicht dein

Chef."

„Wieso das denn? Warum hast du mir nicht Bescheid gesagt? Ich verstehe überhaupt nichts mehr."

„Es hat sich was geändert."

„Schon wieder? Du meine Güte." Sie war sich sicher, dass nun keine gute Nachricht kommen würde. „Wurde er gefeuert?", fragte sie belustigt, um schon vorab ihre Angst vor einer Enttäuschung zu bannen.

„Die Sache ist etwas komplizierter."

„Wurde die Stelle gestrichen? War es doch eine Verwechslung? Kann ich gleich wieder nach Hause gehen?" Eva wurde bei dem Gedanken schlagartig schwindelig.

„Nein, nein. Deine Stelle wurde nicht gestrichen. Du kannst anfangen."

„Gott sei Dank." Eva atmete erleichtert aus. „Und nun? Wer ist mein zukünftiger Chef?"

Simon grinste über das ganze Gesicht. „Ich."

„Was heißt ‚ich'?"

„Ja, ich. Ich bin dein Chef."

„Du?"

„So ist es."

„Du verarschst mich." Eva lächelte verschmitzt.

„Nein, tu ich nicht."

Sie blickte in Simons hellblaue Augen. Langsam veränderte sich ihr Lächeln zu einem verzerrten Grinsen und ihre Mimik drückte Zweifel und Unbehagen aus. „Das glaube ich nicht."

„Es ist aber so."

Eva zuckte schräg lächelnd mit den Achseln, war kurz sprachlos. Dann sagte sie: „Was ist mit meinem Arbeitsvertrag?"

„Es ist alles in Ordnung."

„In Ordnung nennst du das? Dass du mein Vorgesetzter sein könntest, davon war doch nie die Rede, nicht andeutungsweise. Und wenn du nun wirklich mein Vorgesetzter sein solltest, warum erfahre ich das erst jetzt? Das weißt du doch schon länger. Du hättest es mir sagen müssen." Eva war kurz davor, laut zu werden. „Was spielst du für ein Spiel mit mir?"

„Bitte leiser. Die Wände sind hier dünn."

„Ich fasse es nicht. Du sollst mein Chef sein? Wenn ich das gewusst hätte ..."

„... dann hättest du dich nicht beworben."

„Nein, wahrscheinlich nicht. Du bist schon mein Nachbar und nun wirst du auch noch mein Chef sein?" Eva wurde heiß. Sie zog ihren Mantel aus, befreite sich von ihrem Schal und legte alles, zusammen mit ihrer Tasche, auf den Stuhl, der vor Simons Schreibtisch stand.

„Ich hänge deine Sachen auf. Setze dich doch."

„Ich will mich nicht setzen. Ich glaube nicht, dass ich bleibe. Sag mir, was dieses ganze Theater soll?"

„Ich wollte, dass du meine Mitarbeiterin wirst, habe aber befürchtet, dass du Bedenken haben könntest, so musste ich dich ein wenig überlisten."

„Überlisten? Warum hast du nicht ganz normal mit mir geredet? Du hättest mich doch fragen können. Eine Überlistung ist keine gute Voraussetzung für ein Arbeitsverhältnis."

„Was nicht ist, kann ja noch werden", meinte Simon und setzte ein wohlwollendes Lächeln auf.

„Oh je! Was hast du für Vorstellungen?" Eva verdrehte die Augen. „Wie hast du das hinbekommen mit dem Arbeitsvertrag? Ist Doldinger ein Freund von dir? Hast du das mit ihm ausgeheckt?"

„Doldinger ist nur ein Kollege. Er hat damit nichts zu tun. Am Anfang war es ein ganz normales Bewerbungsverfahren. Doldinger suchte tatsächlich eine Assistentin und ich habe dir, wie du weißt, den Tipp gegeben. Du hattest das Vorstellungsgespräch und er hat sich leider für eine andere Bewerberin entschieden. Die Gründe kenne ich nicht. Schon kurz darauf ist er in eine andere Abteilung gewechselt und hat seine Assistentin mitgenommen. Bis dahin war alles so, wie ich es dir erzählt habe." Simon wippte mit der Lehne seines Bürostuhls und sah Eva freundlich an.

„Und weiter?", fragt Eva.

„Dann hat man mich überraschend als Nachfolger von Doldinger eingesetzt – er ist nicht wieder auf seinen alten Posten zurückgekehrt, das habe ich erfunden. Ich stellte mir vor, dass es schön wäre, wenn du für mich arbeiten würdest. Ich habe überlegt, wie ich das einfädeln könnte. Dann hatte ich die Idee, dir zu sagen, seine Assistentin hätte gekündigt und du könntest dich erneut bewerben bei dem neuen Abteilungsleiter. In Wirklichkeit, also offiziell, hast du dich bei mir beworben."

„Du hast mir angeboten, meine Bewerbungsunterlagen *freundlicherweise* mitzunehmen, weil das besser wäre, als sie mit der Post zu schicken, um … um in der Personalstelle behaupten zu können, ich hätte mich bei dir beworben."

„Ja, so war es."

„Es gab also kein Missverständnis in der Personalabteilung?"

„Nein, natürlich nicht. Und die Assistentin von Doldinger ist auch immer noch da. Ich habe mir zur Tarnung noch zwei andere Bewerberinnen angeschaut, mich aber für dich entschieden. Dann ließ ich den Vertrag ausstellen … ja, und jetzt bist du hier."

„Sauber eingefädelt. Perfekt. Du hast mich reingelegt. Aber wozu? Warum willst du unbedingt *mich* haben? Was willst du von mir? Ich verstehe das nicht."

„Musst du nicht."

„Ich will es aber."

„Hör auf zu bohren. Du hast genau die Kenntnisse, die ich hier brauchen kann."

„Das ist doch Quatsch. Darum geht's doch gar nicht. Warum ich?"

Simon schwieg. Das Telefon läutete, aber er ging nicht ran. Als das Läuten verstummte, sagte er: „Willst du dich nicht endlich setzten?"

„Ich bleibe lieber stehen. Bitte klär mich auf. Was hast du vor mit mir?"

„Du wirst hier arbeiten."

„Ich glaube kaum, dass ich für dich arbeiten werde. Du tickst ja nicht ganz richtig."

„Jetzt mach aber mal einen Punkt." Simon war verärgert, stand auf und öffnete das Fenster. „So redest du nicht mit mir. Du bist jetzt bei der Firma TEILCOR angestellt und offiziell meine Mitarbeiterin. Und wenn dir das nicht passt, kannst du deine Unterlagen holen, dich in dein Apartment verkriechen und vor dich hin jammern, Tag ein, Tag aus und langsam verblöden."

Eva schluckte. Am liebsten wäre sie aus dem Zimmer gestürmt und hätte die Tür zugeknallt. Aber er hatte leider irgendwie recht, jedenfalls nicht ganz unrecht. Was sollte sie tun? Sie setzte sich nun doch. Einige Minuten saßen sie sich schweigend gegenüber, der Schreibtisch zwischen ihnen.

Schließlich sagte Simon: „Ich würde mich wirklich sehr freuen – vorausgesetzt, du schnauzt mich nicht mehr an –, wenn du für mich arbeiten würdest."

„Also gut", sagte Eva trotz eines äußerst ambivalenten Gefühls, „wir können es ja versuchen."

„Schön. Dann zeige ich dir jetzt deinen Arbeitsplatz."

Er ging mit ihr in ein kleines Büro nebenan. Es war ein Büro für zwei Personen, aber es war nur ein PC vorhanden.

„Sitze ich alleine?", frage Eva überrascht. Sie hatte noch nie ein Einzelbüro und sie wusste nicht, ob sie das gut finden sollte.

„Ja. Der zweite Platz ist manchmal mit Aushilfskräften besetzt. Zurzeit nicht. Du hast also deine Ruhe."

„Gut."

„Ich führe dich jetzt durch das Haus und stelle dir ein paar Kolleginnen und Kollegen vor, mit denen du zusammenarbeiten wirst. Dann zeige dir unsere Kantine. Anschließend erkläre ich dir die aktuellen Projekte und deine Aufgaben."

„Gut."

„Wir können heute zusammen Mittagessen. In Zukunft gehst du mit anderen Kollegen oder alleine – wie du willst. Ich esse hier nicht jeden Tag."

„Gut."

„Kannst du auch noch etwas anderes als ‚gut' sagen?"

„Ja natürlich."

Eva konnte um siebzehn Uhr den ersten Arbeitstag beenden. Ihr war nicht recht wohl, als sie nach Hause fuhr. So hatte sie sich ihr neues Arbeitsleben nicht vorgestellt: mit langweiligen Aufgaben und ihrem Nachbarn als Chef.

Der zweite Arbeitstag war nicht viel anders als der erste und auch die darauffolgenden Arbeitstage waren ähnlich. Simon kam oft in ihr Büro, war immer sehr freundlich. Eva empfand die Freundlichkeit als übertrieben, zu nah – klebrig. Er gab ihr einfache Aufträge: Überarbeiten von Präsentationen, Unterlagen sortieren, Zahlen in Tabellen eintragen und anderen Kleinkram. Sie erledigte alles schnell und fühlte sich unterfordert. Von Kreativität keine Spur, eigene Ideen einbringen: Fehlanzeige. Am Ende der zweiten Woche skizzierte sie, wo und wie sie die firmeninterne Website umgestalten würde. Simon gefiel der Vorschlag und er bat sie um ein detailliertes Konzept. Endlich eine kleine Herausforderung.

Die Zusammenarbeit zwischen beiden funktionierte, denn sie gingen geschäftsmäßig miteinander um. Trotzdem war die Lage nicht entspannt. Eva ließ sich auf keinen persönlichen Smalltalk mit Simon ein und hielt sich insgesamt sehr zurück. Das passte Simon nicht. Er versuchte immer wieder, mit Eva näher in Kontakt zu kommen, lud sie zum Kaffee ein oder brachte ihr Süßigkeiten mit, aber sie blieb distanziert. Zu Hause vermied sie es, ihm zu begegnen. Simon ging etwas früher ins Büro als Eva, war mittags oft mehrere Stunden abwesend – wo er sich aufhielt, wusste Eva nicht – und arbeitete oft bis spät abends, so dass sie sich selten über den Weg liefen. Dennoch: Jedes Mal, wenn sie die Wohnung verließ, lugte sie vorher durch den Spion.

„Gefällt mir", sagte Simon. Er studierte ihr Konzept. „Gefällt mir wirklich. Ist moderner, frischer. Schön finde ich die Platzierung unserer internen Veranstaltungen. Würdest du diese Demo-Version noch ein wenig ausbauen?"

„Gerne. Hast du Schwerpunkte?"

„Ja. Den Speiseplan unserer Kantine solltest du dir genauer unter die Lupe nehmen. Außerdem muss er mit einem Klick aufrufbar sein."

„Ja, stimmt. Das ändere ich."

Simons Handy piepste wie ein kleiner Vogel. Er ging ran und sagte mehrmals hintereinander „ja, okay" und legte dann auf. „Ich muss dich ein paar Minuten alleine lassen", entschuldigte er sich und verließ den Raum.

Eva sah sich um in dem sachlichen Büro. Ihr Blick fiel auf Simons Kalender, der offen auf dem Schreibtisch lag. Sie wunderte sich, dass Simon neben Outlook noch einen Papierkalender pflegte. Sie beugte sich vor, um die Einträge lesen zu können. Es war ein Kalender mit einer Wochenübersicht. Diverse Termine waren eingetragen und zweimal ein dickes T – auch gestern Mittag, als er wieder nicht in der Firma gewesen war. Sie ging zur Tür und sah nach, ob Simon zu sehen war. Die Luft war rein. Sie blätterte in dem Kalender wochenweise rückwärts. Immer wieder das T. Wahrscheinlich eine Geliebte. Vor drei Wochen stand neben dem T: Krankenhaus. Sie blätterte wieder vorwärts. Aber es gab nur zwei T-Einträge: morgen Abend und am Wochenende.

Simon kam zurück. Eva saß schon wieder ordentlich wartend auf ihrem Stuhl. Er hatte nichts bemerkt.

Sie nahmen das Gespräch wieder auf. Als alles gesagt

war, lehnte sich Simon zurück und kreiste mit den Schultern, um sich zu entspannen.

„Eva, hör zu", begann er und fixierte Eva mit seinem stechenden Blick. „Ich bin mit deiner Arbeit sehr zufrieden. Keine Frage. Aber: dein übertrieben korrektes, distanziertes Verhalten kannst du langsam sein lassen. Es ist albern. Findest du es immer noch schlimm, dass ich dein Chef bin?"

„Nein. Als Chef bist du okay", antwortete Eva sachlich und wich seinem Blick nicht aus.

„Dann brauchst du doch nicht mehr beleidigt zu sein."

„Das interpretierst du falsch. Ich bin nicht beleidigt, sondern zurückhaltend. Ich kann dir nicht mehr vertrauen, nachdem du mich angelogen hast. Das wundert dich?"

„Es war doch eine sinnvolle Lüge. Aber gut, irgendwie kann ich das schon verstehen. Kann ich die Sache wiedergutmachen?"

„Ja, indem du mir endlich die noch offene Frage beantwortest: Warum wolltest du unbedingt mich?"

Simons stechender Blick wurde eine Nuance stärker und Eva war kurz davor wegzusehen, zwang sich aber, obwohl es ihr nach wie vor unangenehm war, diesem Blick standzuhalten.

„Weil es schade wäre, wenn deine Fähigkeiten ungenutzt blieben. Weil du mehr kannst, als man dir zutrauen würde", antwortete Simon gelassen.

„Wieso warst du dir da so sicher?"

„Ich weiß es."

„So ein Blödsinn. Du kanntest mich doch nur als Nachbarin."

„Das ist kein Blödsinn. Ich beobachte gut."

„*Das* glaube ich dir. Du schaust mich schon wieder so durchdringend an; das ist mir unangenehm. Kannst du das bitte seinlassen?"

„Mir ist das nicht bewusst." Simon wandte seinen Blick von Eva kurz ab.

„Du hast mir meine Frage immer noch nicht beantwortet. Warum ich?", hakte Eva nach.

Simons Gesichtsausdruck wurde ernst. Er hatte keine Lust mehr, über dieses Thema zu sprechen. „Lassen wir das", sagte er bestimmend.

„Nein", widersprach Eva. „Wir lassen das nicht. Du hast mich gefragt, wie du die Sache wiedergutmachen kannst. Also: Ich glaube, du hast meine Situation schlichtweg ausgenutzt. Du hast gewusst, dass ich unter der Arbeitslosigkeit leide und mir diese sogenannte Chance untergejubelt, um mich ausnützen zu können. Mein Gehalt hier ist einfach viel zu niedrig. Für diese paar Kröten hättest du niemanden mit meinen Qualifikationen bekommen."

„Du willst also mehr Geld?"

„Ja. Das ist doch wohl verständlich."

„Wir alle wollen mehr Geld."

„Bitte verschone mich mit diesen Killerphrasen."

„Ich mache dir einen Vorschlag. Wenn du Geld willst, musst du mit mir ein Geheimnis lüften."

Eva runzelte fragend die Stirn. „Wie bitte? Was für ein Geheimnis?"

„Nun ja. Dazu müssten wir in einen Wald fahren und etwas ausgraben."

„Ausgraben? In einem Wald?"

„Ja. Vielleicht am Wochenende? Es wird dauern, weil der Boden noch hart ist."

„Was redest du da? Was soll das? Ich lasse mich doch von dir nicht komplett verarschen."

„Ich verarsche dich nicht."

„Was dann? Willst du mich anmachen? Willst du deshalb mit mir in den Wald fahren?"

„Meine liebe Eva, du liegst absolut daneben. Es geht nicht um Sex", entrüstete sich Simon. „Mein Angebot steht. Entweder du fährst mit, dann können wir gerne über Geld reden, oder nicht, dann vergiss es. Und eine Gehaltserhöhung nach deiner Probezeit kannst du gleich mitvergessen."

„Das ist Erpressung."

„So ist das Leben. Überlege es dir."

Simons Angebot hing in Evas Kopf, obwohl sie nicht im Traum daran dachte, mit ihm in den Wald zu fahren. Irina würde sich wahrscheinlich auf so etwas einlassen. Sie nicht.

Brigitte, mit der sie am Samstagabend in ein Restaurant gegangen war, sagte nur: „Der spinnt."

„Ich mache ihn fertig", sagte Eva halb ernst, halb lustig.

„So wie es momentan ausschaut, macht er wohl eher dich fertig."

Brigitte war in guter Stimmung. *Sie* hatte eine Gehaltserhöhung bekommen, was sie Eva verschwieg. In der momentanen Lage würde das Eva wahrscheinlich noch mehr nach unten ziehen. Das wollte sie nicht. Stattdessen lud sie ihre Freundin ein.

„Ich zahle. Steck dein Geld ein."

„Oh, warum das denn?" Eva wunderte sich, da es aus ihrer Sicht keinen Anlass gab.

„Weil du momentan anscheinend ausgenutzt wirst." Brigitte gab Eva ein Küsschen.

„Du bist so gut zu mir", sagte Eva und freute sich.

Als sie am späten Abend nach Hause kam und gerade ihren Mantel ablegte, hörte sie Stimmen im Treppenhaus. Sie konnte es sich nicht verkneifen und lugte durch den Spion. Simon stand mit einer Frau in einem dunkelblauen Mantel vor seiner Wohnungstür und sperrte auf. Leider konnte sie nicht sehen, wie die Frau aussah. Von hinten wirkte sie attraktiv, die Haare waren hellblond und füllig. Sie trug hochhackige Stiefeletten. War das die Frau mit der Abkürzung T? War für den heutigen Tag ein T in seinem Kalender eingetragen? Sie konnte sich nicht mehr erinnern.

Sie setzte sich in ihren Sessel und dachte nach. Was

wusste sie von Simons Privatleben? So viel wie gar nichts. Er hatte sich von seiner Frau getrennt, obwohl er sie weiterhin sah, wie er sagte. Das war's. Sie wusste nicht mal, ob er Kinder hatte. Wohl kaum, nahm sie an, sonst hätte er das irgendwann erwähnt. Vielleicht. Oder auch nicht. Im Grunde war es ihr egal.

Am Sonntagnachmittag schlug das Wetter um, wie das im April häufig der Fall war. Es wurde düster und es regnete in Strömen, der Westwind peitschte das Wasser über die Straßen. Es war ungemütlich draußen. Trotzdem hätte Eva gerne ein Museum oder eine Kinovorstellung besucht, aber nicht alleine. Sie rief eine ehemalige Arbeitskollegin an, dann eine frühere Nachbarin aus der vorigen Wohnung und schließlich Brigitte, aber niemand hatte Lust, das Haus zu verlassen. Obwohl sie schon damit gerechnet hatte, dass ihr Vorschlag keine Begeisterungsstürme auslösen würde, war sie enttäuscht. Also kein Museum, kein Kino, sondern Daheimbleiben.

Sie saß auf dem Bett, blickte sich in ihrem Apartment um und fühlte sich eingesperrt, isoliert von der Welt, vom eigentlichen Leben. Aber eigenartigerweise fühlte sie sich nicht allein. Ihr war, als wäre in ihrer Wohnung gerade eben noch jemand gewesen, der nur mal schnell rausgegangen wäre und gleich wiederkäme, so, als würde der Geruch eines anderen Menschen an ihr vorbeiziehen. Ein schwacher Windzug, ein Hauch von Kälte. Im Winter brachten Menschen, die von draußen kamen, diese Art von Kälte in einen Raum, die man riechen konnte. Aber hier war es anders, als wäre die Kälte schon im Raum und würde nach draußen ziehen. Die Kälte kam von hinten, streifte die linke Seite ihres Kopfes, zog vorbei nach vorne und verschwand Richtung Wohnungstür.

Sie öffnete ihre Tür und vergewisserte sich, dass niemand vor ihrem Apartment stand, vor allem kein Simon. Es war niemand da. Ein Stockwerk tiefer hörte sie Leute reden. Stimmen von irgendwelchen Menschen, die sie nicht kannte. Dabei gab es unter ihr eine Frau, mit der sie kürzlich ins Gespräch gekommen war, allerdings nur sehr oberflächlich. Sie beugte sich über das Geländer, um zu sehen, wer sich da unterhielt, konnte aber nichts sehen. Gerade noch bevor sie die Treppe ein paar Stufen nach unten gehen wollte um zu lauschen, bemerkte sie, dass sich die Tür ihres Apartments langsam in Bewegung setzte und zuzufallen drohte. Sie stürzte auf die Tür zu und konnte sie gerade noch aufhalten.

Dann setzte sie sich an ihren Tisch und horchte, welche Geräusche es im Haus gab, aber plötzlich war es absolut still. Ihr fiel auf, dass es selten so still war, meistens gab es Geräusche von irgendwoher, von oben, rechts, links, unten, draußen. Jetzt? Nichts. Alle Bewohner rings um ihr, so schien es, waren ausgeflogen (bei diesem Wetter?) oder schliefen.

Eva war nicht müde, eher unruhig. Wieder saß sie vor dem Telefon und überlegte, ob es nicht doch noch jemanden gab, der mit ihr etwas unternehmen wollte. Aber ihr Mut war geschwunden. Weitere Absagen konnte sie nicht ertragen.

Wahllos tippte sie einige Nummern ins Telefon, wartete, ob es einen Anschluss gab, ließ es ein paarmal klingeln und legte wieder auf. Das wiederholte sie immer wieder. Irgendwann legte sie nicht mehr auf, sondern wartete, bis sich jemand meldete.

„Schulz", brummte die Stimme eines wohl älteren Mannes.

„Guten Tag Herr Schulz. Hier ist Schwester Maria, Psychiatrische Universitätsklinik in der Nußbaumstraße."

„Wer ist da?"

„Schwester Maria von der psychiatrischen Klinik, Nußbaumstraße."

„Guten Tag."

„Haben Sie Kinder?"

„Ja. Warum?"

„Eine Tochter oder einen Sohn?"

„Einen Sohn. Warum?"

„Wie soll ich sagen? Er wurde bei uns eingeliefert. Er sagt, er hätte eine Schwester, die Schwierigkeiten hätte."

„Mein Sohn hat keine Schwester. Außerdem wohnt er in Augsburg." Der Mann wurde ärgerlich. „Was heißt hier überhaupt ‚eingeliefert'?"

Wunderbar, dachte sich Eva. Ein guter Joker, optimal.

„Er war mit ein paar Freunden unterwegs. Es gab Streit. Alkohol war im Spiel, vielleicht Drogen. Das wissen wir noch nicht so genau."

„Wann soll das gewesen sein?", unterbrach sie Herr Schulz.

„Gestern Nacht."

„Hä? Glaub ich nicht."

„Warum?", fragte Eva unschuldig.

„Mein Sohn macht so was nicht. Der verkehrt nicht in solchen Kreisen. Völlig unmöglich. Mein Sohn arbeitet in einer Bank.

„Es tut mir leid, Herr Schulz. Manchmal wissen Eltern nicht alles von ihren Kindern. Er ist hier in der Klinik. Es geht ihm nicht gut."

Schulz verstummte.

„Herr Schulz? Sind Sie noch dran?"

„Ja. Sagen Sie schon: Was ist mit Erich?"

„Er schläft gerade. Er hat ziemlich wirres Zeug geredet. Wir müssen ihn vorerst hierbehalten. Möglicherweise eine beginnende Schizophrenie."

„Du lieber Himmel."

„Das kriegt man heutzutage gut in Griff."

„Woher haben Sie meine Nummer?"

„Als er gerade eine klare Phase hatte, haben wir ihn gefragt, ob wir jemand verständigen sollen. Er hat Sie genannt."

„Nur mich? Und Hanne, sein Frau? Haben Sie sie schon verständigt?"

„Nein, von einer Frau wissen wir nichts. Er hat nur von einer Schwester gesprochen, aber vielleicht hat er ja seine Frau gemeint. Wollen Sie nicht herkommen?"

„Doch natürlich."

„Wissen Sie, wo das ist?"

„Ja, ja. Soll ich was mitbringen? Wäsche oder so?"

„Einen Schlafanzug und Toilettenartikel. Ansonsten gibt es hier alles. Die Versicherungskarte haben wir gefunden."

„Gut. Wo muss ich mich melden?"

„An der Pforte. Also bis dann, Herr Schulz."

„Ja, ja, bis gleich." Er legte auf.

Eva warf das Telefon aufs Bett und saß eine Weile ruhig da. Sie fühlte nichts. Sonst bekam sie nach solch einem Gespräch einen Adrenalinstoß. Aber heute? Nichts, obwohl das Gespräch gut gelaufen war. Normalerweise wäre sie jetzt zur Klinik gefahren und hätte den Mann beobachtet, wie er ratlos an der Pforte stand und versuchte, seinen Sohn vom Handy aus anzurufen. Heute hatte sie dazu keine Lust; die ganze Telefonjoker-Aktion erschien ihr sinnlos. Sie rief den Mann erneut an. Er war noch da.

„Schwester Maria noch mal."

„Was ist?" Schulz schien nervös zu sein.

„Sie brauchen nun doch nicht zu kommen."

„Wieso? Was ist los?"

„Beruhigen Sie sich. Es hat sich soeben anhand der Versicherungskarte herausgestellt, dass der Herr Schulz hier bei uns ein anderer Herr Schulz ist, nicht ihr Sohn. Wir haben auch schon mit seiner Schwester gesprochen. Es tut mir leid, dass Sie sich umsonst Sorgen gemacht haben."

„Na hören Sie mal, Sie sind wirklich lustig. Können Sie denn nicht besser aufpassen, wenn Sie die Verwandten verständigen? Das ist doch das Letzte. So eine Schlamperei. Ich wollte gerade los, steh schon in der Tür. Was glauben Sie, wie es einem geht, wenn man so was hört? Wie sind Sie überhaupt auf meine Nummer gekommen?"

„Das weiß ich nicht; das macht die Verwaltung. Beruhigen Sie sich. Es tut mir wirklich leid."

„Ist schon gut." Herr Schulz legte auf.

Mit der Feststellung, dass fast alle Menschen irgendwo blöd sind, beendete sie die Aktion. Keine städtische Klinik arbeitet mit einer unterdrückten Nummernanzeige, aber das fällt niemandem auf. Sorge um die Lieben schaltet das Gehirn aus.

Als Eva in die Firma kam, war helle Aufregung am Gange. In einem Aufenthaltsraum hatte es am Morgen gebrannt und man vermutete Brandstiftung. Die Gerüchteküche war am Brodeln. Jeder, der vor acht Uhr im Gebäude gesehen wurde, wurde verdächtigt. Eva kam erst um neun. Eigentlich hätte sie heute ihr Konzept der zuständigen Abteilung präsentieren sollen, aber die Sitzung wurde abgesagt.

Simon kam in ihr Büro, grüßte sie kurz und setzte sich Eva gegenüber an den leeren Schreibtisch. Er wirkte unausgeschlafen und sagte ihr, dass auch er zu den Verdächtigen gehöre, wobei er den Kopf schüttelte und den Mund zu einem gezwungenen Lächeln in die Breite zog. „Schwachsinn."

„Was war denn los?"

„Keine Ahnung, warum es brannte. Jedenfalls funktionierte der Rauchmelder nicht. Die Sache wird untersucht. Mich langweilt das Thema. Wie geht es dir?"

„Gut, danke. Und dir?"

„Geht so. Hast du es dir überlegt?"

„Was? Die Sache mit dem Wald?"

„Ja, was sonst", sagte Simon ungeduldig.

„Hör auf mit diesem Blödsinn. Ich fahre mit dir nirgends hin und schon gar nicht in den Wald."

„Das solltest du aber. Es wäre auch für dich wichtig."

„Vergiss es. Mit dir im Wald ..."

„Es geht nicht um den Wald. Es geht um das, was vergraben ist."

„Hast du etwas Vergrabenes entdeckt?"

„Nein. *Ich* habe etwas vergraben."

Eva starrte ihn zweifelnd an. Hatte er wirklich etwas vergraben? Das Wort *vergraben* wirkte auf sie plötzlich fast wie ein geheimnisvolles Codewort. Es klang in ihr nach. Sie spürte, dass sie die Sache anfing ein wenig zu reizen, wie wenn einem ein Geruch in die Nase steigt und man sich fragt: Was ist das? Es ist nicht wichtig, es zu wissen und doch rätselt man.

„Was hast du denn vergraben?"

„Darüber rede ich nicht. Das musst du sehen."

Sie hatte den Verdacht, dass es sich um Geschäftsgeheimnisse handelte oder um Geld oder Schmuck, zu dem er auf illegalem Weg gekommen war.

„Ich überleg es mir. Das ist aber noch keine Zusage."

„Wäre aber besser." Simon verengte seine Augen und lächelte doppeldeutig – angestrengt und zugleich tiefsinnig.

„Eva", flüsterte er, „ich kenne dein Geheimnis."

Mit winzigen Bewegungen schüttelte sie mehrfach den Kopf und ihre Mimik drückte ein großes Fragezeichen aus.

„Ich habe kein Geheimnis", widersprach sie und fragte sich, was in seinem Kopf vorgeht, was er da für wirres Zeug redet? Das war doch nicht mehr normal!

War er ein vielleicht sogar ein Psychopath? Was hatte er vor? Muss man sich vor dem Mann fürchten?

Simon erhob sich wortlos. Bevor er den Raum verließ, warf er ihr mit hochgezogenen Augenbrauen einen ernsten Blick zu.

2. Kapitel

Simon stürmte in Evas Büro.

„Wir fahren. Jetzt. Mach den PC aus."

Eva wusste, dass alle Einwände umsonst sein würden. In Simons Blick lag eine Entschlossenheit, die keinen Widerspruch zuließ. Es war ihm hundertprozentig Ernst. Und sie wusste auch, wenn sie sich weigern würde, wäre ihre Probezeit zu Ende.

„Sollten wir vorher nicht lieber nach Hause fahren und uns umziehen?", fragte Eva.

„Nein, nicht nötig."

Das Wetter war schlecht. Die Mittagssonne versteckte sich hinter dicken Wolken und für Ende April war es ziemlich kühl.

Simon fuhr mit Eva bereits eine dreiviertel Stunde Richtung Mühldorf bis er in eine kleine Landstraße einbog, die zu einem Parkplatz am Waldesrand führte. Sie stiegen aus. Simon reichte Eva eine kleine Schaufel, er selbst nahm eine große. Er stopfte eine Plastiktüte in seine Jackentasche.

Nachdem sie schweigend auf dem Waldweg etwa zehn Minuten immer tiefer in den Wald liefen, kamen sie an eine Gabelung.

„Da geht's lang", sagte Simon und deutete nach rechts.

„Wie weit ist es noch?"

„Hast du Probleme mit den Schuhen?"

„Nein, nein. Ich wollte nur wissen, wann wir da sind."

„Vielleicht in zehn Minuten."

Als sie nach fünfzehn Minuten an einer weiteren Weggabelung eine Zeit lang nach rechts liefen, blieb Simon plötzlich stehen. „Scheiße, wir sind falsch. Wir hätten vorhin wahrscheinlich links abbiegen müssen. Hier müsste ein kleiner Weiher kommen mit einer Hütte. Da ist aber nichts. Lass uns umkehren."

„Bist du dir sicher? Eine Hütte kann man abreißen und Weiher versickern manchmal."

„Nein, nein, wir sind falsch. Ich war zwar schon eine Ewigkeit nicht mehr hier, aber an die Umgebung kann ich mich genau erinnern."

Sie liefen den Weg zurück. Simon erhöhte das Tempo. Sie nahmen nach der Weggabelung den anderen Weg, liefen gut zehn Minuten weiter, und dann war tatsächlich eine kleine Hütte zu sehen. Allerdings, da hatte Eva recht, ein Weiher war nicht da."

„Der Weiher ist tatsächlich nicht mehr da. Trotzdem: es stimmt." Simon war sich sicher. „Wir müssen jetzt Richtung Süden fünf Minuten quer durch den Wald, dann kommt eine kleine Lichtung. Dort ist es."

„Es?", fragte Eva.

„Frag nicht. Los komm."

„Warum rennst du denn so? Es ist doch völlig egal, wann wir ankommen. Wenn wir überhaupt irgendwann ankommen."

„Keine Bange, wir kommen an."

Die Lichtung erschien Simon größer, als er sie in Erinnerung hatte. „Hoffentlich ist mein markierter Baum nicht gefällt worden. Dann wäre alles umsonst gewesen." Er suchte die Stämme der Bäume an der Westseite der Lichtung nach einem Zeichen ab.

„Wonach suchst du?", fragte Eva.

„Ich habe auf einem Baum ein Kreuz geritzt, in etwa ein Meter fünfzig Höhe. Hilf mir suchen."

Sie besahen sich einen Baum nach dem anderen. Eva bekam immer mehr Zweifel an Simons Geschichte. Wahrscheinlich gab es gar keinen markierten Baum, weil es auch nichts auszugraben gab. Wollte er mich nur hierherlocken, um ... um verdammt noch mal ... wozu? Ihr wurde kalt. Sie beobachtete Simon, der sichtlich nachdachte, sich umsah und die Bäume betastete.

„Ich habe ihn gefunden", rief er Eva zu. „Hier ist der Baum, komm her."

Tatsächlich war auf einer Buche ein kleines Kreuz eingeritzt, das kaum noch sichtbar war.

„Nun fünf Schritte nach Süden." Simon orientierte sich an der Sonne und zählte seine Schritte ab. „Hier ist es. Genau. Daneben wuchsen Heidelbeersträucher. Sehr gut. Alles wie früher. So, jetzt geht's los."

Der Boden war hart. Sie gruben bereits eine Stunde, kamen aber kaum voran.

„Wir müssen nicht mehr tiefer", sagte Simon. „Dafür mehr in die Breite. So genau weiß ich die Stelle natürlich nicht mehr. Die Box muss hier irgendwo sein. Eine Plastikbox. Etwa so groß wie eine Schuhschachtel."

Sie gruben weiter, aber sie war nicht zu finden.

„Das bringt doch nichts. Wir stochern hier in dem steinharten Boden rum. Und du weißt noch nicht mal, wo genau die Box sein soll. Wenn hier überhaupt etwas ist, dann ist es auch im Sommer noch da, wenn der Boden weicher ist, dann ..."

„Meckere nicht", unterbrach Simon sie. „Mach weiter."

„Okay Boss", motzte Eva. „Ich habe schon Schwielen an den Händen."

Nach einer weiteren halben Stunde legte Eva die Schaufel beiseite, aber Simon grub weiter. Und dann bemerkte er plötzlich etwas Blaues.

„Da ist sie, die Box. Ich wusste, dass sie hier ist."

Eva packte ihre Schaufel und half Simon. Als sie sie größtenteils freigelegt hatten, zerrte Simon sie aus dem

Erdreich. Er hielt die Box fest in den Händen und starrte darauf. Dann starrte er Eva an, eindringlich. Simon machte keine Anstalten, die Box zu öffnen, sondern stand da, wie die Bäume rings um ihn: fest und bewegungslos.

Eva hielt die Spannung kaum noch aus. Sie wollte endlich wissen, was so Besonderes in der Box verborgen war. „Worauf wartest du noch? Mach schon auf."

„Gut. Dann gleich hier. Wie du meinst."

Simon griff an den Deckelrand und zog ihn nach oben. Die Box ließ sich ganz normal öffnen.

Er nahm eine kleine Plastiktüte heraus, die zugeknotet war. Die Box stellte er ab. „Darin ist Beweismaterial", sagte er und wies mit der Plastiktüte in Evas Richtung.

Da er mit den Handschuhen den Knoten nicht aufbekam, zerriss er die Plastiktüte vorsichtig. Er hielt inne. Er hatte knallrote Wangen, zerzauste Haare, und sein Mund verzog sich zu einem schiefen Grinsen. Mit seinem stechenden Blick starrte er wieder in Evas Augen. Er wirkte auf sie wie ein Irrer. Dann zog er eine Spritze aus der Tüte, ein Fläschchen und einen dreckigen Stofffetzen mit – wahrscheinlich – Blutspuren.

„Das sind die Tötungsutensilien", sagte er.

Eva war völlig perplex, so dass sie den Mund aufriss und offen hielt. Was war das? Tötungsutensilien? Keine Dokumente. Kein Geld, kein Schmuck, keine Diamanten. Nichts Normales. Um was geht es hier? Jedenfalls nicht um Geschäftsgeheimnisse oder Betrug.

„Was ...", begann sie die Frage, die ihr jedoch im Halse stecken blieb. Was ist das?, wollte sie fragen, aber das sah sie ja selbst. Und die eigentliche Frage, die ihr durch den Kopf schoss: warum bin ich hier?, ließ sie erschaudern. Ist Simon ein Mörder? Will er mich auch umbringen? Sie war verunsichert und bekam Angst. Sie hatte den Impuls wegzulaufen, aber ihre Beine waren wie taub, sie konnte sie keinen Millimeter bewegen. Ihr Herz klopfte, ihr Mund stand immer noch offen.

„Kommt dir das bekannt vor?", fragte Simon.

„Mm. Mm." Eva schüttelte den Kopf.

„Nicht?"

„Nein."

„Nein? Du hast doch als Krankenschwester gearbeitet."

„Ja, früher. Aber ich versteh nicht... Was hast du vor?"

„Das sage ich dir später. Schütte das Loch zu."

„Warum?"

„Darum."

„Ich alleine?"

„Ja, weil ich die Box halten muss."

Eva nahm die große Schaufel, ohne Simon aus dem Auge zu lassen. Sie hatte die Befürchtung, wenn sie ihm dem Rücken zukehrte, könnte er ihr die kleine Schaufel auf den Kopf schlagen.

Sie schaufelte die Erde in das ausgebuddelte Loch und stampfte sie sogar mit den Schuhen fest. Warum sie das tat, wusste sie nicht.

„Lass uns gehen", sagte Simon.

Gott sei Dank, dachte Eva. Nur noch raus aus diesem Wald. Genauso zügig wie sie in den Wald hineingingen, marschierten sie nun wieder hinaus. Schweigend. Evas Ängste verflogen zunehmend, je näher sie zum Auto kamen. Trotzdem war ihr höchst mulmig zumute.

Simon stellte die Box samt Inhalt in den Kofferraum und sie fuhren los. Kurz danach hielt er plötzlich an. Eva reagierte im Bereich der hundertstel Sekunden: Sofort raus hier, Tür auf, und zur Straße vorlaufen. Aber Simons Reaktion war schneller. Er hielt Eva am Arm fest.

„Was ist? Wo willst du hin?"

„Lass mich los, du machst mir Angst. Ich will raus hier."

„Dreh bloß nicht durch. *Jetzt* brauchst du wirklich nicht mehr durchzudrehen." Seine Finger pressten sich in ihre Armmuskulatur.

„Au, du tust mir weh."

„Entschuldige. Ich will nur, dass du sitzen bleibst. Sonst nichts." Er ließ Evas Arm los.

„Und ich will, dass du mir endlich sagst, was das alles hier soll. Jetzt auf der Stelle."

Simon öffnete das Fenster, saugte die frische, kühle Luft ein und wandte dann sein Gesicht Eva zu. Während er an ihr vorbei aus dem Seitenfenster sah, sagte er ruhig, beinahe sanft: „Ich habe beobachtet, wie du deinen Vater getötet hast."

Eva hörte diesen Satz und konnte nichts damit anfangen. Sie hatte die Worte gehört, den Inhalt verstanden, aber es kam keine Botschaft bei ihr an. Es war, als würde Simon ihr eine Szene aus einem Film berichten – nichts, was mit ihr zu tun hatte. Und sie war sich in dem Moment sicher: Der Mann war verrückt.

Nachdem sie nicht reagierte, nichts sagte, fragte Simon, ob sie ihn verstanden hätte.

„Ja, ja. Aber ich habe niemanden getötet. Ich glaube, du projizierst etwas auf mich, vielleicht etwas, das *du* getan hast."

„Nein, Eva. Ich habe es gesehen, deine Ausflüchte nutzen nichts."

„Was willst du denn gesehen haben?"

„Du hast mir doch erzählt, du wärst in einem Dorf aufgewachsen. Genau wie ich. Ich bin auch in einem Dorf groß geworden. In Borgenlau, wie du."

Simon hielt kurz inne und betrachtete Eva kritisch, ob sie eine Regung, eine besondere Mimik zeigen würde. Aber sie wartete nur gespannt, was Simon nun für eine Geschichte von sich geben würde.

„Unsere Familie lebte nur zwei Straßen von euch entfernt. Ich habe dich öfter beobachtet. Ich war schon als Vierzehnjähriger sehr verliebt in dich. Du hast mich kaum bemerkt. Ich war auch nicht gerade ein toller Typ mit meinem dürren Körper und den hellen Haaren, die mir meine Mutter immer zu kurz geschnitten hatte, so dass ich noch knochiger wirkte. Und meine Klamotten

91

waren alles andere als der letzte Schrei. Für dich war ich schlichtweg komplett uninteressant. Du hast dich nur für den Josef interessiert – der rassige Josef mit seinem Pferd. Ich war eifersüchtig. Aber ich wollte mich nicht einfach zurückziehen, ich wollte wenigstens in deiner Nähe sein. Manchmal beobachtete ich von gegenüber eurem Hause oder ich schlich mich nach hinten, um in eure Schlafräume zu sehen. Da ihr abends selten die Vorhänge zugezogen habt, vielmehr erst, bevor ihr schlafen gegangen seid, konnte ich euer Familienleben gut beobachten. Ihr habt grellrote Vorhänge gehabt, ich fand das irgendwie geil. Deine Mutter feierte gern – Geburtstage und andere Anlässe. Aber sonst war bei euch genauso wenig los wie bei uns zu Hause. Eines Tages hatte dann dein Vater einen Schlaganfall, hatte Lähmungserscheinungen und wurde zu einem Pflegefall."

Simon betrachtete Eva erneut. Sie saß aufmerksam neben ihm und zeigte nach wie vor keine emotionale Regung.

„Eines Abends schlich ich wieder um euer Haus und konnte mit ansehen, was du mit deinem Vater gemacht hast. Du hast ihm etwas gespritzt. In den Arm. Zwei Mal. Dann hast du die Vorhänge zugezogen. Am nächsten Tag war dein Vater tot."

Nun sah Eva in Simons Gesicht und schüttelte ganz leicht den Kopf. Dann drehte sie ihren Kopf zu dem noch immer halb offen stehenden Fenster auf ihrer Seite. Sie fror. Simon registrierte dies und schloss das Fenster.

„Die Utensilien habe ich aus eurem Abfall gefischt und einige Tage in meinem Zimmer aufbewahrt. Ich wusste nicht, was ich damit anfangen sollte. Ich habe meine Beobachtung niemandem erzählt. Ich hätte dich nie angezeigt. Dich doch nicht! Dann bin ich mit dem Fahrrad losgefahren, immer weiter, und habe schließlich hier das Zeug vergraben. Ich weiß nicht warum."

Simon war mit seiner Schilderung am Ende und wartete auf eine Reaktion von Eva. Aber sie schwieg. Und da sie weiter schwieg, fügte er noch eine Bemerkung hinzu: „Ich hätte das alles beinahe vergessen, bis ich dich im Kreisverwaltungsreferat sah. Ich habe dich sofort erkannt. Ich bin dir gefolgt bis zu dem Haus, in dem ich auch ich wohnen würde. Du hast mich nicht bemerkt. Was für ein schicksalhafter Zufall …" Er zuckte mit den Achseln und lächelte verlegen. „Hm. Wie früher."

„Soll das heißen, du unterstellst mir, ich hätte meinen Vater umgebracht?"

„Ja. Die Szene … wie du das gemacht hast … es war unheimlich."

Eva steckte ihre kalten Finger in ihre Jackenärmel. „Das hast du dir ja wirklich alles super ausgedacht. Unglaublich! Mein Vater ist ganz normal gestorben: Herzversagen. Anderenfalls wäre das schon festgestellt worden."

„Nichts ist festgestellt worden. Bei derartig kranken Leuten wird doch die Todesursache nicht genau untersucht, wenn kein Verdacht vorliegt."

„Und was soll das jetzt heißen? Willst du mich erpressen? Nach – ich weiß nicht wie vielen Jahren – siebzehn? Ja, nach siebzehn Jahren."

„Mord verjährt nicht."

„Mit dieser blöden Spritze kannst du mich nicht erpressen. Weiß der Teufel, wo du die herhast."

„Ich will dich nicht erpressen", entgegnete Simon.

„Was dann?"

„Das sage ich dir später."

„Verdammt noch mal. Was willst du von mir? Wer bist du eigentlich? Ich kann mich an keinen blonden Verehrer in Borgenlau erinnern. Und dein Name sagt mir auch nichts. Es gab keinen Simon im Dorf."

„Man nannte mich damals ‚Simml'."

„Sagt mir nichts. Lass uns endlich zurückfahren. Mir ist saukalt."

„Mir auch. Wir können ja zu Hause das Gespräch fortsetzen", schlug Simon vor.

„Kein Bedarf", entgegnete Eva vehement. Dann fiel ihr ein, dass Simon auch über ihr Gehalt mit ihr reden wollte. Das Thema war wohl nur ein Vorwand.

Sie parkten direkt vor der Haustür. Eva erwartete, dass Simon die Box aus dem Kofferraum mit nach oben nehmen würde. Das tat er aber nicht.

„Nimmst du die Box nicht mit?"

„Nein. Die bringe ich nachher woanders hin."

„So, so. Woanders. Damit ich sie nicht klauen kann, oder wie? Du stellst das Beweismittel sicher."

„Ich bin kein Kriminalkommissar, also stelle ich auch kein Beweismittel sicher. Kommst du zu mir rüber, wenn du dich umgezogen hast?"

„Warum sollte ich?"

„Um zu reden."

„Ich kann mir nicht vorstellen, was es zu bereden gibt."

„Sei doch nicht so stur."

Eva überlegte kurz, dass es wahrscheinlich doch etwas zu bereden gab, obwohl sie die ganze Situation ankotzte. Wie ging es beruflich weiter? Wenn überhaupt. Unter diesen Umständen … „Also gut. Aber etwas später, so in einer Stunde."

Sie duschte, schlüpfte in Hausklamotten und machte sich ein kleines belegtes Brot. Mehr brachte sie nicht hinunter. Die Stunde war vorüber und sie wusste plötzlich nicht mehr, warum sie sich mit diesem Verrückten auseinandersetzen sollte. Das Berufliche könnten sie auch morgen im Büro besprechen. Wäre ohnehin besser. Wenn sie jetzt zu ihm hinüberginge, würde er wahrscheinlich wieder mit der Vergangenheit und seinen Hirngespinsten daherkommen und sie vielleicht sogar körperlich bedrohen. Die ganze Situation im Wald kam ihr jetzt, mit etwas Abstand, richtig gespenstisch vor. Aber trotz aller Bedenken wollte sie wissen, was er vorhatte.

Sie stand schon vor seiner Tür, dann überlegte sie es sich wieder anders. Was wäre, wenn er jetzt und heute Sex wollte? Wäre er vielleicht sogar im Stande sie zu vergewaltigen? Der Gedanke machte ihr Angst. Sie ging in ihre Wohnung zurück.

Zehn Minuten später klingelt Simon an ihrer Tür. Eva lugte durch den Spion und beschloss, nicht zu öffnen. Er klopfte. „Eva, mach auf. Ich muss dir was zeigen." Sie sah erneut durch den Spion und konnte erkennen, dass er ein Foto in der Hand hielt.

„Mach auf. Du stehst doch hinter der Tür; ich weiß es."

„Ich mache nur auf, wenn du einen Meter zurückgehst", schrie sie durch die Tür hindurch.

Simon schüttelte den Kopf und trat, wie gewünscht, mehrere Schritte zurück. Eva öffnete nun vorsichtig, bereit, sollte sich Simon nähern, die Tür sofort wieder zu schließen. Simon näherte sich nicht, sondern sah sie entgeistert an.

„Spinnst du? Glaubst du, ich will dich überfallen?"

„Wer weiß."

„Ich will dir ein Foto zeigen. Also: Darf ich näherkommen?"

„Ja."

„Das ist ein altes Foto aus unserer Schule. Ich weiß nicht, wer das geschossen hat. Aber da sind wir beide drauf. Nicht besonders scharf, aber man kann uns schon erkennen. Das war im Pausenhof nach einer Aufführung der Chorgruppe. Die Eltern haben Essen und Getränke mitgebracht und es wurde gefeiert. Erinnerst du dich?"

„Ja, verschwommen." Simon reichte ihr das Foto und zeigte auf Eva.

„Das soll ich sein?", fragte sie.

„Ja bestimmt. Ich erinnere mich genau. Du hast gerne rosarote Sachen angezogen. Diese rosa Bluse hat mir sehr gut gefallen. Du hast darin bezaubernd ausgesehen."

„Ich erinnere mich nicht an eine rosarote Bluse. Und

wo bist du?"

„Der hier. Neben meinem Vater."

„Aha."

Eva gab Simon das Foto zurück. „Wenn du das bist, dann schaust du jetzt ganz anders aus."

Simon lachte. „Nach über zwanzig Jahren schaut man anders aus. Sollen wir hier im Treppenhaus weiterreden oder kommst nicht doch rüber? Glaubst du im Ernst, dass ich dich überfallen könnte? Dafür wäre schon früher Gelegenheit gewesen, spätestens vorhin im Wald."

Dieses Argument war nicht von der Hand zu weisen. Eva holte ihren Schlüssel und ging mit.

„Darf ich dir etwas anbieten? Wein, Bier, Tee ...?"

Aha, dachte sich Eva, nun macht er wieder auf freundlichen Gastgeber und später kommt dann die Stunde des Wahnsinns. „Ein Glas Wasser wäre gut."

Simon trug einen feinmaschigen Pullover, der sehr teuer wirkte und eine schicke, braune Hose. Eva dagegen, saß mit einer alten Jogginghose und einer noch älteren Strickjacke vor Simon. Sie verglich ihre äußere Erscheinung mit der auf dem Foto. Sollte Simon recht haben, und das Foto zeigte sie beide, dann hätten sie sich aber gewaltig verändert. Er, das schmächtige Jüngelchen, wurde zu einem wohlsituierten Mann. Sie, das schöne Mädchen in rosa, kommt jetzt ärmlich und wenig attraktiv daher.

„Wir haben früher sogar gelegentlich miteinander gesprochen", begann Simon und nahm damit das Gespräch wieder auf. Evas Vermutung bewahrheitete sich. Simon redete wieder über früher, über *sein* Früher.

„Miteinander ist wahrscheinlich übertrieben. Ich habe dich mal direkt angesprochen, aber du hast mich nach ein paar Worten stehengelassen. Und einmal sind wir gemeinsam auf dem Dorfplatz gewesen, du mit Freundinnen und ich mit ein paar Jungs. Wir haben herumgealbert und uns gegenseitig einen riesigen, knallgelben Ball zugeworfen, den du mitgebracht hattest." Simons Blick bohrte sich auffordernd in Evas Augen. „Keine Erinnerung? Alles weg?"

„Ja. Aber ich bin nicht hier, um über deine Kindheitserinnerungen oder -phantasien zu sprechen."

„Es könnten auch deine Erinnerungen sein, das heißt, ich würde dir gerne ein bisschen auf die Sprünge helfen. Du erinnerst dich wirklich nicht an mich? Gar nicht? Ich war eine Klasse über dir. Warte. Ich zeige dir Fotos aus meiner Jugendzeit. Die habe ich neulich wiedergefunden."

Er holte eine Schachtel und kramte mehrere Fotos hervor, auf denen ein Jugendlicher abgelichtet war: Vor einem Haus. In einem Garten. Mit anderen Kindern neben ihren Fahrrädern. Auf diesen Fotos war Simon genauso gut oder schlecht zu erkennen wie auf dem Foto von der Feier im Schulhof.

„Und?", fragte Simon erwartungsvoll. Aber Eva enttäuschte ihn. Sie spitzte die Lippen und schüttelte den Kopf als Zeichen der Verneinung. „Du bist nicht wirklich zu erkennen. Das könnte auch ein Bruder von dir sein."

„Ich bin ein Einzelkind", sagte Simon.

„Ich auch", sagte Eva und legte die Fotos zurück in die Schachtel.

„Ich weiß. – Nun gut. Es ist wohl sinnlos. Ich war nicht dein Typ. Ich bin dir nicht im Gedächtnis geblieben."

„Im Grunde kann ich mich an überhaupt keine Schulkameraden mehr erinnern. Warum sollten die mich interessieren? Das ist alles ewig lange her."

„Ich war damals sehr in dich verliebt. Du hattest eine tiefgründige und zugleich heitere Ausstrahlung. Du konntest so aufregend sexy lachen. Und wie du immer deine Haare nach hinten geworfen hast. Sehr attraktiv. Du warst für mich die Schönste. Ich habe mich immer gefragt, mit wem du aus unserem Dorf geschlafen hast. Mit dem Josef, diesem Angeber? Du weißt schon, der immer mit seinem Pferd ausgeritten ist. Auf den hattest du doch ein Auge geworfen, nicht wahr?"

„Das geht dich nichts an."

„Trotzdem ..."

„Hör auf zu fragen. Darüber rede ich nicht."

„Okay. Ich dachte, es wäre kein Problem darüber zu reden."

Simon war einen Moment lang irritiert, wurde aus der Vergangenheit in die reale Situation zurückgeworfen. Er bemerkte, dass Eva nichts mehr zu trinken hatte und holte eine neue Flasche Wasser.

Eva hatte den Eindruck, dass Simon möglicherweise wieder auf sie fixiert war. Wahrscheinlich, vermutete sie, will er nach wie vor in meiner Nähe sein, so wie früher, vorausgesetzt, seine Erinnerungen sind nicht bloße Einbildung.

„Kommen wir nun endlich auf das eigentliche Thema zu sprechen", drängte Eva. Sie hatte seine Liebeserklärungen satt. „Wie soll es mit uns in der Firma weitergehen? Was soll das mit der vergrabenen Spritze? Was hast du angestellt? Und: was willst du von mir? Damit eines gleich von vornherein klar ist: Ich werde nicht mit dir schlafen, wenn das die Voraussetzung dafür sein soll, dass ich die Stelle behalten kann. Und erpressen kannst du mich nicht, denn ich habe nichts gemacht."

Simons Miene wurde ernst. Er sackte ein wenig in sich zusammen. Er wirkte plötzlich in sich gekehrt und schien an etwas zu denken, das ihm nicht gefiel. Er stierte vor sich hin und sagte leise: „Ich will dich nicht erpressen."

„Was dann? Willst du, dass ich mich in dich verliebe? Das kann man nicht erzwingen."

Simon quälte sich zu einem müden Lächeln, aber sein Gesicht blieb ernst. Er atmete hörbar ein und aus.

„Was ich von dir will? Ich sage es dir bald, aber nicht jetzt."

„Wann?"

„Wenn es soweit ist."

98

Eva verließ verärgert seine Wohnung und war verwirrt. Ihr wurde übel bei dem Gedanken, morgen wieder mit, neben und für Simon arbeiten zu müssen. Es gab für sie keinen Zweifel: Simon war psychisch gestört. Sie vermutete, dass er eine verkorkste Kindheit hatte, Minderwertigkeitskomplexe und eine misslungene Pubertät. Aber musste er deshalb eine Spritze vergraben und behaupten, sie hätte ihren Vater ermordet? Das war schon reichlich daneben.

Was soll ich nun tun?, fragte sie sich. Sie bezweifelte, dass sie diesen Menschen auf Dauer als Chef ertragen würde. Sie war davon überzeugt, dass es am besten wäre zu kündigen, die Wohnung aufzugeben, in ein besseres Stadtviertel zu ziehen und ein neues Leben zu beginnen. Ihr Kontostand sagte etwas anderes.

Um neun Uhr wachte sie auf, sah sofort auf den Wecker, denn sie wusste, es war schon spät. Die halbe Nacht hatte sie wach gelegen und überlegt, was sie unternehmen sollte, aber in ihrem Kopf hatte sich nur alles gedreht.

Um zehn Uhr kam sie in der Firma an. Sie ging nicht in ihr Büro, sondern direkt zur Sekretärin von Kunze und versuchte, einen Spontantermin zu bekommen. Sie musste mit Simons Chef reden, hoffte, dass er sie versetzen würde, wenn Sie ihm berichtete, was vorgefallen war. Sie hatte Glück, er hatte Zeit für sie.

„Frau Hanke, was kann ich für Sie tun? Mehr als eine viertel Stunde kann ich Ihnen nicht geben. Bitte setzen Sie sich."

Er deutete auf die Ledergarnitur in der Ecke seines hellen, großen Büros. Eva wäre es lieber gewesen, wenn sie sich am Besprechungstisch unterhalten hätten, schließlich war der Anlass alles andere als gemütlich.

„Ich bin jetzt fast einen Monat bei Herrn Schmidt. Ich habe mich gut eingearbeitet, allerdings bin ich manchmal etwas unterfordert."

„Haben Sie mit Herrn Schmidt darüber gesprochen?"

„Ja. Aber es scheint, dass es an dieser Stelle keine anderen Aufgaben gibt."

„Frau Hanke. Jetzt warten Sie doch mal ab", versuchte Kunze zu beschwichtigen. „Ich bin mir sicher, im Laufe der Zeit werden Sie mehr gefordert. Seien Sie froh, dass Sie nicht gleich am Anfang an Ihr Limit geraten sind."

„Ja. Sicher. Aber..." Eva war plötzlich verunsichert, ob Sie den gestrigen Vorfall mit Simon tatsächlich erzählen sollte. Würde ihr Kunze diese Geschichte überhaupt glauben?

„Aber was?", fragte Kunze nach. Er spürte, dass Eva noch etwas anderes auf dem Herzen hatte. „Gibt es ein Problem?"

„Nun ja. Also ... Simon, ich meine Herrn Schmidt – wir duzen uns, weil wir im selben Haus wohnen und uns von dort kennen – verlangt während der Arbeitszeit Dinge von mir, die etwas ungewöhnlich sind ... und ..." Eva spürte, dass ihre Verunsicherung immer größer wurde. „... die nichts mit der Arbeit zu tun haben."

„Was verlangt er denn?"

„Dass ich mit ihm in den Wald fahre."

Kunze musste lachen. „In den Wald fahren?" wiederholte er. „Wozu das denn?"

Eva antwortete nicht gleich, und es schien, dass Kunze auch keine Antwort erwartete. Amüsiert sagte er: „Ich kann mir nicht vorstellen, dass Schmidt während der Arbeitszeit im Wald spazieren gehen will."

Von wegen spazieren gehen, dachte sich Eva. „Er forderte mich auf, mit ihm in den Wald zu fahren. Ich musste mitfahren, obwohl ich nicht wollte."

„Also, Frau Hanke," Kunze wurde wieder ernst, „Klartext: Fühlen Sie sich sexuell belästigt? Oder um was geht es?"

„Nein, er belästigt mich nicht sexuell, aber er verhält sich gelegentlich eigenartig. Ich wollte fragen, ob eine Möglichkeit bestünde, die Abteilung zu wechseln, denn Herr Schmidt ... Er zwang mich gestern Nachmittag, im

Wald etwas auszugraben." In dem Moment als sie es ausgesprochen hatte, wusste sie: das war ein Fehler. Kunze würde ihr nicht glauben. Und so war es auch.

Kunze runzelte die Stirn und wiederholte betont langsam: „Herr Schmidt zwang Sie, im Wald etwas auszugraben?" Er senkte ein wenig den Kopf, zugleich sah er Eva in die Augen. „Ich kenne Herrn Schmidt als sehr korrekten Menschen. Wahrscheinlich haben Sie da was in den falschen Hals bekommen. Ich kann mir gut vorstellen, dass man seine – ich gebe zu, manchmal durchaus eigenartigen Witze – missverstehen kann."

Obwohl Eva bereits resigniert hatte, setzte sie trotzdem noch mal nach. „Es war kein Witz. Wir waren im Wald. Mit seinem Auto."

„Soso. Und nun wollen Sie, dass ich Sie versetzte. Wegen eines, ich sage mal: Betriebsausflugs. Wenn Sie handfeste fachliche Gründe vorbringen, dann können wir darüber reden. Ansonsten ... Sie sehen blass aus. Schlafen Sie sich mal gründlich aus. Es tut mir leid, aber ich habe gleich einen weiteren Termin."

Eva bedauerte ihre Spontanaktion, die voll in die Hosen ging. Wahrscheinlich, so vermutete sie, hielt er sie nun für wirr im Kopf, dabei war es doch Simon, der nicht mehr alle Tassen im Schrank hatte.

Sie ging in ihr Büro und fühlte sich schlecht. Sie war heilfroh, dass sie heute Simon nicht begegnen musste, denn er war fast ganztägig auf Besprechungen. Sie brauchte dringend Abstand von diesem Mann.

Am Abend rief Adam an. An ihn hatte sie überhaupt nicht mehr gedacht; eigentlich hatte sie ihn bereits vergessen. Trotzdem freute sie sich. Er würde zumindest eine andere Gedankenwelt in ihr momentan von Simon besetztes Leben bringen, auch wenn er emotional weit weg war.

„Ich würde dich gerne wiedersehen", sagte er zuckersüß. „Hättest du auch Lust?"

„Vielleicht", sagte Eva und dachte, dass sie ein wenig Ablenkung gut gebrauchen könnte.

„Ich sage auch nichts zum Thema Frauentyp."

„Ach Gott. Da habe ich wohl ein wenig überreagiert."

„Nein, wahrscheinlich nicht. Ich habe ja tatsächlich nur über Äußerlichkeiten gesprochen. Das war ziemlich oberflächlich dahingequatscht. Aber ganz so schlagartig hättest du trotzdem nicht abhauen müssen."

Eva konnte sich nicht mehr so genau erinnern, warum sie damals so schnell aus Adams Wohnung geflüchtet war, was sie so aufgeregt hatte. Jetzt, im Nachhinein, empfand sie seine Äußerungen eher belanglos, typisch männlich eben, aber unwichtig.

„Wann sollen wir uns treffen?" fragte Eva.

„Wann du willst. Schlag was vor."

„Gleich. Wenn möglich diesmal bei mir."

„Äh, also ... ich weiß nicht", stotterte Adam.

„Das ist dir zu spontan, ich weiß."

„Nein. Eigentlich nicht."

„Wir können auch einen Termin ausmachen. Das war jetzt nur so ein Impuls."

„Gut. Warum nicht? Ich folge deinem Impuls und könnte so in einer Stunde bei dir sein. Passt dir das?"

„Ja, das passt mir. Ich freue mich. Kannst du was zum Trinken mitbringen? Ich habe nichts mehr im Haus."

„Na klar."

Eine Stunde später stand Adam mit einer Flasche Wein vor ihr und umarmte sie freudig. Adam sah sich in dem kleinen Apartment um und setzte sich, ohne zu fragen, auf die Bettkante. Eva zog den kleinen Tisch zum Bett, stellte die Weinflasche mit zwei Gläsern darauf und bat Adam, die Flasche zu öffnen. Sie setzte sich neben ihn.

„Das ist also die Unterkunft, wo einem die Decke wirklich auf den Kopf fallen kann", sagte Eva.

„Hm", brummte Adam.

„Da fällt dir, einem Schlossbesitzer, nichts mehr ein. Nicht wahr?"

„Doch. Da fällt mir schon was ein."

„Dass du wahrscheinlich innerhalb kürzester Zeit durchdrehen würdest."

„Das auch, aber ..." Er sprach den Satz nicht mehr zu Ende, sondern küsste Eva. Es war ein schöner, langer Kuss. Sie fuhren sich gegenseitig durch die Haare und küssten sich gleich noch mal.

„Aber was?", frage Eva, als sie sich wieder dem Wein widmeten.

„Du könntest zu mir ziehen."

„Wie bitte?"

„Die Wohnung ist viel zu groß für mich allein."

„Das schon. Aber wir kennen uns doch noch gar nicht."

„Ist doch egal. Dann lernen wir uns eben kennen."

„Und wenn es schief geht, stehe ich auf der Straße. Kein guter Deal."

„Ich will keinen Deal, sondern mit einer Frau zusammenleben."

„Das geht nicht. Nicht so schnell und eigentlich sowieso nicht."

„Warum? Was spricht dagegen?"

Evas altbekannte Ängste kamen wie eine Lawine daher, drohten sie zu überrollen. Sie sprang auf und suchte sogleich Distanz, indem sie sich auf ihren Sessel setzte.

„Wir würden uns jeden Tag sehen. Alle unsere Stimmungen bekämen wir voneinander mit, nichts bliebe mehr verborgen. Man hätte überhaupt kein Eigenleben mehr, nicht Privates, alles würde man vom anderen mitbekommen, auch die Freunde würde man kennenlernen. Und die schlechten, miesen Seiten. Das ist doch unerträglich."

„Was regst du dich denn so auf? Fast alle Menschen lieben diesen Zustand, sonst gäbe es doch überhaupt keine Paare, keine Familien."

„Du meine Güte. Ich bin nicht wie alle."

„Das habe ich schon gemerkt. Es war nur eine Idee.

Du kannst ja darüber nachdenken."

„Nachdenken. Okay."

Eva setzte sich wieder neben Adam und trank ihr Glas leer. „Ich glaube, mehr darf ich heute nicht trinken. Mir war heute Nacht schlecht. Das möchte ich nicht schon wieder."

„Verstehe. Du bist eine verkappte Alkoholikerin", sagte Adam und küsste Eva.

„Nur dann, wenn es gar nicht anders geht." Eva lachte. Sie ließen sich beide auf das Bett fallen. Sie schliefen miteinander.

Als sich Adam zwei Stunden später anzog um heimzufahren, sagte Eva: „Mir hat es heute viel besser gefallen als das erste Mal."

„Mir auch", bestätigte Adam. „Wir waren lockerer. Das erste Mal ist immer nicht so ganz einfach. Wann sehen wir uns wieder?"

„Demnächst."

„Schön. Am besten du kommst wieder zu mir, dann kannst du es dir besser vorstellen, wie es wäre, wenn ... Wir bräuchten natürlich getrennte Schlaf- und Arbeitszimmer. Wir müssten einiges umgestalten."

„Adam! Stopp. Bitte phantasiere nicht. Ich kann mir nicht vorstellen, dass wir zusammenleben."

„Aber du wolltest darüber nachdenken", hakte Adam nach.

„Mehr aber auch nicht", wandte Eva ein und spürte, dass sie der Gedanke nun doch, trotz aller Bindungsängste, reizte. Weniger wegen Adam, aber die Idee, hier ausziehen zu können, war sehr verlockend. „Was würdest du an Miete verlangen?"

„Miete? Du bräuchtest keine Miete zu zahlen. Ich zahle ja auch keine. Lass dich umarmen."

Bevor Adam ging, sagte ihm Eva, dass sie einen eigenartigen, vielleicht sogar verrückten Chef hätte. „Das muss ich dir mal erzählen."

„Ja, beim nächsten Treffen. Tschüss Eva."

Adam war weg und das Thema Simon wieder da. Damit er sich nicht in ihren Kopf einnisten konnte, trank sie noch einen letzten Schluck Wein und legte sich alsbald schlafen.

Eva wollte die Tür ihres Büros öffnen, aber sie war verschlossen. Sie drückte die Klinke ganz fest nach unten und gegen die Tür. Sie ging nicht auf. Na super, sagte sie sich. Sperrt er mich nun aus, weil ich gesagt habe, dass ich nicht mit ihm schlafen will? Sie ging in Simons Büro. Es war leer. Das Büro wirkte aufgeräumt, und der PC war ausgeschaltet. Simon war offensichtlich nicht da. Sie fragte Kollegen, ob sie wüssten, warum ihr Büro abgesperrt sei, aber keiner konnte sich das erklären. Normalerweise waren die Büros der Mitarbeiter offen, und es wurden ihnen auch keine Schlüssel ausgehändigt. Sie versuchte, Simon auf dem Handy zu erreichen, aber es war ausgeschaltet. Es blieb ihr nichts anderes übrig, als eine Etage höher zu gehen, zu Frau Stellinger, Kunzes Sekretärin.

„Was heißt zugesperrt?", fragte Stellinger erstaunt.

„Zugesperrt eben. Ich komme nicht ins Büro." Blöde Frage, dachte sich Eva. Zu ist zu.

„Wo ist Herr Schmidt?", fragte Stellinger.

„Das weiß ich nicht. Sein Büro ist aufgeräumt. Ich habe den Eindruck, dass er heute noch nicht hier war."

„Das muss er veranlasst haben. Ich habe dafür keine Erklärung. Gab's Probleme? Haben Sie vertrauliche Sachen herumliegen lassen?"

„Nein, gar nicht. Es ist alles in Ordnung." Eigentlich eine blanke Lüge, dachte sich Eva. Aber es kommt eben auf den Blickwinkel an.

„Ich lasse aufsperren. Ihre Zimmernummer?"

„Vierzehn."

„Ich verstehe das nicht. Schmidt ist immer sehr zuverlässig und korrekt."

„Ja, ich weiß."

„Sie sind ja erst seit Kurzem hier. Ein Rat von mir: Mit Schmidt kann man prima auskommen, vorausgesetzt, man bringt gute Arbeitsergebnisse. Er ist sehr leistungs-orientiert, trotzdem freundlich. Manchmal hat er jedoch einen Hang zum Autoritären und dann meint er, er kann alles bestimmen."

„Das habe ich schon bemerkt."

„Wahrscheinlich ist die Sache mit dem abgeschlosse-nen Büro auch wieder so ein Übergriff. Machen Sie sich nichts draus. Die Sache wird sich aufklären. Aber ehrlich gesagt: Mich ärgert so ein Verhalten. Er kann doch nicht seine Mitarbeiter aussperren. Hat er gestern nichts ange-kündigt?"

„Nein, hat er nicht."

Stellinger informierte den Hausmeister.

Eva konnte wieder in ihr Büro. Es war so, wie sie es vorgestern verlassen hatte. Doch dann bemerkte sie ein Foto, das unter der Tastatur eingeklemmt war. Es zeigte mehrere Männer und ein paar wenige Frauen in einer Kneipe, die sich lebhaft unterhielten – an einem Stamm-tisch, so schien es. War da nicht auch ihr Vater mit da-bei? Ja, er war es. Sonst kannte sie niemanden. Warum hat es mir Simon auf den Schreibtisch gelegt? fragte sich Eva. Hat er deshalb abschließen lassen? Schon wieder so eine dubiose Aktion. Langsam war sie davon überzeugt, dass Simon komplett durchgedreht war.

Sie legte das Foto in eine Schublade, fuhr den PC hoch und begann mit der Arbeit. Kurz vor der Mittagspause betrat Simon ihr Büro. Er war bleich und er wirkte ge-stresst. Er warf ihr Papiere auf den Schreibtisch.

„Die Einträge sind falsch. Die Berechnungen fehler-haft", fauchte er sie an. „Was denkst du dir eigentlich dabei, so einen Mist abzuliefern? Ich komme gerade von der Besprechung mit der Finanzabteilung. Ich habe mich bis auf die Knochen blamiert."

„Ich ... verstehe nicht, wo ich Fehler ..."

„Pass besser auf", fiel er ihr ins Wort.

„Entschuldige. Ich weiß nicht, was ich falsch gemacht habe."

Simon kniff die Augen zusammen und glühte vor Wut. So hatte Eva ihn noch nie gesehen. Sie spürte, dass er ihr wohl am liebsten eine gescheuert hätte.

„Ich brauche dir doch nicht zu erklären, wie man Zahlen abtippt und simple Diagramme erstellt. War das Absicht?"

„Nein, natürlich nicht. Ich mache alles sofort neu. Entschuldige bitte. Ich wollte nicht, dass du Schwierigkeiten bekommst."

Simon beruhigte sich wieder.

„Ja, ja, ist schon gut. Ich bin momentan etwas überlastet, da kann ich keine zusätzlichen Probleme gebrauchen. Bitte mache bis morgen alles neu, ohne Fehler."

Eva fühlte sich schuldig, auch wenn sie sich nicht vorstellen konnte, dass ihr so gravierende Fehler unterlaufen sein sollten. Obwohl die Situation unpassend war, holte sie das Foto aus ihrer Schreibtischschublade hervor und hielt es Simon hin. „Was ist das? Hast du mir das hingelegt?"

„Ja. Habe ich. Aber das ist ein anderes Thema. Darüber reden wir heute Abend."

Er verließ den Raum und hätte beinahe die Tür zugeknallt, konnte sie aber im letzten Moment noch festhalten.

Nach diesen Vorwürfen musste sie erst mal tief durchatmen und etwas trinken. Sie fühlte sich wie ein begossener Pudel oder wie eine unfähige Praktikantin. Sie konnte gar nicht glauben, dass sie so fehlerhaft gearbeitet hatte. Dann sah sie sich die Tabellen und Diagramme durch und musste leider feststellen: Simon hatte recht. Ihr waren einige Fehler unterlaufen; sie hatte in der Tat zu wenig aufgepasst. Dumme aber schwerwiegende Flüchtigkeitsfehler. So etwas hätte ihr wirklich nicht passieren dürfen. Den ganzen Nachmittag brachte sie damit zu, die Arbeit zu korrigieren. Gegen achtzehn Uhr war sie endlich fertig und hatte einen hochroten Kopf und brennende Augen. Sie druckte alles aus und brachte Simon das Ergebnis. Diesmal fehlerfrei. Da war sie sich sicher.

„Gut", sagte er. „Hast du alles überprüft?"

„Mehrfach."

Er sah sie an und bemerkte ihren roten Kopf. „Ich gehe mal davon aus, dass du nun ordentlich gearbeitet hast."

„Habe ich."

Eva war bereits im Begriff, sein Büro zu verlassen, da rief er ihr hinterher: „Du möchtest doch wissen, was ich von dir will. Heute Abend sage ich es dir. Um einundzwanzig Uhr bei mir. Okay?"

Sie drückte die Tür langsam wieder zu und drehte sich um. „Du kannst es mir gleich sagen. Ich höre zu."

„Nein, nicht hier. Das gehört nicht hierher."

„Und wenn schon. Es hört keiner zu. Wir sind allein."

„Ich muss noch arbeiten. Es ist nicht der richtige Moment."

„Gibt es den überhaupt?"

„Ja. Heute Abend."

„Ich kann heute Abend nicht; ich habe schon was vor."

„Dann übermorgen. Gleiche Zeit."

Er sah in ihre Augen. Da war er wieder, dieser stechende Blick, herausfordernd und intensiv. Sie wollte eigentlich nein sagen, dass sie keine Lust mehr auf seine Spielchen hätte, aber sie schaffte es nicht. Seine Augen ließen ihr keinen Spielraum, keine Wahl, hielten sie fest, wie ein Polizist, der die Spielregeln bestimmt.

„In Ordnung", sagte sie. „Dann übermorgen."

Brigitte wohnte mit ihrem sechsjährigen Sohn Lukas in einer Drei-Zimmer-Wohnung in Neuhausen. Das Haus aus den fünfziger Jahren war schön renoviert. Die Wohnung hatte große Fenster, Westausrichtung, mit freiem Blick über einen begrünten Hinterhof. Von Brigittes Sofa aus konnte Eva den Sonnenuntergang beobachten.

Sonnenuntergänge wirkten auf sie beruhigend, aber heute blieb die Wirkung aus. Die Aufregung der letzten Tage lag ihr im Magen.

Brigitte brachte Lukas ins Bett, der leicht erkältet war. Dann widmete sie sich Eva. „Du siehst ein wenig erschöpft aus. Willst du was Alkoholisches?"

Eva verneinte.

„Dann schieß los."

Eva erzählte, dass sie von Simon gezwungen worden war, mit ihm in den Wald zu fahren, und wie sie dann die sogenannten Tötungsutensilien ausgebuddelt hatten und dass Simon ihr unterstellt hatte, ihren Vater ermordet zu haben.

Brigitte war fassungslos. Sie kannte auch einige sonderbare Chefs. Aber Simon war jenseits von Gut und Böse.

„Ich war heute Morgen bei Simons Chef. Ich wollte mich versetzten lassen. Ich sagte, was Simon von mir verlangt hatte, aber er glaubte mir wohl nicht."

„Das hätte ich an seiner Stelle auch nicht geglaubt. Es war ein Fehler, Simons Chef davon zu erzählen."

„Ja. Jetzt bin ich die Verrückte."

„Übertreib mal nicht. Er wollte dich wahrscheinlich nur abwimmeln. Aber normal ist das Verhalten von Simon jedenfalls nicht", meinte Brigitte. „Glaubst du, er könnte unter Drogeneinfluss gestanden haben?"

„Kann ich mir nicht vorstellen. Simon und Drogen. Irgendwie passt das nicht. Er ist doch vom Typ her eher ein Spießer."

„Das sagt nichts aus. Oder er hat eine Psychose, hört Stimmen, bekommt Befehle, glaubt, er müsste einen Mord aufdecken. Vielleicht hatte er seine Medikamente vergessen und drehte deshalb durch."

„Im beruflichen Alltag wirkt er völlig normal", wandte Eva ein.

„Viele wirken normal. Und doch weiß man nie, was sich hinter der Fassade abspielt."

„Ich vermute, dass er eine gestörte Kindheit und Jugend hatte. Das sicher."

Eva erzählte von den Fotos und dass Simon behauptete, er wäre ihr früher im Dorf nachgestiefelt. Sie ginge aber davon aus, dass das höchstwahrscheinlich auch nur Phantasien seien, denn sie könne sich an nichts dergleichen erinnern.

„Kannst du den Mann überhaupt noch als Chef akzeptieren? So einen kann man doch nicht mehr ernst nehmen, oder?"

„Als Chef funktioniert er."

„Aber als *dein* Chef wohl eher nicht."

„Heute war er extrem aufbrausend, bloß weil ich einen Fehler gemacht habe. Ich kann mich schlecht gegen ihn wehren."

„Den Eindruck habe ich auch. Kann es sein, dass du dem Mann irgendwie hörig bist?"

„Ich bin ihm nicht hörig. Er ist nur unheimlich dominant. Was soll ich denn jetzt tun?", fragte Eva verzweifelt.

„Ich würde ihn beobachten. Abwarten. Und wenn du es nicht mehr aushältst, musst du die Firma verlassen. Nützt nichts."

„Ich bin mir sicher, da kommt noch was. Er hat schon so Andeutungen gemacht. Aber was?"

„Woher soll ich das wissen. Wenn er wirklich verrückt ist, musst du mit allem rechnen. Nimm dich in Acht! Geh nicht mehr in seine Wohnung!"

„Meinst du, er könnte mir was antun?"

„Ausschließen kannst du das nicht. Ich meine: sicher ist sicher. Wenn er schon, wie er das nennt, *Tötungsutensilien* im Wald vergräbt? Da würde ich sagen: Vorsicht!"

„Ich soll morgen Abend zu ihm kommen. Er will mir dann endlich sagen, was er von mir will."

„Tu das nicht."

„Ich habe schon zugesagt."

„Na und? Dann sag wieder ab. Wenn er was von dir

will, dann bestimmst *du* die Spielregeln, nicht er. Zuhause ist er nicht dein Chef. Kapier das endlich. Warum kannst du dich von ihm nicht besser distanzieren?"

Eva zuckte mit den Schultern und hatte keine Antwort. Brigitte spürte, dass sich Eva von dem Mann einschüchtern ließ, dass sie keine Kraft hatte, sich gegen seine Spielchen zu wehren. So schwach hatte sie Eva selten erlebt.

„Nimm wenigstens dein Pfefferspray mit. Und dein Handy. Und wenn du tatsächlich zu ihm gehst, ruf mich vorher an. Und nachher."

„Mach ich."

„Versprichst du mir das?"

„Ja."

Brigitte hatte kein gutes Gefühl, was Simon betraf. Vor langer Zeit hatte sie ein paar Freunde zum Essen eingeladen. Eine Freundin brachte ihren neuen Lover mit, der wenig von sich preisgab, aber gerne erotische Andeutungen machte, die total deplatziert waren. Als sie sagte, er möge das doch bitte sein lassen, rastete er aus, schrie, warf sogar Gläser und Teller um sich, bevor er wie ein Wilder die Wohnung verließ. Der Mann war ihr immer noch unheimlich, wenn sie an ihn dachte. Genauso unheimlich kam ihr dieser Simon vor.

3. Kapitel

Es war eine Minute nach einundzwanzig Uhr. Eva hatte sich, was sie nur selten tat, die Haare zusammengebunden. In der rechten Westentasche steckte das Pfefferspray, in der linken das Foto, das ihr Simon auf den Schreibtisch gelegt hatte. Sie drückte den Klingelknopf. Simon öffnete sofort.

„Das ging aber schnell", sagte Eva.

„Ich stand zufällig hinter der Tür. Neue Frisur?" Simon wirkt ruhig, wenn auch etwas angespannt.

„Nein. Das ist nur eine Notmaßnahme."

„Steht dir. Aber mir gefallen die offenen Haare besser. Es tut mir leid, dass ich gestern so ungehalten war wegen der paar Fehler. Ich hätte dich nicht so anfauchen dürfen."

„Schon gut."

„Wir sollten die Angelegenheit ad acta legen", schlug Simon vor.

„Gerne."

„Hast du schon gegessen?"

„Ja, habe ich."

„Ich mache mir schnell ein belegtes Brot. Setz dich doch."

Simon bot Eva diverse Getränke an. Sie nahm Mineralwasser. Er schüttete ihr und sich selbst ein Glas ein.

In der kleinen Küche sitzend unterhielten sie sich über die Vorteile moderner Allzwecktücher, während er ein Brot schmierte, mit Käse belegte und einige Gurkenscheiben mit Salz und Pfeffer bestreute. Von außen betrachtet, hätte die Szene beinahe einen gemütlichen Eindruck machen können. So war es aber nicht. Ihre Unterhaltung war nur das Vorgeplänkel zu einem Thema, das endlich auf den Tisch musste, das sie aber hinauszögerten, als würde dadurch irgendetwas einfacher werden. Das Gegenteil war der Fall: Die Spannung, die in der Luft lag, nahm von Minute zu Minute zu.

Eva entschied sich, trotzdem zu warten, bis Simon gegessen hatte. Er aß nur eine Scheibe Brot; anscheinend hatte er wenig Hunger oder keinen Appetit. Er schob Teller und Besteck beiseite und trank den Rest seines Wassers. Dann legte Eva das Foto auf den Tisch.

Simon warf einen flüchtigen Blick darauf und räumte den Tisch ab. Als er sich wieder setzte, rückte er mit seinem Stuhl ein Stück vom Tisch weg, als müsste er Eva ausweichen.

„Klär mich auf", sagte Eva und schob Simon das Foto entgegen.

„Ja, das tu ich." Er warf noch mal einen kurzen Blick auf das Foto, richtete sich auf und räusperte sich. Dann sagte er klar und überdeutlich: „Ich gebe dir das Beweismaterial und zusätzlich Geld, wenn du für mich etwas erledigst." Er hielt kurz inne und sprach dann weiter. „Meine Frau ist schwer krank. Sie hat Schmerzen und wird nicht mehr gesund. Du wirst ihr etwas geben, damit sie sterben kann."

Eva starrte ihn an, als würden ihre Augen im nächsten Moment auf den Tisch fallen, und war sprachlos – verstummt, als hätte sie keine Stimmbänder mehr.

Simon fuhr fort: „Sie lebt jetzt bei ihrer Schwester. Sie ist ein Pflegefall geworden. Ich kann das kaum noch ertragen. Aber ich bin nicht in der Lage, diesem Leid ein Ende zu setzen. Ich kann das nicht. Aber du, du kannst das. Du hast das doch schon mal gemacht, damals, bei deinem Vater."

Eva versuchte, ihre Stimme wiederzufinden, um Simon zu sagen, dass sie das niemals tun würde. Aber sie brachte keinen Ton heraus.

„Was meinst du?", fragte Simon. „Du kannst das doch machen. Das ist ein fairer Deal." Er blickte auf Evas Hände. „Du warst mal Krankenschwester, da hast bestimmt einige Menschen sterben sehen oder hast sie beim Sterben begleitet. Du kennst dich mit solchen Sachen besser aus als ich."

Eva beobachtete ihn genau, um zu prüfen, ob er klar wirkte, oder ob er nicht doch, wie Brigitte vermutete, unter Alkohol- oder anderem Drogeneinfluss stand. Äußerlich wirkte er ganz normal. Kein roter Kopf, keine auffälligen Bewegungen, kein wirrer Blick. Nichts dergleichen.

Sie räusperte sich und konnte endlich wieder sprechen. „Ich habe keine Ahnung von *solchen Sachen*."

„Hast du schon. Bei deinem Vater hattest du jedenfalls keine Skrupel."

„Du bist verrückt. Du lebst in einer Phantasiewelt. Ich habe meinen Vater nicht getötet!"

„Hör auf zu lügen. Ich habe es gesehen, mit meinen eigenen Augen. Du hast ihm was gespritzt. Er wollte das nicht. Du hast ihn umgebracht."

„Das stimmt nicht. Ich habe ihn nicht umgebracht und ich werde auch nie jemand umbringen", sagte Eva ruhig und gefasst. Innerlich war ihr nach Schreien und vielleicht sogar nach Lachen. Aber sie wusste, das war kein Spaß, Simon glaubte, was er sagte.

„Was denkst du dir überhaupt dabei, mir ein solches Angebot zu machen? Das ist absurd! Ich bin doch keine Auftragskillerin! Und auch kein Todesengel. Außerdem weiß ich nicht, ob ich dir das überhaupt glauben kann – mit deiner Frau und dass sie todkrank sein soll. Deine Frau! Welche Frau? Warum lebst du hier allein und nicht mit ihr zusammen? Das ist alles eine riesengroße Scheiße, die da aus deinem Mund quillt."

„Nein, Eva. Hör mir zu. Ich habe mit meiner Frau zusammengelebt, bis es nicht mehr ging, bis ich es nicht mehr ertragen habe, dieses Leid mitansehen zu müssen."

„Warum willst du sie umbringen, wenn sie so krank ist, dass sie ohnehin sterben wird? Hat sie Krebs?"

„Nein. Sie hatte einen Unfall. Sie war ausgerutscht und in die Bahngleise gefallen. Vom Zug wurde sie nicht erfasst. Rücken und Bereiche des Gehirns wurden geschädigt. Bis sie sterben kann, kann es noch lange dauern."

Eva vermutete, dass er seine Frau schlichtweg loshaben wollte. Sie erinnerte sich an die Blonde, die ihn neulich besucht hatte. Wahrscheinlich seine Geliebte.

„Und?", fragte Simon. „Machst du es?"

„Nein. Warum, verdammt noch mal, sollte ich? Mir wird das hier langsam zu viel."

„Ich könnte zur Polizei gehen und dich anzeigen. Das Beweismaterial habe ich. Mord verjährt nicht."

„Du drohst mir? Das ist wohl ein Witz! Mein Vater ist längst verwest. Du hast null Beweise. Wenn ich meinen Vater wirklich getötet hätte, warum bist du dann nicht gleich zur Polizei mit deinem sogenannten Beweismaterial, dieser dämlichen Spritze? Diese ganze Geschichte ist doch hirnverbrannt."

„Du warst meine große, wenn auch leider nur platonische Liebe. Ich hätte dich nie angezeigt. Außerdem hast du mir leidgetan. Ich verstehe nicht, warum du die Sache immer noch leugnest. Das macht doch gar keinen Sinn. Was willst du damit bezwecken?"

„Ich habe meinen Vater nichts gegeben, woran er hätte sterben können. Deine Kombination ist falsch", sagte Eva laut und scharf mit einem aggressiven Blick. „Du hast dich da in etwas verrannt. Wie ich dir neulich schon sagte: Mein Vater starb an Herzstillstand. Bei seiner Vorgeschichte – er hatte einen Herzfehler, wurde dement und bekam dann auch noch einen Schlaganfall –

musste man mit dem Tod rechnen. Ich habe meinen Vater geliebt."

„Aber du hast ihm was gespritzt. Das musst du doch zugeben. Behaupte bloß nicht, dass du das vergessen hast."

„Ich habe ihm was gegen die Schmerzen gegeben", schrie Eva und schlug mit der linken Faust auf den Tisch.

„Schrei nicht so. Ich bin nicht taub", sagte er, während er ihre Faust umkrallte. Die rechte Hand hatte Eva in der Westentasche. Reflexartig griff sie zum Pfefferspray. Sie wusste, sie würde kein Problem haben, es einzusetzen.

Simon ließ sie wieder los.

Eva umklammerte weiter die Spraydose.

Simon stand auf. Er ging in den Wohnraum, lief ein paar Schritte hin und her, während er sich mit den Fingern durch die Haare fuhr, um sich zu beruhigen.

Er kam wieder in die Küche und stellte zwei Flaschen Bier mit zwei Gläsern auf den Tisch. Er schenkte sich ein Glas ein und fragte Eva, ob sie auch ein Bier möchte. Er reichte ihr den Öffner. Sie stopfte den Pfefferspray tiefer in ihre Westentasche, damit er nicht herausfallen konnte. Dann öffnete sie das Bier und trank direkt aus der Flasche. Das Glas schob sie beiseite. Simon blickte auf das Foto, das immer noch vor ihm lag. Er nahm es in die Hand und deutete auf einen Mann, der im Vordergrund zu sehen war.

„Das ist mein Vater", sagte er.

„Ja und?"

„Kannst du dich nicht an ihn erinnern?"

„Nein."

„Eigenartig. In Borgenlau kannte doch jeder jeden", sagte Simon.

„Sicher. Aber die meisten Leute interessierten mich nicht, deshalb habe ich auch ihre Gesichter vergessen."

Simon war im Begriff, das Foto beiseite zu legen, da sagte Eva: „Du hast mir das Foto nur zeigen wollen, weil dein Vater darauf ist?"

„Ja. Warum?"

„Gib mir das Foto noch mal." Sie deutete auf einen anderen Mann. „Weißt du, wer das ist?"

„Nein."

„Das ist *mein* Vater", sagte sie.

„Was? Das ist dein Vater?"

„Ja. Nun hast aber du eine Gedächtnislücke, mein Lieber. Und genau du willst gesehen haben, wie ich diesen Mann, meinen Vater, umbracht haben soll? Irgendwie eigenartig. Wo doch in Borgenlau jeder jeden kannte."

Simon starrte eine Weile auf das Foto und legte es dann auf das Fensterbrett.

Eva nahm einen letzten Schluck.

„Ich gehe", sagte sie und hoffte, dass er sie auch gehen ließ.

„So plötzlich?"

„Ja."

Simon reagierte nicht.

Gott sei Dank, dachte Eva, er hält mich nicht zurück.

Während sie sich erhob, sagte sie: „Mir wäre es lieber gewesen, dieses Gespräch hätte einen anderen Inhalt gehabt."

„Ich hätte auch gerne vieles anders, aber solche Wünsche sind sinnlos. Es ist so, wie es ist. Aber man hat die Freiheit, innerhalb seiner Grenzen zu handeln. Überlege es dir."

„Ich mache das nicht. Niemals."

„Auch nicht für eine angemessene Summe?"

„Nein."

„Eva", rief ihr Simon hinterher, als sie schon die Wohnungstür geöffnet hatte. „Willst du gar nicht wissen, woher ich das Foto habe?"

„Nein. Interessiert mich nicht."

Eva lief in ihr Apartment und schloss ab – was sie sonst nie tat – und ließ sogar den Schlüssel stecken. Dann rief sie sofort Brigitte an.

4. Kapitel

„Wahnsinn", sagte Brigitte. „Der ist ja total durchgeknallt. Die ganze Situation wird immer verrückter. Der
ist doch auch für eine Firma nicht mehr tragbar. Gibt es
bei euch niemanden, mit dem du darüber reden kannst?
Bei Kunze brauchst du wohl kein zweites Mal vorzu-
sprechen, aber vielleicht gibt es sonst jemanden: Be-
triebsrat, Personalabteilung ..."

„Stopp!", unterbrach Eva ihre Freundin. „Kunze hat
mir schon nicht geglaubt. Niemand würde das. So eine
Geschichte kann man doch gar nicht glauben. Ich wäre
diejenige, die spinnt. Die Neue, die sich in ihren Chef
verliebt hat, bei ihm nicht angekommen ist und sich nun
rächen will. Etwa in diese Richtung würde die Sache laufen."

„Ja. Wahrscheinlich. Vor allem Männer würden es so
interpretieren. Da hast du keine Chance. Aber wie willst
du es aushalten, für diesen Typen zu arbeiten?"

„Und neben ihm zu wohnen", ergänzte Eva.

Sie hatte Kuchen mitgebracht, den sie endlich aus-
packte. Hin und wieder kaufte sie am Samstag auch für
sich alleine Kuchen, den sie sich am Nachmittag nach
dem Wochenendeinkauf zu einer Tasse Kaffee oder Tee
gönnte. Zu zweit fand sie das Kaffeekränzchen jedoch
viel schöner, deshalb hatte sie gleich vier Stück gekauft.

Aber als sie den Kuchen roch, hatte sie keinen Appetit mehr.

„Ich kann nichts essen", sagte sie.

„Liegt dir die Sache so sehr im Magen?"

„Schaut so aus."

Brigittes Sohn lugte in die Küche, sah den Kuchen und bekam große Augen.

„Willst du ein Stück", fragte Eva. „Oder zwei?"

„Ja, zwei!", jauchzte Lukas.

„Ein Stück reicht", sagte Brigitte streng.

„Ich will aber zwei."

„Nein. Nimm ein Stück und dann ab die Post. Wir haben etwas zu besprechen."

Lukas nahm ein Stück Sahnetorte mit Mandarinen, legte es auf einen Teller und griff dann noch nach dem Mandelkuchen.

„Hallo Lukas, was habe ich gesagt?", ermahnte ihn Brigitte. „Ein Stück. Nicht zwei."

Lukas legte den Mandelkuchen wieder zurück und verließ mit beleidigter Miene die Küche.

„Er isst zu viel Süßes", stöhnte Brigitte und holte den Kaffee. „Was willst du nun tun?"

„Ich weiß es nicht. Ich rede morgen mit Leo."

„Leo? Wer ist das?"

„Der Mann von der ‚Telefonseelsorge'."

„Rufst du da immer noch an?"

„Gelegentlich. Wenn es nicht anders geht."

„Eva. Du hast doch mich", sagte Brigitte und drückte Evas Hand.

„Das ist was anderes."

„Stimmt. Die Sicht von außen ist manchmal wirklich hilfreich. Aber so weit außen? Also ich könnte das nicht, mit einem absolut fremden Menschen über meine Probleme reden."

„Ich schon", sagte Eva. „Recht gut sogar."

„Dann solltest du dir vielleicht einen Anwalt nehmen."

Eva erschrak. „Meinst du? Aber warum denn?"

„Ich glaube, du erfasst das Problem nicht so ganz", sagte Brigitte eindringlich. „Hier geht es um Anstiftung zum Mord. Du kannst doch nicht einfach zur Tagesordnung übergehen."

„Vermutlich nicht. Mal sehen."

„Nicht ‚mal sehen'. Du wirst doch nicht etwa – sag, dass es nicht wahr ist – tatsächlich über dieses Angebot nachdenken? Du wirst doch nicht mit ihm verhandeln wollen? Du darfst sie nicht töten. Das wäre Mord."

„Na hör mal", empörte sich Eva. „Das steht absolut nicht zur Debatte. Das ist doch alles ein Witz."

„Einen Witz nennst du das? Hier will dich jemand zu einem Mord anstiften und du nennst das einen Witz. Das ist nicht lustig, meine Liebe, absolut nicht. "

„Nein, das ist es nicht."

Eva stellte die leere Kaffeetasse beiseite.

„Willst du noch Kaffee?"

„Danke, nein. Ich glaube, ich muss bald gehen. Ich muss nachdenken."

„Das scheint nötig zu sein. Ich kenne übrigens einen guten Anwalt. Soll ich dir die Nummer geben?"

„Lass mal. Dafür habe ich kein Geld."

„Wie du meinst. Du weißt, ich bin immer für dich da. Die Nummer schicke ich dir trotzdem – für alle Fälle. Unabhängig davon musst du dir eine Strategie überlegen, wie du dich in der Firma gegenüber Simon am besten verhältst, so dass es für dich noch erträglich ist."

„Ja, das muss ich. Danke für deine Hinweise. Ich breche jetzt auf und lass dich mit dem restlichen Kuchen allein."

Als Eva in ihrem Apartment saß, wusste sie, dass es nur eine Möglichkeit gab, wie sie sich gegenüber Simon verhalten sollte, um weiterhin einigermaßen normal arbeiten zu können: geschäftsmäßig korrekt, sachlich – so tun, als wäre alles ganz normal. Vielleicht lässt er mich ja in Ruhe und alles verläuft im Sande, hoffte sie. Glauben konnte sie das allerdings nicht. Sie glaubte vielmehr, dass er nicht ganz zurechnungsfähig war und sie wieder unter Druck setzen würde.

Am folgenden Arbeitstag und auch in den nächsten Tagen herrschte eine seltsam ruhige Stimmung zwischen Eva und Simon, windstill, wie an einem heißen Sommertag, wenn man vermeidet, sich zu viel zu bewegen und zu viel zu reden. Es war wie eine unausgesprochene Übereinkunft, sich nicht weiter gegenseitig das Leben schwer zu machen. Aber unterschwellig lauerte überall – in ihren Büros, auf dem Gang, selbst im Aufzug – eine alles durchdringende angespannte Atmosphäre, wie die Ruhe vor dem Sturm, die sich irgendwann, vielleicht bald, vielleicht auch erst nach Tagen oder Wochen, in einer aggressiven Handlung entladen würde.

Eva beobachtete Simon genau, registrierte jede minimale Veränderung seiner Gesichtszüge, den Ausdruck seiner Augen, seine Körperhaltung, seine Kleidung. Alles. Sie konnte nichts Außergewöhnliches feststellen. Er verhielt sich unauffällig. Und doch fragte sie sich immer und immer wieder: Wer ist dieser Simon? Was treibt ihn, mich, ausgerechnet mich, dazu zu bringen, seine Frau zu töten? Warum soll sie sterben? Weil sie krank ist? Wenn sie wirklich krank ist, dann müsste er alles tun, damit sie wieder gesund wird. Und wenn sie wirklich leidet, müsste bei ihr sein, ihr Trost spenden. Das wäre normal.

Manchmal, wenn Simon in Evas Büro kam, und er ihr mit einem Gesicht ohne Mimik Arbeit auf den Tisch legte oder ihr etwas erklärte, war sie froh, dass er so sachlich wirken konnte und es ihr dadurch möglich machte, ebenso sachlich zu reagieren. Manchmal aber, hätte sie am liebsten laut geschrien, ihn angeschrien, er soll sagen, dass das alles nur ein ... irgendwas war ... eine Wette, ein Loyalitätsritual oder eben nur ein blöder Witz.

Sie wurde nicht aggressiv. Die Arbeitssituation war

von außen betrachtet völlig normal. Niemand von den Kollegen hätte geahnt, dass Simon und Eva ein Problem haben könnten. Bis eines Tages etwas geschah, was zumindest Evas Ansehen in der Firma ziemlich tief abstürzen ließ.

Im Bürogebäude gab es mehrere Kaffeeküchen – kleine Räume mit Getränkeautomaten und Stehtischen. Man traf sich dort, wenn man eine Arbeitspause machte. Manchmal wurden dort auch kurze Besprechungen im kleinen Kreis abgehalten, so dass man nebenbei einen Kaffee trinken konnte.

Eva war an dem besagten Tag ziemlich müde und ging im Laufe des Vormittags – was sonst eher selten vorkam, meistens legte sie erst am Nachmittag eine Pause ein – in die Kaffeeküche. Dort standen drei Kollegen an einem Tisch und, was noch nie der Fall war, Simon. Am liebsten hätte sie sofort wieder kehrt gemacht, aber das hätte zu blöd ausgesehen, sodass sie sich einen Kaffee besorgte und sich dazustellte. Man sprach über einen Fall aus *Aktenzeichen XY*, wo die Zuschauer um Mithilfe bei der Aufklärung von Straftaten aufgefordert wurden. Sie kannte die Sendung. Der Fall, über den sich die Kollegen sich unterhielten, handelte von einem alleinstehenden, wohlhabenden Mann, der tot in seiner Wohnung aufgefunden worden war. Zeitgleich war eine seiner Töchter verschwunden.

„Man geht davon aus, dass die Tochter ihn umgebracht haben könnte. Eine hübsche Frau, zumindest auf dem Foto", sagte der Kollege Keller. „Jetzt sucht man sie."

„Nur weil sie verschwunden ist, muss sie doch nicht die Mörderin sein", wandte Kollegin Schwarz ein.

„Aber sie wurde als Letzte bei ihrem Vater gesehen", sagte Kollegin Thalbach.

Anscheinend, stellte Eva fest, haben alle die Sendung gesehen – ich nicht. Sie stand daneben und konnte deshalb nicht mitreden, sondern hörte weiter zu.

„Die Nachbarin hat die Tochter beobachtet, wie sie aus der Wohnung ihres Vaters kam, und gesagt, sie – also die Tochter – hätte ziemlich verstört gewirkt. Schon verdächtig, meine ich", überlegte Keller.

Eva sah in die Runde, um die allgemeine Meinung zu verfolgen. Ihr Blick blieb bei Simon hängen, der sich, seitdem Eva bei der Runde stand, nicht zu dem Fall äußerte. Sein Blick traf Eva wie ein Pfeil. Seine Unterlider zog er ein wenig nach innen, so dass sein Blick noch schärfer wurde. Eva erschrak. Sie zuckte innerlich zusammen. Sie fühlte sich wie ertappt. Sie wusste, was sich Simon dachte: die Tochter war die Mörderin, *wie du*! Da brach es aus Eva heraus. Sie zischte hysterisch, laut und deutlich, dass es alle hören konnten: „Ich war es nicht."

Abruptes Schweigen. Alle starrten Eva an. Keiner gab auch nur den leisesten Ton von sich. Sie hielten ihre Tassen in der Hand und tranken keinen Schluck mehr.

Eva war genauso fassungslos wie ihre Kollegen. Nach zwei Schrecksekunden wurde ihr bewusst, was sie gesagt hatte und was nun alle dachten: Hat sie etwas mit dem Fall zu tun? Wird sie verdächtigt? Und warum? Alle vermuteten nun, sie hätte etwas verbrochen, vielleicht sogar, dass sie unter Mordverdacht stand. Und alle wussten nun auch, dass Simon mehr wusste, denn sie sagte diesen Satz nicht in die Runde, sondern zielgerichtet zu Simon.

Eva war klar: das war es. Dann stotterte sie: „Also, ich meine, ich kann mir nicht vorstellen, dass man seinen Vater umbringen könnte. Sie war es nicht! Sie war es, glaube ich, sicher nicht."

Eva spürte, dass man ihr diesen Versprecher, nämlich dass sie *ich* sagte, aber *sie* meinte, nicht abnahm. Sie sah vor den Gesichtern ihrer Kollegen tausend Fragezeichen. Wahrscheinlich würde sie nun auch verdächtigt, das Feuer in der Firma gelegt zu haben.

„Ich muss zurück ins Büro." Sie trank ihren Kaffee nicht mehr aus, lächelte mit letzter Kraft und fühlte sich, als würde sie vom Erdboden verschlungen, fortgezogen in die Hölle. Ohne Simon noch einmal anzusehen – denn sie wusste, der Blick, der sie jetzt treffen würde, der würde sie erblinden lassen – ging sie schnell, aber leicht wankend aus dem Raum. Sie spürte die Blicke ihrer Kollegen im Rücken. Dann lief sie in die Toilette, sperrte sich ein und zitterte am ganzen Körper.

„Scheiße, Scheiße, Scheiße", flüsterte sie. „Was habe ich nur gesagt? Wie konnte mir das nur passieren?" Tränen liefen ihr über die Wangen. Die Kollegen glauben wahrscheinlich, ich wäre vorbestraft, oder ich hätte mit Simon eine krumme Sache laufen, oder Simon wüsste von einem Verfahren, das gegen mich läuft. Natürlich. Das denken alle – und alle wundern sich, dass ich noch hier arbeite. Ich schleiche mich jetzt schnell ins Büro, hole meine Sachen und werde hier nie wieder erscheinen. Das war's. Ich habe mich sozusagen selbst entlassen. Scheiße, Scheiße, Scheiße.

Sie heulte nun richtig. Sie konnte gar nicht mehr aufhören. Aber sie musste aufhören. Sie zwang sich dazu, denn jeden Augenblick konnte eine andere Kollegin in die Kabine nebenan kommen und sie hören. Sie blieb aber allein und sie beruhigte sich wieder. Sie wischte die verschmierte Wimperntusche weg, kühlte sich die Wangen mit Wasser, die dadurch aber noch röter wurden, ordnete die Haare. Dann schlich sie sich aus der Toilette. Noch nie war ihr der Weg zu ihrem Büro so weit vorgekommen. Als sie es endlich geschafft hatte – und Gott sei Dank niemandem begegnet war – und sie sich in ihrem Büro in Sicherheit glaubte, da stand Simon an ihrem Schreibtisch.

„Wo warst du?"

„Auf der Toilette."

Er ging auf sie zu, blieb aufgebäumt vor ihr stehen und sah sie durchdringend an.

„Das hat ein Nachspiel."

„Ja", presste Eva heraus.

Als Simon bereits in der Tür stand, sagte Eva: „Ich packe mein Zeug." Simon drehte sich um. „Du machst es dir verdammt einfach. Was glaubst du, in was für eine Situation du mich gebracht hast? Alle wissen nun, dass ich von dir mehr weiß, als man von einer Mitarbeitern normalweise erfährt. Das ist das gefundene Fressen für die Geier da draußen. Ich denke, spätestens jetzt spricht die ganze Etage darüber und in einer viertel Stunde weiß es Kunze. Du packst jetzt überhaupt nichts. Du bleibst hier und überlegst dir schleunigst eine passende Geschichte, wie es zu dem Ausrutscher kommen konnte und die du dann, sollte es nötig sein, auch eine Etage höher erzählst. Und wehe, die Geschichte klingt nicht plausibel. Ich warne dich. Versuche nicht, mich reinzureiten."

Simon schloss die Tür von außen und Eva stand da, starr und steif. Ihr war kalt, obwohl die Maisonne in ihr Büro schien und es warm war. Sie setzte sich mit dem Rücken ans Fenster, um sich zu wärmen. Langsam fingen ihre Gedanken an, nach einer Geschichte zu suchen, die den *Versprecher* erklären konnte. Ihr fiel nichts ein. Sie war wie blockiert. Sie war unter Stress. Unter Stress kann man nicht kreativ sein, das funktioniert nicht, das wusste sie. Irgendwie musste sie sich entspannen und zwar schnell. Aber wie? Sie rief in der Telefonseelsorge an. Bitte, bitte, lass Leo da sein, hoffte sie, als sie die Nummer wählte. Er war tatsächlich da.

„Leo, du musst mir helfen", flehte sie ins Telefon.

„Ja natürlich. Aber mit wem spreche ich denn?"

„Mit Eva."

„Eva, klar. Was ist denn los?"

„Ach, ich kann dir das jetzt nicht alles erzählen. Das würde zu lange dauern. Ich habe etwas gesagt, was ich nicht hätte sagen dürfen." Dann erzählte sie doch, was sich in der Kaffeeküche ereignet hatte. Da Leo aber die Vorgeschichte nicht kannte, konnte er die Bedeutung dieses Satzes nicht richtig einschätzen, nicht, was er für ihre Beziehung zu Simon bedeutete. Zur Situation an sich gab er ihr den Rat, mit den drei Kollegen sofort zu sprechen, um den Flurfunk, soweit es noch möglich war, zu begrenzen.

„Aber was soll ich ihnen denn sagen?"

„Erklär, dass dein Ausspruch mit dem Fall von XY Aktenzeichen gar nichts zu tun hatte, sondern dass du gerade an einen Fehler in deiner Arbeit dachtest, an dem du aber nicht schuld bist. *Du warst es nicht*. Verstehst du?"

„Ja, aber das glaubt mir doch kein Mensch."

„Darum geht es jetzt nicht. Du musst Stellung beziehen. Du musst eine Gegenposition vertreten, dringend. Du hättest das gleich machen sollen. Warum hast du dich denn aus der Kaffeeküche davongeschlichen? Das war nicht gut. Damit hast du dich tatsächlich verdächtig gemacht. Du musst das geradebiegen. Sofort."

„Und was sage ich zu Simons Chef?"

„Eva, was ist los? Stehst du auf dem Schlauch? Dasselbe natürlich. Es gibt nur eine einzige wahre Version. Bei der musst du bleiben. Und nun los, hau ab. Geh zu deinen Kollegen. Du kannst mich später noch mal anrufen. Ich finde den ganzen Fall gar nicht so tragisch. Missverständnisse sind doch an der Tagesordnung."

„Aber nicht, wenn es um Mordverdacht geht."

„Das sei jetzt mal dahingestellt, ob sich deine Kollegen das wirklich denken. Dennoch ist es wichtig, dass du handelst. Wir telefonieren später und dann erzählst du mir wie es lief. Ja?"

„Ja. Danke Leo."

Eva legte auf und es fiel ihr ein Drittel Stein vom Herzen. Das zweite Drittel waren ihre Kollegen und Kunze und das dritte Drittel betraf Simon. Das schwierigste Drittel.

Zuerst ging sie zu Frau Thalbach. Sie war ihr am sympathischsten und mit ihr hatte sie aufgabenbedingt öfter

Kontakt. Auf dem Weg zu ihr, sagte sich Eva die Erklärung auf, wie ein Schulkind, das einen Text auswendig lernt. Frau Thalbach saß mit einer anderen Kollegin im Büro. Eva überlegte kurz, ob sie Frau Thalbach unter vier Augen sprechen sollte, entschied sich aber dagegen, denn die Zimmerkollegin wusste bestimmt schon längst Bescheid und so würde sie gleich zwei auf einen Schlag erwischen.

Eva hatte die Fähigkeit, sich auf Sachverhalte und Gespräche gut konzentrieren zu können. Das half ihr auch jetzt. Sie hatte den Eindruck, dass sie ihre Erklärung überzeugend rüberbrachte. Frau Thalbachs Zimmerkollegin mischte sich sofort ein – Eva hatte recht, sie wusste bereits Bescheid – und bestätigte, direkt und deutlich, was wohl alle dachten: „Das hat sich so angehört, als stünden Sie unter Mordverdacht, als würden Sie auch bald bei XY gesucht werden." Dann lachte sie.

„Ich wollte das nur klären", sagte Eva abschließend, „weil ich mich so schnell aus der Kaffeeküche davongemacht habe. Aber ich musste dringend auf die Toilette."

„Ach so", sagte Frau Thalbach mit hochgezogenen Augenbrauen und einem nicht überzeugten Blick. Aber darauf konnte und durfte Eva nicht reagieren.

„Also dann. Tschüss." Sie wünschte beiden noch einen schönen Tag und zwang sich zu einem freundlichen Lächeln.

Als Eva das Büro der beiden verlassen hatte, war sie erleichtert, wenn auch nicht allzu sehr. Nun musste sie die Geschichte also noch mindestens zweimal schildern. Als nächstes suchte sie Herrn Keller auf, aber er war nicht im Büro. Also: Auf zu Frau Schwarz. Eva mochte sie nicht besonders. Eine junge aufgemotzte Kollegin, die immer alles besser wusste. Das wird wahrscheinlich schwierig, befürchtete Eva. Es war auch schwierig, denn Frau Schwarz fragte sehr interessiert nach, wie es denn sein könne, dass sie Herrn Schmidt, der ja schließlich ihr Vorgesetzter sei, so anblaffte. Was sie mit der Frage anzudeuten versuchte, ahnte Eva, aber sie war nicht Willens, darauf einzugehen. Sie sagte lediglich, sie hätte sich bei Herrn Schmidt natürlich entschuldigt, und verabschiedete sich von Frau Schwarz.

Eva versuchte es nun noch einmal bei Herrn Keller. Nun war er im Büro und sie erzählte ihm – und indirekt seinem Kollegen, der gegenübersaß und interessiert zuhörte – dasselbe wie den anderen. Eva hatte nun bereits Übung und konnte auch dieses Gespräch ganz gut meistern. Zum Schluss riet ihr Herr Keller eindringlich, fast schon väterlich, obwohl er nur wenige Jahre älter war als sie, sie müsse unbedingt lernen, nicht die Kontrolle zu verlieren, sonst würde sie über kurz oder lang enorme Probleme bekommen. Wie recht er hatte. Sie bedankte sich für den Rat und ging.

Als sie wieder in ihrem Büro war, rief sie Simon an – das dritte Drittel musste noch erledigt werden – und sagte ihm, dass und wie sie die Sache bei den Kollegen erklärt hatte.

„Gut", sagte Simon. „Immerhin. Vielleicht hast du damit den Schaden begrenzt. Ich hoffe, Kunze bekommt nichts in den falschen Hals."

„Das hoffe ich auch", sagte Eva und dachte: Das hoffe ich noch mehr als du. Schließlich hatte sie bei Kunze schon mal einen zweifelhaften Eindruck hinterlassen, als sie ihm erzählte, dass Simon mit ihr im Wald war.

„Halte dich bitte zur Verfügung. Ich habe noch Arbeit für dich."

„Wie lange noch?"

„Was soll das heißen?", fragte Simon erstaunt.

„Wann kündigst du mir?"

„Jetzt steigere dich da nicht in etwas rein."

„Ich rechne mit Konsequenzen."

„Warum? Ich gehe davon aus, dass du die Sache hast retten können."

„Die Sache?", fragte Eva.

„Dich, mich, uns."

Gerettet hatte Eva höchstens Simon. Sie selbst spürte noch Tage später, dass über sie geredet wurde. Niemand sprach sie direkt an. Eine Kollegin, mit der sie oft und gerne in die Kantine ging, war plötzlich kurz angebunden und sagte bereits vereinbarte Termine ab. Andere Kollegen tuschelten und blickten zu ihr verstohlen hin, wenn sie in der Nähe war. Wieder andere, mit denen sie fachlich keinen Kontakt hatte und die sie nur vom Sehen kannte, reagierten irritiert, wenn sie vorbeiging. Einmal hörte sie: „Ist die das mit ...?". Eva wusste genau, auf was sie anspielten.

Simon hingegen wurde weder von Kunze noch von sonst jemanden angesprochen.

Eva fühlte sich in der Firma nicht mehr wohl. Jeder Tag wurde für sie zu einem Akt des Durchkommens und des Aushaltens. Letztlich hatte sie keine einzige vertraute Kollegin mehr, auch keinen Kollegen, der ihr irgendwie nah gewesen wäre. Sie fühlte sich allein. Man sprach zwar mit ihr, behandelte sie formal korrekt, aber ihre Kontakte liefen distanziert ab. Deutlich distanzierter als vor dem Vorfall. Sie litt darunter, denn sie hätte auf Dauer mit einigen Kollegen gerne eine freundschaftliche Beziehung aufgebaut. Das war, so schien es, nun nicht mehr möglich. Sie fühlte sich wie eine Aussätzige. Als man nach einer guten Woche die Sache in der Kaffeeküche wohl nicht mehr interessant genug fand, hörten zwar die Blicke der Kollegen langsam auf, aber sie musste nach wie vor aufpassen, was sie sagte. Sie war sich sicher, dass man ihre Kommentare oder Bemerkungen auf die Goldwaage legte und mit doppeltem Ohr prüfte. Und sie befürchtete, dass jederzeit ein vernichtendes Urteil auf sie niederprasseln und sie gemobbt werden könnte.

Simon sprach das Thema nicht mehr an. Er hatte sie – nach immerhin fast zwei Wochen – auch nicht erneut gefragt, ob sie auf sein sogenanntes *Angebot* eingehen würde. Eva war die Situation schon beinahe unheimlich.

Kommt da noch was? Oder ist er wieder zur Vernunft gekommen und schweigt nun alles tot?

An einem Samstagmittag, es war Ende Mai und sommerlich warm, begegneten sich Eva und Simon nach langer Zeit wieder mal im Treppenhaus, direkt vor ihren Wohnungen. Eva hatte vergessen, durch den Spion zu gucken und prompt lief sie Simon über den Weg, der gerade sein Apartment verließ.

„Wir haben uns schon lange nicht mehr im Haus getroffen. Versteckst du dich?", fragte Simon.

„Nein. Das könnte ich dich auch fragen."

„Ich war oft nicht da, bin gleich nach der Arbeit zu meiner Frau gefahren."

„Ah ja." Eva drehte sich Richtung Treppen. „Ich muss dringend zum Briefkasten, nach der Post sehen."

„Ich verzichte auch auf den Lift", sagte Simon, um zusammen mit Eva nach unten zu gehen. „Ich muss in den Supermarkt. Warst du schon einkaufen fürs Wochenende?"

„Ja. Schon alles erledigt."

„Ich habe mir heute von meiner Frau freigenommen. Klingt blöd, ich weiß. Aber ich muss mich erholen. Wir, Doris – die Schwester meiner Frau – und ich, engagieren gelegentlich in eine Tagesbetreuung. Wir brauchen auch mal Zeit für uns."

Evas Schritte wurden immer schneller. Es war ihr höchst unangenehm, von diesem Thema zu hören. Sie wartete nur darauf, dass Simon sie gleich wieder fragen würde, ob sie nicht doch bereit wäre ...

Sie hatte es geahnt: Noch während sie ihre Post aus dem Briefkasten nahm, legte er ihr eine Hand auf die Schulter und fragte sie erwartungsvoll mit leiser Stimme: „Machst du es? Es wird zunehmend schlimmer mit Tatjana."

„Wer ist Tatjana?", fragte Eva, obwohl sie es sich natürlich denken konnte.

„Meine Frau. Habe ich ihren Namen noch gar nicht erwähnt?"

„Nein. Ich muss wieder nach oben."

„Ich warte auf eine Zustimmung, zumindest auf eine Gesprächsbereitschaft. Warum bist du so abweisend?"

„Weil ich mit der Angelegenheit nichts zu tun haben will. Das weißt du. Lass mich in Ruhe damit."

„Du könntest mit mir wenigstens mal über meine Situation reden, damit du dir ein Bild machen kannst, damit du begreifst ..."

„Nein", unterbrach ihn Eva. „Ich will davon nichts wissen. Das geht mich nichts an."

Eva drehte sich weg und lief die Treppen nach oben, Simon lief ihr hinterher.

„Du kommst mir nicht mehr aus. Du redest mit mir darüber. Und wenn nicht jetzt – okay, ich will dich nicht überfallen – dann aber demnächst. Am besten nachher, wenn ich vom Einkaufen zurück bin."

Eva blieb stehen. Es waren nur noch einige Treppen bis zur vierten Etage. „Nein, Simon. Nein. Ich will damit nichts zu tun haben. Endgültig: Hör auf, mich damit zu belästigen."

„Du hast damit aber was zu tun, auch wenn du den Mord an deinem Vater leugnest. Und jetzt sage ich dir noch etwas, darüber kannst du mal nachdenken. Ich bin mir gar nicht mehr sicher, ob du so lieb und nett bist, wie du immer tust, oder ob du nicht im Grunde deines Herzens grausam bist. Deinem Vater ging es doch gar nicht so schlecht. Warum musste er sterben? Hast du den Tod zusammen mit deiner Mutter geplant? Weißt du, was wirklich zu blöd ist? Eigentlich dürfte ich dir das gar nicht sagen: Aber ich finde dich als Frau immer noch anziehend. Aber ob ich deinen Charakter noch gut finde, das weiß ich nicht. Wenn man bei dir überhaupt von Charakter reden kann. Im Grunde bist du eiskalt."

„Bist du jetzt fertig mit deiner Rede?", fauchte ihn Eva an.

„Ja, bin ich." Simon sah Eva ins Gesicht, mit einer Mischung aus Vorwurf, Missachtung, aber auch Enttäuschung, und rannte dann wieder nach unten, um einzukaufen.

„Du meine Güte", stöhnte Eva und ging in ihre Wohnung. Ich halte das bald nicht mehr aus.

Sie lief hin und her, schaute kurz die Post durch – nur Werbung und eine Einladung zu einer Vernissage –, legte sich aufs Bett, stand wieder auf, lief wieder hin und her. Sie war nervös. Sie musste aus dem Haus raus, weg, bevor er zurückkam und bei ihr klingelte. Sie rief Stefan, ihren Exfreund, an. Er sei noch unterwegs, würde aber in einer guten halben Stunde wieder zu Hause sein, sagte er.

„Kann ich dann zu dir kommen?", fragte Eva. „Nicht lange. Ich muss nur ein wenig raus aus meinem Umfeld."

„Das passt mir heute gar nicht. Tut mir wirklich leid. Nächste Woche mal? Wir können gerne was ausmachen."

Eva war enttäuscht. Trotzdem verabredeten sie sich für kommenden Donnerstag.

Sie zog ein frühlingshaftes Kleid an und verließ das Haus, ohne zu wissen, wo sie eigentlich hinwollte. Die Sonne schien und es war ungewöhnlich warm. Sie lief in Richtung Innenstadt, nah dann den Bus und besuchte ein Museum. Es gab gerade eine Ausstellung über junge Künstler aus den verschiedenen Bundesländern mit dem Titel „Die neuen deutschen Maler". Den Titel fand Eva langweilig, altmodisch, obwohl sie sich für deutsche Künstler interessierte.

Die Ausstellung gefiel ihr nicht besonders. Sie war, wie sie befürchtet hatte: zu brav, zu vorsichtig, zu angepasst. Wo bleibt die Kreativität des Nachwuchses?, fragte sie sich. Hier inspiriert mich rein gar nichts. Ein Bild mit dunkelblauen und gelben Querstreifen machte sie fast aggressiv. Was soll dieser Schwachsinn? Warum kann so ein belangloses, nichtssagendes Bild öffentlich ausgestellt werden?

Der Aufseher beobachtete sie schon eine ganze Weile. Wahrscheinlich, weil sie so kritisch guckte und manchmal ganz nahe zu den Bildern hingegangen war. Ständig war er in ihrer Nähe, schlich neben ihr hin und her, oder stellte sich so unauffällig, wie es auffälliger hätte nicht sein können, immer in ihre Nähe. Er ließ sie nicht mehr aus den Augen, besonders jetzt, als er bemerkte, dass sie ihn bemerkte. Sie wechselte schnellen Schrittes ihren Standort, aber es nützte nichts. Der Aufseher hatte sie schon wieder im Visier. Das war eine Situation, die Eva nicht ertrug. Sie sprach ihn an.

„Was glotzen Sie mich dauernd so an? Glauben Sie, ich klau diesen Mist hier?"

„Na, na, junge Frau. Jetzt nehmen Sie sich aber mal zusammen", sagte er und hob dabei das Kinn, vielleicht weil er ein wenig kleiner war als Eva.

Sie zog das Pfefferspray aus ihrer Handtasche und sagte mit zusammengekniffenen Augen: „Wenn Sie mich nicht in Ruhe lassen, spray ich Ihnen eine Dosis ins Gesicht. Falls Sie nicht wissen, was das ist: Das ist ein Pfefferspray. … dann haben sie ausgeglotzt. Kapiert?"

Der Mann stand völlig perplex da. Noch bevor er etwas sagen konnte, war Eva schon weg, im nächsten Raum, und ließ das Pfefferspray in die Handtasche einer älteren Dame fallen. Eva grinste vor sich hin und wandte sich einer Gruppe zu, die von einem Führer Erklärungen zu den Bildern bekam. Es wunderte sie nicht, und es dauerte sogar länger als sie dachte, bis zwei Sicherheitsleute hinter ihr standen und sie baten, mitzukommen.

„Warum denn?", fragte sie scheinbar überrascht.

„Es hat sich jemand beschwert über Sie."

„Das verstehe ich nicht." Eva zuckte mit den Achseln.

Sie ging ungern aber widerstandslos mit. In einen kleinen Nebenraum saß der Aufseher und sagte sofort, als er Eva sah: „Das ist sie. Sie hat mich mit einem Pfefferspray bedroht."

Eva lächelt und fragte wie ein Unschuldslamm: „Was habe ich? Darf ich bitte wissen, warum sie mich hierhergebeten haben?"

Der größere der Sicherheitsmänner fragte sie, ob er in ihre Handtasche schauen dürfe.

„Bitte", sagte Eva. „Ich trage kaum etwas mit mir." Sie leerte die Tasche vor den Männern aus. Es befanden sich darin eine Geldbörse, Papiertaschentücher, ein Lippenstift, Handy und Wohnungsschlüssel. Sonst nichts.

„Sie hatte ein Pfefferspray. Sie hat es mir gezeigt und dann wieder in ihre Tasche gesteckt. Ich habe es genau gesehen", sagte der Aufseher aufgeregt.

„Haben Sie dem Mann gedroht, ihm Pfefferspray ins Gesicht zu sprühen?", fragte der kleinere der Sicherheitsmänner.

„Warum sollte ich? Der Mann denkt sich da was aus. Nun ja, vielleicht war ihm langweilig. Oder er verwechselt mich. Ich habe kein Pfefferspray, wie Sie sehen."

„Dann hat sie ihn weggeworfen", wandte der Aufseher ein. „Sie war es. Sie hat mich bedroht."

Eva zuckte mit den Achseln.

Die beiden Sicherheitsmänner sahen sich an und wussten wohl nicht so recht, wie sie mit der Situation umgehen sollten.

„Ist sonst noch was?", frage Eva. „Kann ich gehen?"

„Ja, gehen Sie", sagte der Größere. „Noch mal so was und Sie bekommen Hausverbot."

„Wie bitte?", fragte Eva und war kurz davor zu lachen, nahm sich aber zusammen, denn sie wollte die Situation nicht überreizen.

„Nichts", brummte der Mann. „Sie können gehen."

„Auf Wiedersehen", sagte Eva und ging.

Mit einem leichten Gefühl von Triumph verließ sie die Ausstellung. Wenn ich in diesem Haus etwas zu sagen hätte, würde ich die alle entlassen. Unfähiges Personal. Stümper.

Die Sonne war von dicken Wolken verdeckt und es

war um mehrere Grad kühler geworden. Sie war froh, dass sie eine warme Jacke mitgenommen hatte. Die frische Luft tat ihr gut. Sie ließ zwei Busstationen hinter sich und kaufte sich unterwegs seit langem mal wieder Pommes bei McDonalds. Sie schmeckten ihr sogar besser, als sie dachte.

Als sie nach Hause kam, stand Irina vor der Haustür. Eva befürchtete sofort das Schlimmste: Einer ihrer Sex-Kunden hatte ihr was angetan, sie war geflüchtet und suchte Hilfe.

„Irina. Wo kommst du denn her? Ist etwas passiert?"

„Ja, gestern. Nichts Dramatisches. Kann ich kurz zu dir hochkommen?"

„Na klar. Hast du etwa auf mich gewartet? Warum hast du mich nicht angerufen? Bist du schon lange hier?"

„Ich bin gerade vorbeigekommen, eher zufällig."

„Ich habe einen guten Rotwein, dann erzählst du, was los ist. Brauchst du etwa einen Arzt? Ich kann dich zum Notdienst begleiten."

„Nein, nein. Ich bin gesund. Mir fehlt nichts."

„Ich dachte schon ..."

„Ich kann mir denken, was du dachtest. Das ist es nicht."

Irina freute sich über den Wein und erzählte dann, was ihr passiert war: „Ich bin gestern Abend bestohlen worden. Von einem – du weißt schon – Kunden."

„Du machst es also immer noch."

„Ja, aber sehr reduziert. Nur noch mit ein paar Stammkunden und hin und wieder mit einer Empfehlung. Die meisten wollen kaum noch was zahlen. Der Geiz ist überall."

„Und weiter?", drängelte Eva. „Was hat er geklaut? Geld?"

„Meine Geldbörse, alle Ausweise und mein Handy."

„Wie war denn das möglich? Ich dachte, du nimmst die Typen nicht mit in deine Wohnung."

„Habe ich auch nicht. Er bat mich, ihn ein Stück mit meinem Auto mitzunehmen. Das war ein Fehler. Ich musste tanken. Und da ist es passiert; er hat mich beklaut."

„Das hast du schon gesagt. Mach's doch nicht so spannend."

„Er hat mir aus der Handtasche meine Geldbörse mit sämtlichen Karten sowie mein Handy und meine Ausweise geklaut. Ich habe gestern Personalausweis und Reisepass in meine Tasche gelegt, weil ich sie verlängern lassen wollte, hatte dafür aber keine Zeit mehr, und deshalb lagen sie immer noch in der Tasche. Nach dem Tanken habe ich die Handtasche auf den Rücksitz gestellt. Bevor ich einstieg, ging der Schlüsselbund auf und die Schlüssel fielen auf den Boden. Ich habe sie nicht gleich alle gesehen. Es dauerte vielleicht fünfzehn Sekunden, bis ich sie aufgesammelt hatte. Anscheinend genug Zeit für einen Langfinger."

„Scheiße."

„Allerdings. Er fuhr dann noch bis zur U-Bahn mit. Er war total cool, unterhielt sich mit mir ganz locker und fragte mich nach Jobmöglichkeiten."

„Und du hast nichts bemerkt?"

„Nein. Er muss sogar mein Handy ausgeschaltet haben. Erst Zuhause, als ich das Handy aus der Tasche nehmen wollte, ist mir aufgefallen, dass alles weg war."

„Oh je, oh je."

„Die Karten von den Banken sind gesperrt. Trotzdem muss ich mich nun um tausend Dinge kümmern. Und das Blöde ist, ich kann mich nicht ausweisen. Ich stehe quasi ohne Identität da. Ich war bei der Polizei und habe Anzeige erstattet. Nur ist das irgendwie doof, wenn man nicht beweisen kann, dass man die Person ist, die man ist. Eigenartigerweise ist man sofort irgendwie verdächtig und wird komisch angeschaut." (Das Gefühl kenne ich auch, dachte sich Eva, und erinnerte sich an die Situation in der Kaffeeküche.) „Man sagte mir, ich müsste die Geburtsurkunde vorlegen. Die konnte ich aber nicht mehr finden. Sie liegt, hoffe ich, bei meinen Eltern."

„Willst du noch Wein?"

„Ja, gerne. Der Wein schmeckt gut."

„Das war mal ein Geschenk. Erzähl weiter".

„Ich bin dann mit meinem Kfz-Brief und dem letzten Steuerbescheid – etwas Besseres ist mir nicht eingefallen – wieder zur Polizei. Jetzt habe ich eine Diebstahl-Bescheinigung.

„Das gibt es?"

„Ja."

„Aber, sag mal, warum bist du jetzt eigentlich zu mir gekommen? Unser letztes Treffen hat ja nicht so ganz harmonisch geendet. Verstehe mich nicht falsch, ich freue mich, dass du hier bist und vor allem, dass dir nichts passiert ist. Aber warum kommst unangemeldet? Du hättest doch vorher anrufen können. Und du bist wirklich zufällig vorbeigekommen? Hier kommt man nicht zufällig vorbei, außer …"

„… außer man kennt jemanden. Ich war eben bei einem Bekannten, er wohnt – tatsächlich zufällig – ein paar Straßen weiter. Und weil ich schon in deiner Nähe war, dachte ich, ich überrasche dich."

„Soll ich dir Überbrückungsgeld leihen?"

„Nein. So habe ich das nicht gemeint. Meine Nachbarin ist schon eingesprungen."

Eva wartete, dass Irina endlich mit dem herausrückte, was sie eigentlich wollte, aber es kam nichts. Doch Eva hatte ein untrügliches Gefühl, dass Irina etwas auf dem Herzen lag, vielleicht sogar etwas, das irgendwie mit ihr zu tun haben könnte. Das letzte Treffen hatte schließlich nicht gerade in großer Übereinstimmung geendet, so dass ein spontaner Überraschungsbesuch eigentlich unangebracht war.

„Irina, sag mir, warum bist du hier? Ich glaube nicht, dass das Zufall ist."

„Du hast recht. Ich bin absichtlich hier, habe gehofft,

dich anzutreffen. War natürlich ein Risiko."

„Hast du lange gewartet?"

„Nicht der Rede wert."

„Also, ich höre. Was gibt's?"

Irina lächelte zart und blickte Eva sehnsuchtsvoll an.

„Ich möchte, dass unsere Freundschaft weitergeht. Du fehlst mir. Und ich will wissen, wie es dir geht."

Das hatte Eva schon lange nicht mehr gehört: Du fehlst mir. Und dass jemand wissen wollte, wie es ihr ging, kam außer von Brigitte kaum noch vor. Es tat ihr gut. Es tat ihr so gut, dass es ihr unweigerlich Tränen in die Augen trieb.

„Was hast du?", fragte Irina.

„Nichts. Es freut mich, dass du das sagst."

„Wirklich?"

„Ja." Eva wischte sich mit dem Handrücken die Tränen weg.

„Du hast dich also nicht endgültig von mir abgewandt wegen meines Spezialjobs?"

„Nein, natürlich nicht. Ich weiß, ich bin manchmal zu streng. Das hast du schon richtig erkannt. Aber, wie man so sagt, ich arbeite an mir."

Dann umarmte sie Irina, und Irina Eva, und sie sich gegenseitig. Ihre Freundschaft war nicht zerbrochen. Wie wichtig ihnen das tatsächlich war, merkten sie nun deutlich. Sie kannten sich schon lange und ziemlich gut – und sie brauchten sich.

„Lass uns anstoßen", schlug Irina vor. „Auf dass uns nichts mehr auseinanderbringt."

Sie leerten ihre Gläser. Der Wein schmeckte beiden nun noch ein bisschen mehr.

„Wie geht es dir denn?", fragte Irina vorsichtig.

„Geht so. Ich bin in einer ziemlich blöden Situation." Eva stockte. „Bevor ich dir das erzähle, musst du mir eine Frage beantworten, denn du kennst mich ja schon sehr lange und du siehst manche Dinge oft etwas anders als ich."

„Okay. Was willst du wissen?", frage Irina erstaunt.

„Habe ich mich, kurz nach unserer Ausbildung zur Krankenschwester, irgendwie verändert?"

„Hm?" Irina zog die Augenbrauen hoch. „Inwiefern?"

„Egal. Sag einfach, was dir einfällt."

„Oh je, das ist ewig her. Ich kann mich an die Zeit, ehrlich gesagt, nur noch vage erinnern."

„Versuch es einfach. Bitte."

Eva und Irina lernten sich während ihrer Ausbildung kennen. Sie arbeiteten im Kreiskrankenhaus in Kleedang, eine für junge Leute ganz nette Kleinstadt. Eva lebte weiterhin im zehn Kilometer entfernten Dorf Borgenlau bei ihren Eltern, während Irina, die, obwohl sie aus Kleedang stammte, in einem Schwesternwohnheim wohnte, das man den Auszubildenden zur Verfügung gestellt hatte. Obwohl Irina genauso gut bei ihren Eltern hätten wohnen bleiben können, zog sie das Wohnheim vor, denn sie wollte ihr eigenes Ding machen, wie sie damals immer sagte. Eva pendelte, aber es machte ihr nichts aus.

„Ein wenig hattest du dich schon verändert, aber eigentlich erst später, nach der Zeit als Krankenschwester, als du dich nur noch für die Computerthemen interessiert hast. Du hattest kaum noch Lust, mit unserer Gruppe etwas zu unternehmen, bist immer seltener zu uns nach Kleedang gekommen. Man konnte mit dir nicht mehr allzu viel anfangen. Du warst immer so diszipliniert, hast kaum was getrunken, wolltest zeitig ins Bett. Wahrscheinlich hing das auch mit deinem Vater zusammen. Er ist doch in dieser Zeit ziemlich krank geworden und ist dann ja – war das noch während der Ausbildung oder danach?, ich weiß es nicht mehr – bald gestorben. Ich glaube, das hat dich ziemlich mitgenommen. Du bist danach recht still geworden."

„Lange? Ich meine, wie lange hat denn meine Trauerphase angehalten?"

„Das weiß ich nicht mehr. Ich weiß nur, dass wir uns

nicht mehr so oft gesehen haben und dass du selten über deinen Vater gesprochen hast. Warum fragst du?"

„Das erzähl ich dir gleich. Hast du meinen Vater nach dem Schlaganfall noch mal gesehen?"

„Nein, sicher nicht. Ich war kaum bei dir in Borgenlau. Das Nest war einfach zu langweilig, jedenfalls für uns Jugendliche. Ich habe deinen Vater nur als gesunden Mann kennengelernt, genauso wie deine Mutter. Jetzt sag endlich, warum du mich das fragst."

„Ich habe einen Job. Schon seit fast zwei Monaten. Aber mein Chef hat ein Problem und nun habe ich auch ein Problem. Er kennt mich angeblich von früher, von Borgenlau."

Eva erzählte ihre Geschichte und sagte abschließend: „Heute Mittag haben wir uns im Treppenhaus getroffen, und er fing nach über zwei Wochen Ruhe wieder mit der Scheiße an, drohte mir, dass ich ihm nicht mehr auskäme und mit ihm reden müsste. Und er sagte, als Frau fände er mich immer noch anziehend, aber ich hätte keinen Charakter, wäre im Grunde eiskalt. Der spinnt doch! Nach diesem Zusammentreffen musste ich aus der Wohnung flüchten, weil er nach seinen Einkäufen mit mir reden wollte. Das ist langsam nicht mehr zu ertragen. In der Firma spielt er dann wieder den korrekten, leistungsorientierten Chef. Fragt sich nur wie lange – bis er wieder ausrastet."

Anders als Brigitte, die sich aufregte und meinte, Eva müsste sich einen Anwalt nehmen, reagierte Irina ruhig und gelassen.

„Weißt du, ich habe schon ziemlich viel Scheiße in meinem Leben erlebt. Aber das hier? Das ist Psycho. Überleg dir, ob du dort weiterhin, noch dazu unterbezahlt, arbeiten willst."

„Mittlerweile denke ich fast jeden Tag daran, am nächsten Tag nicht mehr hinzugehen."

„Und trotzdem gehst du wieder hin. Warum tust du das, wenn du es kaum noch aushältst? Im Übrigen – aber

140

das bin ich, Irina, bitte unter diesem Vorbehalt betrachten! – sehe ich da noch einen ganz anderen Aspekt: Warum handelst du nicht eine schöne Summe aus für die Tat? Du musst sehen, wie weit du gehen kannst. Sagen wir mal dreißigtausend, die Hälfte vorab bar auf die Kralle und dann machst du es natürlich nicht, lässt ihn auflaufen. Was will er denn tun, der Idiot? Oder hast du nicht doch Dreck am Stecken? Entschuldige, die Frage stellt man sich halt einfach. Vielleicht hast du deinem Vater ja aus Versehen ... okay, schau mich nicht so böse an. Es war nur ein Gedanke."

„Jetzt verdächtigt mich sogar schon meine Freundin", beschwerte sich Eva.

„Nein, tu ich nicht wirklich. Wenn das so rübergekommen ist, dann tut es mir leid."

„Das will ich hoffen. Kannst du dir vorstellen, wenn man ständig mit einem Vorwurf konfrontiert wird, dass man dann irgendwann anfängt, an sich selbst zu zweifeln? Langsam hat er mich soweit."

„Deshalb hast du mich gefragt, wie ich dich damals wahrgenommen habe."

„Richtig. Glaubst du, ich habe Erinnerungslücken?"

„Woher soll ich denn wissen, an was du dich erinnern solltest? Dafür gibt es doch keine Regeln. Das ist bei jedem Menschen anders. Die Weinflasche ist leer."

„Oh! Ich habe leider keinen Wein mehr hier?"

„Macht nichts. Ich habe ohnehin genug. Wenn ich mir das alles so überlege", sagte Irina mit einem verschmitzten Lächeln, „würde mich dieser Simon fast ein wenig interessieren. Glaubst du, er könnte mein Kunde werden?"

„Mein Gott, Irina. Was soll das?"

„Um ihn irgendwie auflaufen zu lassen. Oder um ihn auszuspionieren."

„Hm. Ich weiß nicht. Obwohl: Eigentlich gar keine so schlechte Idee", überlegte Eva. „ Auch wenn ich im Allgemeinen natürlich dagegen bin. Aber in diesem Fall:

Wirklich keine schlechte Idee." Eva lächelte nun genauso verschmitzt wie Irina.

„Wir müssen überlegen, wie ich an ihn rankommen könnte."

Eva holte nun Mineralwasser, denn die beiden Freundinnen hatten nach dem Wein und den neuen Aspekten Durst bekommen.

„Prost Irina! Auf die Frau, mit den verrücktesten Ideen." Eva hob ihr Glas.

„Auf dein Wohl! Betrachtest du mich eigentlich immer noch als Hure?"

„Ich weiß, dass du keine Hure bist. Außerdem kannst du machen, was du willst. Es steht mir nicht zu, dich zu kritisieren. Vor allem, wo wir jetzt deine Dienste in einer besonderen Weise einsetzen werden. Du musst ihn aushorchen, verstehst du? Du musst herausbekommen, wie er tickt, ob er Medikamente nimmt, was mit seiner Frau ist …"

„Ich könnte ihm, wenn er Geburtstag hat, eine Striptease-Show präsentieren. Eine Überraschung, die sich seine Freunde ausgedacht haben. Wäre das was?"

„Keine Ahnung. Ich glaube, er hat keine Freunde. Oder doch? Ich weiß von dem Mann so gut wie gar nichts."

„Egal, das machen wir."

„Das macht nur Sinn, wenn er bald Geburtstag hat. Wir müssen das so schnell wie möglich durchziehen."

„Wenn nicht, dann denken wir uns einen anderen Anlass aus", schlug Irina vor.

„Okay. Ich erkundige mich gleich am Montag nach seinem Geburtstag; vielleicht haben wir ja Glück und er ist schon demnächst. Endlich fühle ich mich nicht nur als sein Opfer. Nun schlägt das Imperium zurück!"

„Jetzt übertreib mal nicht. Das Imperium bin nur ich."

„Aber immerhin ein sehr mutiges!"

Frau Meining, eine Kollegin, die eine Geburtstagsliste

der Abteilung führte, suchte nach Simon Schmidt. „Soweit ich mich erinnere", sagte sie, „kann das nicht mehr allzu lange dauern." Sie suchte mit dem Finger nach dem Eintrag. „Oh! Zweiter Juni. Das ist übermorgen!"

„Was?", rief Eva erstaunt aus. „Schon übermorgen?"

„Damit Sie Bescheid wissen", klärte sie Frau Meining auf, „wir schenken uns gegenseitig nichts. Das Geburtstagskind gibt eine Kleinigkeit aus: Sekt oder Kuchen oder beides. Nach Belieben. Aber nicht jeder feiert seinen Geburtstag. Das kann man halten wie man will."

Eva bedankte sich für die Auskünfte und rief anschließend sofort Irina an.

„Wenn das kein Wink des Schicksals ist", sagte Irina. „Wenn auch sehr kurzfristig. Aber: ich habe Zeit."

„Und nun? Wie gehen wir vor?"

„Am besten wird es wohl sein", überlegte Irina, „ich komme mit der *Überraschung* zu ihm, sobald er von der Arbeit zurück ist. Wenn er aber von der Firma aus gleich woanders hinfährt, funktioniert das so nicht. Momentan fällt mir keine Alternative ein. Überleg du dir was. Wir telefonieren morgen."

Eva hatte tagsüber keine Zeit, über irgendetwas Privates nachzudenken, denn Simon wies ihr eine Aufgabe zu, in die sie sich einarbeiten musste. Ansonsten ließ er sie in Ruhe. Am späten Nachmittag kam er in ihr Büro und setzte sich, mit einer Mappe unter dem Arm, ihr gegenüber.

„Ich muss mich bei dir entschuldigen. Was ich am Samstag im Treppenhaus gesagt habe, war nicht in Ordnung."

Eva war erstaunt. Mit allem, aber mit einer Entschuldigung hatte sie nicht gerechnet.

„Wofür entschuldigst du dich genau?"

„Dass ich gesagt habe, du hättest keinen Charakter. Es tut mir leid. Ich habe es nicht so gemeint. Kannst du mir verzeihen?"

„Ja. Dafür ja."

„Ich würde dich, sozusagen als Entschuldigung, gerne zum Essen einladen. Ich kenne einen hervorragenden, sehr gemütlichen Italiener."

Eva empfand diese Art der Entschuldigung unangebracht. Selbst eine Entschuldigung war bei Simon nicht im normalen Rahmen. Alles Private war irgendwie daneben. Aber vielleicht konnte sie bei dem Essen herausbekommen, was er an seinem Geburtstag vorhatte.

„Heute Abend? Um wie viel Uhr hast du denn gedacht?"

„Heute kann ich nicht, aber übermorgen."

Ach, sieh an, wunderte sie sich. Er hat anscheinend wirklich keine Freunde, mit denen er seinen Geburtstag feiern könnte. Deshalb die Einladung.

„Musst du nicht zu deiner Frau?"

„Nein, muss ich nicht. Hast du Zeit? Oder hast du schon was anderes vor?"

„Zeit hätte ich schon, aber ..." Eva stockte.

„Keine Lust?"

„Genau."

„Ach komm. Sei nicht nachtragend. Lass uns einfach schön essen gehen. Und: Ich sage auch kein Wort über meine Frau. Versprochen."

Eva hatte nach dem Gespräch mit Irina und ihren Plänen nicht im Traum daran gedacht, mit Simon auszugehen. Niemals. Doch in diesem Fall passte der Restaurantbesuch perfekt ins Konzept. Er würde nach der Arbeit sicher nach Hause fahren, um sich umzuziehen, so, wie sie auch. In der Zeit könnte dann Irina zuschlagen.

„Nun gut. Ich nehme die Einladung an, wenn wir nicht all zu spät essen. Holst du mich ab? Ich möchte vorher gerne noch nach Hause. Du wirst dich ja bestimmt auch noch frischmachen wollen."

„Ja, unbedingt. Ich klingle dann um neunzehn Uhr? Passt das?"

„Passt sehr gut. "

Das abendliche Telefonat mit Irina machte Eva Spaß. Sie kamen überein, dass Irina etwa um achtzehn Uhr bei Simon klingeln würde – um diese Uhrzeit müsste er zu Hause sein. Wenn er später heimkäme, würde ihn Eva anrufen und den Termin entsprechend verschieben, so dass noch genügend Zeit bliebe, um sich von Irina überraschen lassen zu können.

Simons Geburtstag blieb in der Firma unbemerkt. Er sagte nichts, brachte weder Kuchen noch Sekt mit. Es gab keine Feier. Wahrscheinlich wusste niemand, außer Frau Meining, dass er Geburtstag hatte. Eva überlegte, ob sie ihm gratulieren sollte, entschied sich aber dagegen, denn dann wäre klar, dass seine Einladung eine Geburtstagseinladung wäre. Simon sollte nicht wissen, dass Eva seine Geburtstagsdaten erfragt hatte. Womöglich würde er dann einen Zusammenhang zwischen ihr und Irina herstellen. Das durfte nicht sein.

Dann war es soweit: Irina wartete bei Eva auf ihren Auftritt. Sie hatte ihre heißesten Sachen mitgebracht und bei Eva angezogen: Einen roten BH und einen dazu passenden Tanga, darüber einen Hüft-Slip aus Spitze, schwarze Nahtstrümpfe – allerdings ohne Strumpfhalter, diese fand Irina doof – ein zartes Seidenhemdchen, darüber eine glänzende lila Bluse und ein schwarzes Bolero sowie einen kurzen engen schwarzen Rock und hochhackige Lackschuhe.

„Das geht nie gut", befürchtete Eva, „wahrscheinlich lässt er dich gar nicht in die Wohnung."

„Ich schau doch sexy aus – finde ich. Und ich bin blond. Die meisten Männer stehen auf blonde Frauen. Bin ich etwa zu dick? Was denkst du: Mag er nur dünne Frauen? Du bist ja auch eher dünn."

„Du bist nicht zu dick. Ich glaube vielmehr, er ist zu spießig für eine solche Aktion."

„Oh Eva. Gerade die Spießer sind die Geilsten. Da kenne ich mich aus."

„Das werden wir sehen. Scht! Leise. Da kommt jemand." Eva ging auf Zehenspitzen zur Tür und schaute durch den Spion. „Er ist es", flüsterte sie. „Wie spät ist es?"

„Viertel vor sechs."

„Wir geben ihm noch eine viertel Stunde zum Ankommen."

„Ja", hauchte Irina und schaute plötzlich grimmig.

„Was ist? Hast du keine Lust mehr?"

„Doch. Aber .... lach nicht, ich komme mir nun doch ein bisschen blöd vor."

„Ja und? Die ganze Aktion ist blöd – nur blöd. Aber darauf kommt es nicht an. Sie ist Mittel zum Zweck. Ich muss wissen, ob er ernsthaft durchgeknallt ist oder nicht. Du musst herausbekommen, ob er seine Frau loshaben will, weil er eine Geliebte hat, ob seine Frau wirklich krank ist und so weiter. Und schau, ob er im Bad Psychopillen aufbewahrt. Also, mach dich langsam startbereit. Du solltest dir die Augen noch ein bisschen stärker schminken."

Eva sah durch den Spion, öffnete die Tür und drückte Irina, die über ihr sexy Outfit einen Mantel trug, nach draußen. Eva spähte weiter durch den Spion und versuchte die Szenerie zu beobachten.

Irina klingelte und klopfte zugleich an Simons Tür. Kurz darauf öffnete Simon und schaute Irina mit zusammengekniffenen Augenbrauen an.

„Ja, bitte?"

„Sind Sie Simon Schmidt?"

„Ja."

„Ich habe ein Geschenk für Sie – ein Geburtstagsgeschenk."

„Was für ein Geschenk?" Simon prüfte, ob die Dame, die vor ihm stand, etwas in der Hand hielt.

„Das kann ich Ihnen unmöglich hier im Treppenhaus zeigen. Es ist ein ganz spezielles Geschenk von einem Freund."

„Von welchem Freund? Was soll das? Was wollen Sie?"

„Wie gesagt, ich habe ein Geschenk für Sie."

„Sie haben ja gar nichts dabei."

„Es ist kein Päckchen. Es ist etwas Persönliches. Kann ich nicht doch kurz reinkommen? Es dauert nicht lange."

„Lieber nicht. Ich habe jetzt keine Zeit, ich bin verabredet."

„Dann habe ich Sie gerade noch rechtzeitig erwischt."

„Ja. Also: Was wollen Sie mir geben?"

Irina sah sich kurz im Treppenhaus um. „Nicht hier."

„Wieso?"

„Das soll ja nicht jeder mitbekommen."

„Nun gut, dann kommen Sie kurz rein."

Sie hat es geschafft, stellte Eva fast bewundernd fest. Sie ist ein Biest. Jetzt, wo Irina in der Höhle des Löwen war, bekam Eva ein wenig Angst um Irina und sah ständig auf die Uhr. Hoffentlich geht alles gut.

„Also, was wollen Sie mir überreichen?"

„So kann man das eigentlich nicht nennen." Irina lächelte geheimnisvoll.

„Machen Sie es nicht so spannend. Was ist es?"

„Ich bin es?"

Simon rümpfte die Nase. „Was soll das heißen?"

„*Ich* bin das Geschenk. Das heißt: Sie bekommen einen Striptease vorgeführt. Von mir."

„Oh nein. Wirklich nicht. Wer hat sich denn das ausgedacht? Das kann eigentlich nur Mark gewesen sein. War es Mark?"

„Das weiß ich nicht. Die Namen der Auftraggeber sind mir nicht bekannt. Ich werde von einer Agentur engagiert." Irina zog ihren Mantel aus und legte ihn über den Arm.

„Nein, lassen Sie das. Ziehen Sie ihren Mantel wieder an. Es ist kein guter Zeitpunkt für so ein *Geschenk*."

„Ich bin aber bezahlt. Wann haben Sie denn Ihre Verabredung?"

„In einer Stunde."

„Ich bin für etwa dreißig Minuten gebucht. Warum zögern Sie? Machen Sie Musik! Und gegen ein Glas Sekt hätte ich auch nichts einzuwenden. Oder gefalle ich Ihnen nicht?"

„Doch." Simon musterte Irina von Kopf bis Fuß. „Sie sind sehr attraktiv."

„Also?", fragte Irina herausfordernd und drückte Simon ihren Mantel in den Arm.

„Hm." Simon zögerte. „Was mache ich jetzt mit Ihnen?" Er betrachtete Irina noch mal genauer. Dann sagte er: „Welche Musik soll es denn sein?"

„Nicht gerade Klassik. Ansonsten dürfen Sie wählen. Sie haben Geburtstag, nicht ich."

Simon hängte ihren Mantel auf einen Bügel und legte *J. J. Cale* auf. Dann holte er eine Flasche Sekt aus dem Kühlschrank und schenkte zwei Gläser ein. Eines davon reichte er Irina und sah ihr dabei in die Augen.

„Alles Gute zum Geburtstag", sagte Irina, fast feierlich und stieß mit Simon an. „Mit wem sind Sie denn nachher verabredet?"

„Mit meiner Nachbarin."

„Haben Sie keine Freundin?"

„Ich bin verheiratet."

„Warum feiern Sie dann nicht mit ihrer Frau? Sind Sie getrennt?"

„So könnte man das nennen. – Na dann. Legen Sie mal los."

Simon setzte sich gemütlich auf die Couch, mit dem Sektglas in der einen Hand und der Sektflasche in der anderen.

Irina stellte einen Stuhl vor Simon auf. Dann begann sie zu tanzen. Langsam zog sie ein Kleidungsstück nach dem anderen aus, drehte sich dabei um, auf oder mit dem Stuhl; eine Stange gab es ja nicht. Sie bot eine perfekte Show, setzte ihre Reize gekonnt ein und sie wusste genau, welche Pose gut wirkte. Bis sie alles, mit Ausnahme des Tangahöschens, ausgezogen hatte. Sie fühlte sich dabei gut und es machte ihr Spaß. Doch das letzte Teil abzulegen, fiel ihr schwer. Erst jetzt wurde ihr bewusst: Sie steht gleich komplett nackt vor einem absolut fremden Mann. Trotzdem streifte sie es gekonnt ab und warf es in die Luft. Und es fiel direkt in Simons Sektglas. Sie mussten beide lachen.

„Ein gelungener Abschluss", sagte Simon. „Das Glas war fast leer. Es ist bestimmt nur ein bisschen nass geworden." Er reichte Irina das Glas mit dem Höschen.

Eva zog es heraus und sagte: „Zu nass zum Anziehen. Egal. Ich habe ja noch das Darüber-Höschen."

Mit diesem kleinen Malheur wurde aus der künstlich erotischen Situation beinahe etwas Vertrautes. Das gemeinsame Lachen wirkte entspannend, aber nur kurz.

„Und nun? Was passiert jetzt?", fragte Simon, stand auf und ging auf Irina zu, während sie ihre Kleidung aufsammelte. Er versuchte ihre Brüste zu berühren, aber sie drehte sich weg. „Darf ich dich anfassen?"

„Nein, darfst du nicht." Sie suchte den BH und fand ihn auf seinem Bett. „Wo ist das Bad? Ich möchte mich anziehen."

„Darf ich dabei nicht mehr zusehen?"

„Gehört nicht unbedingt zum Programm." Sie wurde ein wenig hektisch, denn ihr war plötzlich nicht mehr wohl, alleine mit Simon in seiner Wohnung.

„Du brauchst nicht so hektisch zu werden. Ich vergewaltige dich schon nicht."

Sie sagte nichts, sondern zog sich, nun doch vor Simons Augen, rasch an.

Er schenkte währenddessen noch mal die Gläser voll. Als Irina wieder komplett angekleidet war, reichte er ihr das Glas. „Schön hast du das gemacht. Sehr sexy."

„Gut. Dann freut es mich."

„Prost ... äh ... wie heißt du eigentlich?", fragte Simon.

„Nenn mich Angelina." Sie entspannte sich wieder, denn sie spürte, dass ihr Simon tatsächlich nichts tun würde.

„Angelina. Dein Künstlername.“ Simon grinste. „Du schaust gut aus. Ich habe übrigens einen Steifen bekommen.“

„Aha.“ So genau wollte sie das gar nicht wissen. Aber die Bemerkung war ein gutes Stichwort für eine Frage, um mehr aus ihm herauszukommen. „Du bist sexuell wenig aktiv, oder? Mit deiner Frau läuft wohl nichts mehr.“

„Nein, mit ihr nicht. Aber ich habe eine …Geliebte – könnte man sagen.“

„Triffst du sie oft?“

„Du bist ganz schön neugierig. Und du? Hast du einen Mann oder einen Freund? Und weiß er, was du da so treibst?“

„Ich habe einen Freund, aber er weiß nichts von dem Job.“

„Ich könnte das, ehrlich gesagt, auch nicht akzeptieren. Wie oft machst du das?“

„Sehr selten.“

„Ich würde dich gerne sofort für einen zweiten Striptease engagieren?“

„Was? Jetzt gleich?“

„Ich hätte nichts dagegen. Ich fürchte nur, die Zeit wird zu knapp.“

„Warum triffst du dich denn an deinem Geburtstag nicht mit deiner Geliebten, sondern mit deiner Nachbarin? Oder ist sie deine Geliebte. Stehst du auf sie?“ Die Fragen haben einigermaßen gepasst, dachte Irina.

„Sie ist nett.“

„Nicht mehr? Ich meine, du könntest den Termin absagen.“ Irina hoffte, dass er es nicht tun würde. Sie würde auf keinen Fall bleiben und mit ihm schlafen, wie er sich das mit ziemlicher Sicherheit vorstellte.

„Könnte ich, tu ich aber nicht. Wir sehen uns ein anderes Mal. Lässt du deine Telefonnummer hier?“

Sie schrieb ihm eine falsche Nummer auf einen Zettel.

Irina verließ Simons Apartment und gab ihm zum Abschied förmlich die Hand. „Auf Wiedersehen, Simon."

Als er die Tür geschlossen hatte, ging sie zum Aufzug, der lange nicht kam. Sie spürte, wie erleichtert sie war, den Auftritt hinter sich gebracht zu haben. Dann fuhr sie nach unten und rief Eva an.

„Und wie war's?", fragte Eva höchst gespannt vor Neugierde.

„Es war okay, trotzdem mache ich das nie wieder."

„Warum? Hat er dich angemacht?"

„Nein, so kann man das nicht sagen. Erzähle ich dir später. Er wird gleich bei dir auftauchen. Nur kurz: Er sagte, er hätte eine Geliebte."

„Also doch. – Oh. Es klingelt. Da ist er."

„Pass auf dich auf."

„Bist du fertig?", fragte Simon.

„Bin ich."

„Dann können wir ja los."

Simon hatte ein angenehmes, feines Lokal gewählt. Während der vier Gänge – Eva genoss es trotz allem, so vorzüglich zu speisen – unterhielten sie sich fast ausschließlich über die Firma und über Politik – sehr neutral, um keinen Streit aufkommen zu lassen. Dass er Geburtstag hatte, erwähnte er nicht.

Als bereits abserviert wurde, lenkte Eva das Gespräch auf Raumfahrt, Astrologie und schließlich fragte sie ihn, welches Sternzeichen er habe. Er sagte es nicht. Auch auf die Frage nach seinem Geburtstag reagierte er nicht, obwohl er ahnte, dass sie Bescheid wusste.

„Ich feiere meine Geburtstage schon seit mehreren Jahren nicht mehr", sagte Simon.

„Warum denn das? Geburtstage sind doch etwas Besonderes."

„Ich mag keine Geburtstagsfeste. Das ist mir viel zu viel Aufwand."

„Aber dann bekommst du ja gar keine Geschenke."

Simon blickte ihr erstaunt in die Augen, als würde er einen Zusammenhang zwischen Evas Frage und dieser *Angelina* ahnen. Aber es schien nur so. Er zog den rechten Mundwinkel nach oben und lächelte schief. „Manchmal gibt es trotzdem Überraschungen."

„Weil man dich nicht vergessen hat."

Simon schwieg einen Moment. „Das hast du jetzt schön gesagt." Er fasste nach Evas Hand, die gerade ihr Weinglas abgesetzt hatte.

Sie ließ es zu. Er drückte sie sanft. Dann streichelte er ihren Arm bis zum Ellenbogen. Eva zuckte zurück. Simon nahm seine Hand wieder weg und winkte dem Kellner. Er bestellte ein Mineralwasser mit Kohlensäure.

„Willst du auch noch was trinken?", fragte er Eva.

„Nein, danke."

„Warum hast du eigentlich keinen Mann, keine feste Beziehung, kein Kind? Warum bist du allein?", fragte Simon unvermittelt.

„Dass du gerne private Dinge fragst, weiß ich ja. Aber das wird jetzt schon fast intim."

„Intim?" Simon grinste. „Darunter verstehe ich was anderes."

„Ich natürlich auch. Also gut, ich beantworte deine Fragen: Erstens bin ich nicht der Typ für eine Ehe, zweitens will ich ein Kind nur, wenn es einen verantwortungsvollen Vater dazu gibt, und drittens bin ich nicht so allein, wie du vielleicht annimmst. Genauso wenig wie du."

„Genauso wenig wie ich? Was willst du damit sagen?"

„Nichts. Du hast deine Frau und ich hatte verschiedene Partner. Und ich habe vor kurzem einen Mann kennengelernt. Ich bin nicht allein."

„Aha. Und wie ist das mit mir? Bin ich für dich immer noch so uninteressant wie früher?"

„Du bist mein Chef. Du bist mein Nachbar. Das allein ist interessant genug. Wir sollten nicht über uns reden. Das führt zu nichts."

„Du hast recht. Das führt wirklich zu nichts."

Sie fuhren heim und trennten sich unspektakulär vor ihren Wohnungen.

„Danke für die Einladung", sagte Eva und reichte Simon die Hand.

„Danke, dass du mitgekommen bist. Schlaf gut. Bis morgen." Er versuchte, ihr ein Küsschen auf die Wange zu geben, aber Eva drehte sich weg.

Noch am selben Abend rief Eva Irina an, um zu hören, wie ihr Striptease-Auftritt gelaufen war. Sie schilderte ihr den Ablauf. Eva war ein wenig enttäuscht, dass Irina so wenig erfahren hatte.

„Von seiner Frau hat er gar nichts gesagt?"

„Nein, nur dass sie nicht mehr miteinander schliefen."

„Das war ja wohl klar. Hast du im Bad nach Medikamenten geschaut?"

„Das habe ich ganz vergessen. Tut mir leid."

„Macht nichts."

„Bist du jetzt sauer? Du stellst dir das so einfach vor. Das ist es aber nicht. Ich bin froh, dass ich heil aus dieser Bude herausgekommen bin. Wenn er nicht mit dir verabredet gewesen wäre, hätte er bestimmt Sex gewollt. Womöglich hätte er mich dazu gezwungen. Ich mache das nie wieder. Was für eine Schnapsidee."

„Es war deine Idee."

„Ich weiß. Ich habe ihn mir viel verklemmter vorgestellt aufgrund deiner Schilderungen."

„Du glaubst also, er ist ziemlich normal?"

„Eigentlich schon. Jedenfalls so richtig *gaga* ist er mir nicht vorgekommen und dumm auch nicht."

„Natürlich ist er intelligent – vom Kopf her. Aber seine ganze Art und seine Augen ..."

„Die sind eigenartig. Vampirmäßig."

„Mal ganz ehrlich, Irina. Könntest du dir unter anderen Umständen, wenn du ihn ganz normal kennengelernt hättest, vorstellen, mit ihm zu schlafen?"

„Vorstellen kann ich mir viel. Aber in der Realität

würde ich es nicht wollen. Er hat so etwas Gieriges an sich, wie ein sexuell Getriebener und gleichzeitig ist er Gentleman. Das finde ich irritierend. Ich kann ihn nicht einschätzen. Da sind meine Kunden vom Typ her viel einfacher: Sex gegen Geld – fertig."

„Und was will Simon?"

„Woher soll ich das wissen? Ich war nicht mal eine Stunde bei ihm."

„Stimmt. Das kannst du nicht wissen", musste Eva zugeben.

„Warum schläfst du nicht mal mit ihm?", fragte Irina. „Dann weißt du, was er will, zumindest im Bett."

„Darum geht es doch gar nicht."

„Ich weiß. Du willst dir über den Typ Klarheit verschaffen. Ist das wirklich alles?"

„Nein, das ist nicht alles. Es geht mir um mich. Ich will wissen, wie ich die gesamte Situation mit Simon einschätzen soll. Letztlich geht es mir um meine Freiheit."

Am Donnerstag – es war der dritte Juni, Fronleichnam, Feiertag. Die Sonne schien. Eva trug ihr ein Sommerkleid mit bunten Blumen und war guter Dinge. Sie besuchte, wie ausgemacht, ihren Exfreund Stefan.

Sie klingelte, er öffnete die Tür, er bat sie ins Wohnzimmer und da saß: *sie* – seine Neue. Damit hatte Eva nicht gerechnet. Er stellte die beiden Frauen gegenseitig vor, die sich höflich begrüßten. Das war aber auch alles, was gut war an dieser Begegnung – jedenfalls für Eva. Sie wäre am liebsten sofort wieder gegangen. Musste sie sich das antun – mit ihrer Nachfolgerin plaudern? Sie sah gut aus, sehr gut sogar, apart, sexy. Viel zu gut für eine Nachfolgerin. Eva fühlte sich herabgesetzt.

Lange Minuten saßen sie zusammen im Wohnzimmer und Eva wartete, dass endlich was geschah: Entweder sie geht jetzt endlich oder ich hau ab. Dann machte Stefan den Vorschlag, man könnte zusammen ein Bier trinken gehen. Eva dachte, sie hörte nicht recht. Eigentlich war sie mit ihm zum Quatschen verabredet. Sie war ganz und gar nicht zur Brautschau gekommen und wurde langsam sauer. Seine Neue, Bettina – der Name passte, dachte sich Eva, sie hat das Bett ja schon im Namen – hatte jedoch keine Lust und meinte, wir könnten das ein anderes Mal nachholen, sie müsse nun dringend nach Hause. Stefan begleitete sie zur Tür.

Eva warf Stefan einen beleidigten Blick zu, als er wieder ins Wohnzimmer kam. „Musste das sein?", zischte sie.

„Was hast du?"

„Ich kann mich nicht erinnern, dass wir einen Termin zu Dritt ausgemacht hätten."

„Mein Gott, bist du schwierig. Sie war halt noch hier. Ja und?"

„Du wolltest mir doch nur demonstrieren, was für eine tolle Freundin du nun hast."

„Eva, wir beide sind seit einem Jahr getrennt. Unsere Beziehung war am Ende. Was willst du eigentlich?"

„Nichts."

„Warum wolltest du mich dann treffen?"

„Ich habe es vergessen."

„Hör auf mit dem beleidigten Getue. Ich hol dir einen Schnaps und dann reden wir. Okay?"

Eva ließ sich mehrmals nachschenken, bis sie auf das Thema kam, über das sie mit Stefan sprechen wollte: Simon und sein Versuch, sie als Killerin anzuheuern. Sie erwähnte aber nicht, dass Simon ihr unterstellt hatte, ihren Vater getötet zu haben.

Stefan reagierte ähnlich wie Brigitte und riet ihr ebenso, Simon anzuzeigen.

„Das ist Anstiftung zu einer Straftat. Außerdem glaube ich, du bist sogar verpflichtet, ihn anzuzeigen. Er plant einen Mord beziehungsweise gibt ihn in Auftrag. Wenn du es nicht machst, macht er es vielleicht doch selbst, oder jemand anders. Und die Frau ist tot."

Nun brauchte auch Stefan einen Schnaps.

„Das kann sein", sagte Eva nachdenklich. „Aber unabhängig davon – was ich dich eigentlich fragen wollte: Kannst du dir vorstellen, dass ich ein Typ bin, der unangenehme Dinge ausblendet?"

„In welchem Zusammenhang?"

„Egal. Ich meine grundsätzlich. Dass ich Dinge verdränge, so dass sie mir nicht mehr bewusst sind?"

„Das macht doch jeder irgendwie, denke ich."

„Schon. Aber glaubst du, das ist bei mir besonders ausgeprägt?"

„Kann schon sein."

„Ja? Woran machst du das fest?"

„Wenn dir was nicht passt, kannst du mitunter unausstehlich werden – das hatten wir ja gerade –, bist beleidigt oder radikal, beinahe aggressiv. Du reagierst eher männlich, finde ich. Die meisten Frauen wollen reden, analysieren, bohren in der Kindheit nach und psychologisieren. Das hast du nie gemacht; das fand ich gut an dir. Aber wie gesagt, dafür warst du manchmal ziemlich stur."

„Meinst du, ich schau nicht so genau hin, warum was wie ist?"

„Das meine ich nicht. Du schaust schon hin, aber nicht so verbissen. Ich könnte mir aber vorstellen, dass du dir auch manchmal was vormachst und vor Problemen davonläufst. Das war bei uns zumindest zuweilen der Fall. Deine Fluchttendenzen waren manchmal ziemlich nervig. Ob sich für dich die Probleme dadurch wirklich auflösten? Das musst du wissen. Ich vermute aber, dass du sie, wie die meisten Menschen, versuchst hast, sie zu verdrängen und sie dich dann unbewusst belasteten. So richtig glücklich hast du oft nicht gewirkt."

Eva hörte sehr genau hin, was Stefan sagte, und schluckte. Sein Eindruck bestätigte ihre Befürchtung, sie könnte doch mehr verdrängen, als sie bislang glaubte. Aber dass sie am Tod ihres Vaters schuld oder mit schuld gewesen sein könnte, das glaubte sie trotzdem nicht. Niemals. Doch was die Tage und Wochen vor seinem Tod genau geschah, wie sie ihn gepflegt oder nicht gepflegt hatte, und was für eine Stimmung im Elternhaus gewesen war, und wie es ihr insgesamt ging, daran konnte sie sich in der Tat nicht mehr erinnern.

„Was ist mit dir?", fragte Stefan. „Du sagst gar nichts mehr."

„Ich denke nach. Ich glaube, du hast recht. Ich verdränge Probleme", sagte Eva ernst und verkniffen.

„Steigere dich bitte nicht in etwas hinein. Ich kann nur das sagen, was ich mir denke. Frag andere Leute, die sagen möglicherweise was ganz anderes."

„Man sagt doch, man hat Leichen im Keller. Hast du Leichen im Keller? Wenigstens eine?"

„Nicht, dass ich wüsste. Und du?"

„Nicht, dass ich wüsste", plapperte Eva nach und dachte sich: Ich weiß es wirklich nicht.

In der Firma ging alles seinen gewohnten Gang – was die Arbeit betraf. Man ging mit Eva seit dem Vorfall in der Kaffeeküche nach wie vor distanziert um. Daran gewöhnte sie sich nicht. Sie fühlte sich ausgeschlossen und litt darunter. Es fiel ihr immer schwerer auf die Kollegen zuzugehen. Sie konnte kaum noch persönliche Anknüpfungspunkte herstellen, da niemand darauf einging, was zur Folge hatte, dass sie sich mehr und mehr verschloss. Ein Teufelskreis, der dazu führte, dass sie immer weniger Lust hatte, in der Firma zu arbeiten – unabhängig von der Beziehung zu Simon. Ihre Aufgaben machten ihr nur selten Spaß, empfand sie meist als ödes Abarbeiten von Aufträgen. Kurzum: Ihre Motivation steuerte direkt auf den Nullpunkt zu.

Simon gab sich geschäftsmäßig freundlich. Seit dem Geburtstagsessen war ein gewisser Frieden eingekehrt. Er sprach mit Eva nur über Dienstliches. In den nicht allzu arbeitsintensiven Phasen wirkte er relativ entspannt und konnte sogar über die eine oder andere Schilderung lustiger Begebenheiten, die manche Kollegen immer auf Lager hatten, herzlich lachen. Eva lachte mit – äußerlich. Innerlich empfand sie diese Geschichten hohl; sie interessierten sie nicht.

Sie interessierte mittlerweile etwas ganz anderes: Woran war ihr Vater genau gestorben? Was war damals tatsächlich passiert? Was für eine Rolle spielte ihre Mutter? Ihre Mutter. Sie hatte sie seit Monaten nicht mehr gesehen.

Viel öfter als vier bis fünf Mal im Jahr besuchte sie sie nicht. Bei den Besuchen erzählte man sich was es Neues gab. Man machte einen Spaziergang, ging zusammen ins Café oder ins Restaurant – keine besonders aufregenden Aktivitäten. Eva mochte ihre Mutter, Gertrud – der Name gefiel Eva –, aber eine innige Verbundenheit fehlte. Sie war keine Freundin, der man alles erzählte, sondern eine nahe Verwandte, die einem am Herzen lag, ohne sein Herz auszuschütten.

Gertrud lebte in Regensburg. Nach dem Tod ihres Mannes hatte auch sie, wie Eva, Borgenlau den Rücken gekehrt. Sie zog zu Hanna, ihrer ebenso verwitweten Schwester. Obwohl ihre Mutter vor einigen Jahren einen Mann kennengelernt hatte, mit dem sie sich regelmäßig traf, wollte sie mit ihm nicht zusammenleben. Sie blieb lieber bei ihrer Schwester, denn die beiden waren ein eingespieltes Team. Sie hatte außerdem keine Lust mehr, Verantwortung für einen Mann zu übernehmen, sollte dieser wieder krank werden.

Da Gertrud nicht gerne nach München reiste, lud sich Eva auch diesmal wieder selbst ein. Ihre Mutter freute sich und fragte wie immer, ob sie bei ihr übernachten möchte, und Eva sagte, auch wie immer, dass das zu umständlich sei und sie lieber am Abend nach Hause fahren würde.

Da das Wetter sehr schlecht war – es regnete in Strömen –, fuhr Eva mit der Bahn. Das machte sie gelegentlich, denn ihre Mutter wohnte in unmittelbarer Nähe zum Bahnhof.

Als sie gegen Mittag ankam, war Gertrud gerade dabei, das Essen zu kochen.

„Isst Hanna nicht mit?", fragte Eva, denn der Küchentisch war nur für zwei gedeckt.

„Nein. Sie ist mit ihrem Canasta-Club unterwegs."

Eva war es ganz recht, mit ihrer Mutter alleine zu sein.

„Wie geht es dir?", fragte Eva.

„Ganz gut. Und dir?"

„Auch ganz gut. Was macht Hubert? Ihr seid schon noch zusammen, nehme ich an."

„Ja."

„Geht es euch gut?"

„Ja. Geht so."

„Geht so, klingt eher bescheiden. Habt ihr ein Problem?"

„Wenn du schon so direkt fragst: Ich glaube, er hat eine andere."

„Ach du lieber Himmel", ächzte Eva. „Hören diese Spielchen denn nie auf? Ihr seid Mitte sechzig. Ich dachte, in diesem Alter ist man heilfroh, wenn man überhaupt noch jemanden findet, mit dem man sich versteht."

„Im Grunde verstehen wir uns gut, aber ältere Männer haben auch so ihre Probleme mit dem Selbstbewusstsein, nicht nur die Frauen."

„Papa war vierundsechzig als er starb. Solche Probleme blieben ihm wohl erspart. Seine Vergesslichkeit fing ja schon einige Jahre früher an."

Evas Vater war fünfundvierzig als sie geboren wurde, ihre Mutter neunundzwanzig, also sechzehn Jahre jünger als ihr Vater. Eva konnte als Kind nie verstehen, warum sie einen so alten Vater hatte. Obwohl ihr Vater ein gutaussehender Mann war, gab es Situationen, in denen es ihr peinlich war, neben einem Vater zu stehen, der optisch aus dem Rahmen fiel. Alle ihre Freundinnen hatten jüngere Väter. Auf Geburtstagsfesten oder

Schulfeiern fiel ihr der Unterschied immer besonders auf, auch deshalb, weil sich ihr Vater gerne ein wenig zu elegant kleidete. Er brauchte das zur Abwechslung. Als Molkereimeister lief er die ganze Woche über im weißen Kittel herum. Für ihn waren solche Anlässe eine Gelegenheit, mal einen guten Anzug zu tragen, wie es sonst viele Männer tagtäglich tun.

Wahrscheinlich fiel der Unterschied zu den anderen Vätern nur Eva auf. Keine ihrer Freundinnen hatte jemals etwas erwähnt. Ihnen war das Aussehen der Eltern ihrer Freundinnen ziemlich unwichtig, so lange es sich im Bereich des Normalen hielt. Und das tat es. Trotz des Altersunterschieds passten Evas Eltern gut zusammen. Man hatte nicht den Eindruck, dass sich ein älterer Mann aus mangelndem Selbstbewusstsein mit einer jüngeren Frau schmücken musste. Selbstbewusst war ihr Vater durchaus, wie auch ihre Mutter, die als Steuerfachgehilfin arbeitete. Sie war die Aktivere – lebenslustiger als ihr Vater, liebte geselliges Beisammensein. Er ging gerne spazieren, auch mit Eva, und erklärte ihr die Welt. Jedenfalls empfand sie es als Kind so. Ihr Vater erklärte ihr viele Zusammenhänge, die sie oft gar nicht verstand, aber darauf kam es nicht an. Viel wichtiger war, dass er für sie da war. Erst viel später wendete sich das Blatt, als plötzlich, und für sein Alter ungewöhnlich früh, die Demenz das Gehirn ihres Vaters zu zersetzen begann.

Eva war erst sechzehn, hatte gerade ihre Ausbildung als Krankenschwester begonnen, als ihr Vater immer öfter Begriffe verwechselte und sich immer weniger konzentrieren konnte. Das machte sie manchmal aggressiv. Und ihn auch, denn anfangs war ihm durchaus bewusst, was mit ihm geschah – auch seine Mutter hatte Demenz. Er sprach über seine Ausfallserscheinungen mit Eva. Sie erkundigte sich bei den Schwestern und Ärzten im Krankenhaus, was mit ihrem Vater los sei und was für Therapien es gäbe. Aber alle sagten nur, da könne man nicht viel machen. Dass diese seltene Form der genetisch bedingten Demenz auch ihr auftreten könnte, wusste sie, aber sie *wusste* auch, da war sie sich *ganz tief in ihrem Innersten* sicher, dass sie nicht betroffen sein würde.

Evas Mutter hob den Deckel eines Kochtopfs und probierte das Essen.

„Hubert ist anders als dein Vater. Er braucht viel Bestätigung. Ich hoffe nur, dass das Techtelmechtel bald wieder vorbei ist. Das Fleisch ist durch. Wir können essen."

Es gab Rindsgulasch mit Reis und Salat. Ein Gericht, das Eva nie kochte – ein typisches Familienessen. Mutter und Tochter aßen reichlich. Als Nachtisch hätte es Vanillepudding mit Schokosoße gegeben, aber sie waren beide zu satt, sodass sie darauf verzichteten.

Nachdem der Tisch abgeräumt und das Geschirr in die Spülmaschine gestellt war, setzten sie sich ins Wohnzimmer – die Beine hochgelagert – und redeten über Tante Hanna und über Evas Job. Eva erwähnte Simon nur nebenbei und sagte, dass es ein eigenartiger Zufall war, dass sie nebeneinander wohnten.

„Kannst du dich noch daran erinnern, wie es Papa am Tag vor seinem Tod ging?"

„Wie kommst du denn jetzt darauf?"

„Nur so. Ich kann mich nämlich nicht mehr so genau erinnern."

„Es ging ihm schlecht. Wie soll es ihm auch sonst gegangen sein? Es ging ihm doch schon lange nicht mehr gut."

„Hatte er Schmerzen?"

„Das weißt du nicht mehr?"

„Nein."

„Natürlich hatte er Schmerzen. Wir haben ihm die letzte Zeit Schmerzmittel gegeben. Sein Gesichtsausdruck war oft enorm angespannt, auch an den Tagen vor seinem Tod. Kann sein, dass er Kopfschmerzen hatte. Er fasste sich wiederholt an den Kopf."

„An den Kopf?"

„Ja, an die Schädeldecke. Aber du weißt ja, es war nicht leicht, seinen Zustand richtig einzuschätzen. Nach dem Schlaganfall konnte er sich ja nicht mehr richtig artikulieren und seine Demenz schritt voran. Du hast mir damals leidgetan."

„Ich? Wieso?"

„Du warst ein junges Mädchen und jahrelang mit einem kranken Vater konfrontiert, der zunehmend abbaute." Evas Mutter sah ihre Tochter traurig an. „Das war damals eine schwere Zeit. Ich hätte dir einen anderen, einen gesunden Vater gewünscht. Ich glaube, die meisten Leute haben ihn am Anfang seiner Demenz gesünder eingeschätzt, als er war. Er konnte ja seinen Zustand ganz gut verbergen, wenn er sein charmantes Lächeln aufsetzte."

Eva hätte ihre Mutter gerne gefragt, ob sie ihren Mann in all den Jahren eigentlich noch geliebt hatte, aber sie traute sich nicht. Sie wollte ihrer Mutter nicht zu nahetreten. Stattdessen fragte sie das, was sie wirklich wissen wollte und weshalb sie hergekommen war: „Habe ich Papa, die Zeit bevor er starb, eigentlich gehasst?"

„Was stellst du denn für komische Fragen?" Evas Mutter nahm eine gerade Haltung ein und legte die Stirn in Falten. „Was meinst du mit ‚eigentlich gehasst'? Warum fragst du das? Warum fragst du *mich* das?"

„Weil ich mich nicht mehr erinnern kann."

„Wie bitte?"

„Ich weiß es nicht mehr. Die Zeit um seinen Tod ist wie ausgelöscht. Ich habe keine Bilder mehr und auch keine Gefühle. Nichts."

„Vielleicht ist das ganz gut so. Die Zeit war furchtbar genug. Ich hoffe nur, dass du die Demenz nicht geerbt hast."

„Das glaube ich nicht", sagte Eva mit einem angedeuteten Kopfschütteln.

„Der Tod deines Vaters hatte dich ziemlich mitgenommen, deshalb kannst du dich nicht mehr erinnern. Das ist doch ganz normal." Der Blick von Evas Mutter drückte, anders als ihre beruhigenden Worte, jedoch Zweifel aus.

„Erzähl mir von der Zeit vor Papas Tod. Ich möchte wissen, was da abgelaufen ist."

„Mir wäre lieber, wenn wir uns über etwas anderes unterhalten würden."

„Mir aber nicht", sagte Eva mit Nachdruck. „Ich will wissen, was an dem Tag, bevor er dann in der Nacht starb, geschah. Er starb doch in der Nacht, oder? Erzähl mir, was du noch weißt. Bitte."

„Na gut. Wenn du darauf bestehst." Evas Mutter erhob sich von der Couch. „Ich hole uns einen Kräuterschnaps."

Was soll das jetzt?, fragte sich Eva. Seit wann trinkt sie Schnaps, noch dazu am frühen Nachmittag? Als Eva allein im Wohnzimmer saß, blickte sie sich um und stellte fest, dass es geschmackvoll eingerichtet war und ganz ohne Klimbim, Staubfänger, Kitsch und Tand, wie das bei älteren Leuten oft der Fall war. Nein, hier gab es nichts Überflüssiges. Früher, im Elternhaus, war das nicht so. Da stand immer ziemlich viel herum: Kerzenständer, Vasen, Dosen und zur Jahreszeit passende Dekoration. Das hatte sie damals als durchaus gemütlich empfunden, aber heute würde es sie stören.

„Bitte", sagte die Mutter und reichte Eva ein volles Gläschen. „Danke. Muss ich das trinken?"

Ihre Mutter nickte. Eva hob ihr Glas und nahm solidarisch einen großen Schluck. Der Schnaps schmeckte nicht wirklich gut, aber lange nicht so grauenvoll, wie sie erwartet hatte.

„Also", begann Evas Mutter und räusperte sich, als würde sie eine Rede halten müssen, „du hast dich die Tage vor seinem Tod um ihn gekümmert, wie immer. Ich bin dir heute noch dankbar, dass du mich die ganzen Jahre über so gut unterstützt hast. Und dass du ihn auch gepflegt hast. Du warst lockerer als ich, konntest mit seinen – wie soll ich sagen? – Defekten besser umgehen. Und du hattest keine Scheu, ihn zu waschen, überall zu waschen, ihm die Windeln anzulegen, seine Zehennägel zu schneiden ... Es hat dich nie geekelt. Gut, als Krankenschwester warst du diesbezüglich abgehärtet. Trotzdem. Er war ja nicht irgendein Patient. Er war dein Vater. Ehrlich gesagt, manchmal wollte ich nur noch weg, weg von ihm. Raus aus diesem Haus."

„Ich habe ihm doch immer etwas gespritzt, wenn er Schmerzen hatte. Oder?"

„Immer? Nein, nicht immer. Das hast du erst die letzten Monate vor seinem Tod gemacht. Vorher bekam er nach Bedarf Schmerztabletten. Unser alter Hausarzt – wie hieß er gleich? Du weißt schon, der Dicke aus Kleedang – hat sich doch um nichts gekümmert. Den Blutdruck gemessen, die Brust abgehorcht und weg war er. Ein komischer Typ. Alles blieb an uns hängen."

„Wie oft habe ich ihm denn diese Spritzen gegeben?"

„Wenn es nötig war. Manchmal tagelang- oder wochenlang gar nicht. Oder doch öfter? Siehst du, das weiß ich jetzt auch nicht mehr."

„Hatte ich das Rezept vom Hausarzt?"

„Ich denke schon. Oder hast du die Fläschchen aus dem Krankenhaus geklaut?"

„Mama! Na hör mal."

„Entschuldige. Die Rezepte hat der alte ... – wie hieß er denn nur? – ausgestellt. Verdammt, ich vergesse auch immer mehr. Du hast dich um die Medikamente gekümmert und um den Rollstuhl, den Badewannensitz zum Duschen und so weiter. Es war ständig irgendwas zu organisieren. Wir waren ganz schön gefordert."

„Am Abend vor der Nacht, als Papa gestorben ist, habe ich ihm da auch etwas gespritzt?"

„Daran kann ich mich nun wirklich nicht mehr erinnern. Aber, Eva, sag mal: Warum willst du jetzt, nach so langer Zeit, das alles so genau wissen? Wozu?"

164

„Weil ich wissen will, was passiert ist, woran Papa gestorben ist."

„Das weißt du doch. Es war Herzversagen?"

„... stellte unser alter Hausarzt fest", ergänzte Eva.

„Ja, so war das."

„War das wirklich so?"

Evas Mutter sah ihre Tochter entsetzt an. „Wie soll es denn sonst gewesen sein?"

„Keine Ahnung. Haben wir geschlafen als es passiert ist? Haben wir irgendwas von seinem Tod mitgekriegt? Hat er geschrien? Oder ist er vielleicht schon früher gestorben? Nicht in der Nacht, sondern am Abend, nach dem ich ihm die Spritze gegeben habe? Was weißt du? Sag es mir. Bitte. Ich muss das wissen."

„Was redest du da? Das klingt ja gerade so, als ob ... als ob du ..." Sie beendete den Satz nicht, sondern nahm die Decke, die neben ihr auf der Couch lag und wickelte sich darin ein.

„Wenn du es nicht aussprichst", sagte Eva, „dann tu ich es: Habe ich ihm eine Todesspritze gegeben? Wer hat das Mittel besorgt? Order haben wir es gemeinsam geplant und ..."

„Sei Still. Halt den Mund!", unterbrach sie ihre Mutter. „Was redest du da für ein Zeug? Was ist mit dir? Bist du krank? Psychisch krank?"

„Nein Mama. Beruhige dich. Ich habe nur nachgedacht."

Evas Mutter schwieg und starrte ihre Tochter an. Dann holte sie erneut die Flasche Kräuterschnaps und goss sich ihr Glas randvoll. Auch Eva nahm noch einen Schluck.

„Es ist besser, du lässt die Vergangenheit ruhen. Das tut dir nicht gut. Können wir das Thema nun beenden?"

Eva nickte. „Es tut mir leid. Ich glaube, ich habe wohl zu viel nachgedacht."

„Nicht zu viel, aber in eine falsche Richtung. Dein Vater ist ganz normal gestorben. Es ist alles in Ordnung."

Evas Mutter tastete nach Evas Hand und hielt sie einen Augenblick ganz fest. Dann nahm Eva die Hand ihrer Mutter und fühlte, dass sie ihr dankbar war, ohne genau zu wissen wofür.

Am späten Nachmittag kam Hanna und freute sich, Eva zu sehen. Hanna erzählte begeistert von ihrer Canasta-Gruppe. Gertrud kannte die Geschichten zu Genüge und ließ die beiden allein, um mit ihrem Hubert zu telefonieren.

Eva erkundigte sich bei Hanna, ob die beiden – ihre Mutter und Hubert – eine Krise hätten, aber Hanna meinte, es handelte sich nur um unbegründete Eifersüchteleien ihrer Schwester, die vorübergehen würden. Sie könne sich nicht vorstellen, dass Hubert noch eine andere Frau hätte. Er wäre zwar gegenüber Frauen sehr charmant, aber im Grunde doch ein treuer Typ.

Eva ließ die Situation, mit Hanna allein reden zu können, nicht ungenutzt verstreichen und fiel, mehr oder weniger, mit der Tür ins Haus: „Warum ist Mama nach dem Tod von Papa aus Borgenlau weggegangen? Sie war doch dort sehr verwurzelt."

„Oh Gott, das ist ja ewig her. Frag sie doch selbst."

„Werde ich. Aber ich möchte auch deine Meinung hören."

„Ich glaube, sie wollte nicht alleine sein. Ist doch verständlich. Du bist ja auch sofort abgehauen. Komisch fand ich das schon. Als wäret ihr geflohen."

„Geflohen?"

„Ja. Als hätte der Tod deines Vaters einen Fluch hinterlassen. Aber nun gut. Geld hattet ihr ja beide."

„Was meinst du mit ‚Geld hatte ihr ja beide'? Welches Geld?"

„Das von der Lebensversicherung."

„Von der ... was? ...Versicherung?", stammelte Eva, denn sie hatte nicht die blasseste Ahnung, wovon Hanna sprach.

„Tu doch nicht so. Deine Mutter hatte es mir erzählt. Jede von euch bekam zweihunderttausend D-Mark. Das war damals eine Menge Geld."

Evas Unterkiefer klappte nach unten. „Ich ... ich weiß nichts von dem Geld."

„Witzbold. Willst du mich veräppeln oder hast du es verzockt?"

Eva sagte nichts zu Hannas Kommentar.

„Oh nein, sag bloß: du hast es verzockt. Schön blöd. Für so blöd hätte ich dich nicht gehalten."

„Ich habe es nicht verzockt", verteidigte sich Eva.

„Dann eben nicht. Mir kann das auch egal sein."

Als Evas Mutter mit ihrem Telefonat zu Ende war, sprach Eva das Thema Lebensversicherung an und wollte wissen, ob ihre Tante recht hatte. Sie hatte recht. Evas Mutter war total verblüfft und fassungslos, als Eva sagte, sie wüsste nichts von der Lebensversicherung und hätte kein Geld bekommen.

„Eva", sagte ihre Mutter eindringlich, „es ist schon lange her, aber jetzt denk mal ganz scharf nach. Du hast zweihunderttausend D-Mark bekommen, das sind umgerechnet etwa hunderttausend Euro. Man hat es dir überwiesen. Du hast gesagt, du würdest das Geld auf ein Festgeldkonto anlegen. Also bitte. Daran wirst du dich doch erinnern."

„Ja, ja, das Festgeldkonto. Das habe ich gar nicht mehr in Zusammenhang mit der Lebensversicherung gebracht." Sie log, um sich aus der Schlinge der Amnesie zu befreien, die ihre Mutter sonst festgezogen hätte.

„Kann ich noch ein Gläschen Schnaps haben?", fragte Eva. Sie brauchte dringend etwas, das ihre verkrampften Blutgefäße lockerte, denn sie hatte das Gefühl, dass es ihr gleich den Boden unter den Füßen wegziehen würde.

Irgendwas war hier oberfaul, da war sie sich sicher. Aber was? Sollte das ein Witz sein? Nein. Das war kein Witz. Hatte ihre Mutter sie um das Geld betrogen? So ein Typ war ihre Mutter jedoch nicht. Außerdem sprach sie ja ganz klar und offen darüber. Es gab nur eine Erklärung. Eine, die ihr so unglaublich erschien, dass sie es kaum denken konnte: Habe ich diese hunderttausend Euro einfach vergessen? Vergessen? Ausgerechnet ich? Ich, die nie genügend Geld hat?

Nach mehreren Gläsern Schnaps und einem gemeinsamen Abendessen mit Mutter, Hanna und Hubert, der überraschender-, oder auch nicht so ganz überraschenderweise, vorbeikam, verabschiedete sich Eva und ging zum Bahnhof. Als sie alleine am Gleis stand und auf den Zug wartete, überlegte sie, was sie nun tun sollte, wie sie herausbekommen könnte, ob sie tatsächlich Geld erhalten hatte und – das war die große Frage – wo das Geld steckte? Es musste ja irgendwo sein, wenn, ja wenn das stimmte, was Mutter und Tante behaupteten. Aber, fragte sie sich, wenn es stimmte, was habe ich damit gemacht? Habe ich es tatsächlich auf ein Festgeldkonto angelegt? Habe ich es vielleicht verschenkt? Oder – vergraben?

Eva lagerte im Keller mehrere Kisten mit alten Papieren, Büchern, Fotoalben und anderem Kram, da es in der Wohnung für selten gebrauchte Dinge keinen Platz gab. Obwohl es schon nach zweiundzwanzig Uhr war, suchte sie nach den alten Kontoauszügen. Sie hatte alle aufgehoben, davon ging sie aus, auch die von der Sparkasse in Kleedang. Doch die waren wie vom Erdboden verschluckt. Sie sah in jede Schachtel, in jede Plastiktüte, sogar zwischen ihren Malersachen. Nichts. „Die müssen da sein, Himmel verflixt noch mal", fluchte sie. Sie war wie besessen von der Vorstellung, noch heute die besagten Kontoauszüge zu kontrollieren. Doppelt und dreifach durchsuchte sie alles. Dann gab sie auf. Sie schloss das Kellerabteil ab und fuhr nach oben. Im Aufzug fiel ihr ein, dass auf dem obersten Regalboden noch eine Schachtel einer Schleifmaschine lag, in der aber wahrscheinlich etwas anderes war, denn sie glaubte sich zu erinnern, dass die Schleifmaschine defekt war und sie sie weggeworfen hatte. Sie fuhr noch mal nach unten, nahm die Schachtel vom Regal – ihr Herz klopfte dabei – und hob den Deckel hoch. „Ich wusste es. Da sind sie!" Sie blätterte den ersten Packen bis zur letzten Seite durch. Gab es einen Zahlungseingang von Zweihunderttausend? Nichts. Der zweite Packen: Wieder blätterte sie von vorne nach hinten. Und da war er: ein Zahlungseingang über zweihunderttausend D-Mark. Eva stockte das Herz. „Das gibt's nicht, ich träume", murmelte sie. Sie blätterte weiter. Auf dem übernächsten Blatt gab es einen Zahlungsausgang der gleichen Summe mit dem Text: Umbuchung – Festgeldanlage.

„Wahnsinn", hauchte Eva. „Ich glaube es nicht."

Als sie am nächsten Morgen aufwachte, hüpfte sie aus dem Bett und sah sofort auf die Kontoauszüge, um sicher zu gehen, dass das nicht alles nur ein Traum war.

Es war Sonntag. Sie konnte nichts unternehmen. Das machte sie beinahe wahnsinnig, denn sie stellte sich den ganzen Tag über nur eine Frage: Existiert dieses Festgeld noch nach so langer Zeit? Schließlich hatte sie die Sparkasse nie kontaktiert. Nie in siebzehn Jahren. Das kann nicht sein. Oder doch? Die Sparkasse hatte wahrscheinlich nur ihre alte Adresse, sie galt als unauffindbar und das Geld floss dem Geldinstitut oder dem Staat zu, befürchtete Eva.

Als sie am Montagmorgen in der Sparkasse Kleedang anrief, wurde sie vertröstet. Dieser Vorgang wäre momentan im System nicht aufrufbar. Man hätte ein kleines Software-Problem und würde sie unverzüglich zurückrufen. Es dauerte eine halbe Stunde. Dann erklärte ihr eine nette Angestellte, dass die Anlage nach wie vor existiere. Das Geld wäre noch zwei Monate gesperrt, da der Festgeldvertrag sich automatisch immer wieder verlängert hätte.

„Warum haben sie sich denn die ganzen Jahre über nicht gemeldet?", fragte die Sparkassen-Angestellte.

„Wenn ich Ihnen das sage, dann lachen Sie mich aus", sagte Eva verlegen.

„Ach, das glaube ich nicht."

„Ich habe das Geld vergessen."

„Vergessen – nun ja. Mir könnte das nicht passieren. Aber das kommt hin und wieder mal vor."

„Wirklich?", fragte Eva erstaunt.

„Man hört das manchmal im Kollegenkreis. Aber bei uns sind Sie, was den langen Zeitraum betrifft, bis jetzt wohl die einzige, glaube ich."

Nach dem insgesamt erfreulichen Telefonat juchzte Eva, ließ sich auf das Bett fallen und boxte mit den Fäusten in die Luft. Sie freute sich wie ein kleines Kind. Ich habe über hunderttausend Euro! Ich könnte bei Simon kündigen. Ich könnte es. Aber ich tu es nicht. Noch nicht.

Bestens gelaunt fuhr sie zur Arbeit.

Als Eva den Flur zu ihrem Büro entlangging, kam ihr Frau Meining entgegen.

„Wissen Sie es schon?", fragte Frau Meining.

„Gibt es was Neues?"

„Die Sache mit der Brandstiftung ist nun offiziell aufgeklärt."

„Ach ja?"

„Es war ein technisches Problem. Schmorbrand oder wie das heißt."

„Das dachte ich mir schon."

„So, so. Sie dachten sich das schon. Ich frage mich nur, ob so ein Schmorbrand ganz von selber kommt oder ob da nicht doch jemand nachgeholfen hat."

„Keine Ahnung", sagte Eva und ging in ihr Büro.

Eva wusste nur zu genau, was Frau Meining andeuten wollte: Sie könnte die Täterin sein. Blöde Ziege. Von der lasse ich mir meine Stimmung nicht verderben, sagte sich Eva mit Nachdruck. Der Nachdruck wäre gar nicht nötig gewesen, denn der Arbeitstag verlief so positiv, wie noch keiner in dieser Firma. Sie schwebte auf einer Wolke, die zwar nicht sehr hoch war, aber hoch genug, dass es mehrere Kollegen bemerkten und sie daraufhin ansprachen: ob sie verliebt sei, sie würde so strahlen, oder ob sie im Lotto gewonnen hätte. So ähnlich fühlte sie sich auch. Dieses Geld war für sie wie ein Lottogewinn.

Sie brachte Simon einige Unterlagen, der ihre Hochstimmung jedoch nicht bemerkte. Er blickte konzentriert auf seinen Bildschirm, nahm die Papiere wortlos entgegen. Dann lächelte er Eva freundlich an, mehr nicht. Er schien in seine Arbeit vertieft zu sein. Eva war das gerade recht.

Später rief sie Leo an. Sie musste ihm einfach erzählen, was ihr Gutes widerfahren war. Er reagierte, zu ihrer Überraschung, eher verhalten, ohne genau zu sagen, was er dachte. Aber auch davon ließ sie sich nicht irritieren. Im Gegenteil. Sie wählte Adams Nummer. Erst nach längerem Läuten meldete er sich mit leiser Stimme.

„Schleifer."

„Hier ist Eva. Hallo Adam."

„Oh, Eva", sagte Adam so leise, dass ihn Eva kaum hörte.

„Ist dein Telefon kaputt? Ich kann dich kaum hören."

„Nein", sagte er nun lauter. „Wie geht's?"

„Sehr gut. Und dir?"

„Nicht so gut."

„Was hast du?"

„Depressionen."

„Depressionen? Du? Das ist doch eher mein Metier."

„Da sind wir wohl beide – wie soll ich sagen? – gefährdet. Warum rufst du an?"

„Ich wollte mich mal wieder melden", antwortete Eva.

„Schön. Das hätte ich auch bald getan. Aber zurzeit bin nicht in Stimmung."

„In Stimmung für was? Glaubst du, ich rufe dich wegen Sex an? Du bildest dir ganz schön was ein."

„Von wegen. Ich bilde mir gar nichts ein. Jedenfalls

freue ich mich, dich zu hören."

„Dann ist es ja gut. Es ist nämlich so: Ich wollte eigentlich ein wenig feiern. Es gibt einen Grund."

„Hast du im Lotto gewonnen?"

Es muss an meinem Tonfall liegen, dachte sich Eva, dass alle dasselbe denken.

„Das nicht, aber etwas in der Art. Kannst du dich aufraffen?"

„Ich weiß nicht. Nun ja. Vielleicht würde es mir guttun."

„Ich besorge uns eine Flasche Champagner. Um acht bei dir?"

„Also gut. Champagner brauchst du nicht mitzubringen. Ich habe welchen hier."

Als Eva um siebzehn Uhr die Firma verließ, fuhr sie in ein Kaufhaus und kaufte sich einen schwarzen BH und ein dazu passendes Höschen – sexy und teuer. Es war ihr egal. Endlich konnte sie sich mal etwas leisten. In drei Monaten käme sie an das Geld ran, dann würde sie sich komplett neu einkleiden.

Eva klingelte bei Adam. Zweimal. Ein drittes Mal. Er öffnete nicht. Sie stand, im wahrsten Sinne des Wortes, wie bestellt und nicht abgeholt da. Dann surrte endlich der Türöffner.

Die Wohnungstür stand offen. Eva rief. „Hallo Adam, ich bin's, Eva." Sie ging den Gang entlang ins Wohnzimmer, denn sie hörte von dort leise Klaviermusik. Adam saß auf der Couch.

Eva erschrak. Was war mit dem Mann los? Er war käseblich, zerzauste Haare, Ränder unter den Augen. Er wirkte, als hätte er nächtelang nicht geschlafen – krank, verstört.

„Komm rein", sagte Adam und räusperte sich. „Meine Stimme ist nicht in Ordnung."

„Oh je. Ich glaube, bei dir ist mehr nicht in Ordnung. Du schaust entsetzlich aus."

„Kann sein. Setz dich. Ich hole den Champagner."

„Nein. Wir müssen keinen Champagner trinken. Ich hätte nicht gedacht, dass es dir gleich so schlecht geht. Soll ich wieder gehen?"

„Bitte bleib. Wir können uns ja unterhalten."

„Willst du das denn wirklich?"

„Ja. Ich will nicht allein sein. Und wir müssen auf deinen Lottogewinn anstoßen. Wie viel hast du denn gewonnen?"

„Es war kein Lottogewinn. Ich habe – also wie soll ich sagen? – ein Festgeldkonto entdeckt, an das ich gar nicht mehr dachte."

„Ach so. Also keine Millionen?"

„Nein, nein. Hunderttausend. Für dich keine Summe, ich weiß. Aber für mich ist das viel Geld."

Sie tranken dann doch auf Evas wiederentdecktes Konto und umarmten sich. Adam ließ Eva wieder los. Sie betrachtete ihn mit gemischten Gefühlen. Einerseits tat er ihr leid, andererseits hätte sie heute lieber einen fröhlichen Mann an ihrer Seite gehabt. Aber sie konnte ihn nicht ändern. Warum war sie überhaupt gekommen? Heute – zu einem depressiven Typ? Das passte doch von vornherein nicht. Je länger sie Adam betrachtete, desto weniger Lust verspürte sie, bei ihm zu bleiben. Sie befürchtete, von seiner Stimmung angesteckt zu werden.

„Schau mich nur an", sagte er. „So sieht man aus, wenn man alles als sinnlos empfindet."

„Das kommt dir momentan nur so vor. Wenn du durch das Tief hindurch bist, ist alles wieder anders."

„Woher willst du das wissen?"

„Weil ich das nur zu gut kenne. Außerdem glaube ich, du steigerst dich da in was hinein."

„In was denn?"

„In Selbstmitleid."

„Kann sein. Aber ich habe keine Alternative."

„Doch. Du könntest mich ausziehen und meine neue sexy Unterwäsche bewundern. Und mich natürlich auch."

„Ach Eva. Ich habe dir gesagt, dass ich nicht in Stimmung bin."

„Hast du. Aber Stimmungen können sich ändern."

Adam schaute sie mit leeren Augen an.

Spontan zog Eva ihr T-Shirt aus und stand mit ihrem neuen BH und in Jeans vor ihm. Er hob die Augenbrauen, lächelte ein wenig und sagte: „Hübsch." Dann streifte sie auch noch ihre Jeans und ihre Socken ab und stand nur noch in ihrer neuen Unterwäsche vor ihm.

„Komm her", sagte er.

Sie setzte sich neben ihn. Er fasste ihr an die Brüste und zwischen die Beine.

„Du schaust einfach zu gut aus", sagte er. „Es tut mir leid, dass ich so durchhänge."

„Weißt du was? Du gehst jetzt unter die Dusche", schlug Eva vor. „Das erfrischt dich und dann bist du wieder ein anderer Mensch."

„Okay. Es kann ja nichts schaden."

Die Dusche erfrischte ihn tatsächlich. Sie liebten sich, aber Eva spürte sehr deutlich, dass Adam nicht wirklich bei der Sache war, dass er sich zwar bemühte, aber sein Spaßfaktor eher gering war. Auch Eva konnte nicht richtig genießen. So lagen sie dann nebeneinander im Bett, berührten sich wenig, redeten nichts und schliefen ein.

Sie wachten gemeinsam auf, denn irgendwo brummte kurz und heftig ein Gerät.

„Was war das?", fragte Eva.

„Weiß nicht. Hast du geschlafen?"

„Ja." Eva räkelte sich.

„Ich auch. Bleibst du hier?"

„Nein, ich fahre nach Hause. Ich muss morgen wieder arbeiten."

„Da bist du nicht alleine." Adam richtete sich auf und schien plötzlich hellwach zu sein. „Mein Vater macht Fehler. Aber glaubst du, er würde sich endlich zurückziehen? Nein. Ich bin doch gar kein richtiger Geschäftsführer. Soll ich dir was sagen? Ich bin sein persönlicher

Trottel. Was er verbockt, kann ich wieder zurechtbiegen. Aber er entscheidet, hält mir Informationen vor, behandelt mich, als wäre ich ein Azubi. Am liebsten würde ich alles hinschmeißen."

„Ist das der Grund deiner Depressionen?"

„Ja. Verdammt. Ja. Manchmal hasse ich meinen Vater. Kannst du dir das vorstellen?"

„Kann ich."

„Das sagst du jetzt nur so. Du weißt nicht wie das ist, wenn man von seinem Vater abhängig ist."

„Aber ich weiß, wie es ist, wenn man für das Leben seines Vaters verantwortlich ist."

„Warst du OP-Schwester?"

„Nein, ich habe ihn gepflegt. Bis zum Tod."

„Aha. Warum?"

„Was ist denn das für eine blöde Frage? Warum pflegt man jemanden? Weil man die Person liebt, weil man dazu verpflichtet ist, weil man kein Geld für ein Pflegeheim hat, weil man ein schlechtes Gewissen hat, weil man unterstützen will, weil man gut sein will."

„Und warum hast du ihn gepflegt?"

„Weil ich ihn geliebt habe."

„Ich könnte das nicht. Ich wäre zu egoistisch. Außerdem glaube ich nicht, dass ich meinen Vater wirklich liebe." Adam kuschelte sich wieder unter die Decke und umarmte Eva.

„Warum lässt du dich von deinem Vater zum Trottel machen?"

„Weil ich in der Tat ein Trottel bin, sonst würde ich anders reagieren."

„Keiner wird als Trottel geboren."

„Das nicht. Aber irgendwann muss man sagen: mit mir nicht. Und das habe ich verpasst. Nicht nur einmal, sondern immer wieder. Jetzt ist es zu spät."

„Typisches Depressionsverhalten. Man kann immer was tun. Schau mich an: Ich war arbeitslos und habe nun einen Job. Ich dachte, ich würde nie zu Geld kommen und habe plötzlich hunderttausend Euro. Mir fehlt nur noch ein Mann. Den finde ich auch noch. Du bist es wahrscheinlich nicht. Du könntest nur in Frage kommen, wenn du dich nicht so hängen lassen würdest."

„Das letzte Mal als wir uns gesehen haben – vielleicht erinnerst du dich – habe ich dich etwas gefragt."

„Was denn?"

„Ob du bei mir einziehen willst?"

„Stimmt. Das hast du mich gefragt."

„Und hast du darüber nachgedacht?"

„Ehrlich gesagt: nein. Aber vielleicht sollte ich das, vorausgesetzt..."

„... ich bin wieder normal", ergänzte Adam den Satz.

Auf der Heimfahrt überlegte Eva, dass sie, sobald das Festgeld frei wäre, auf alle Fälle aus dem Apartment ausziehen würde – weg aus diesem Viertel, weg von Simon. Ob jedoch ein Zusammenwohnen mit Adam in Frage käme, stand in den Sternen. Adam war schwierig. Zu schwierig? Sie kannte ihn viel zu wenig, um nur annähernd einschätzen zu können, ob sie ihn auf Dauer überhaupt ertragen könnte. Seine Wohnung wäre jedenfalls ideal, groß genug, um nicht zusammenkleben zu müssen. Die nächste Zeit würde zeigen, wie sich die Beziehung zu Adam entwickeln würde, falls sich überhaupt irgendetwas entwickelte. Eva nahm sich vor, auf keinen Fall eine Ad-hoc-Entscheidung zu treffen.

Am Dienstag und Mittwoch war Simon nicht in der Firma. Man sagte, er hätte sich krankgemeldet.

Am Mittwochabend stand Eva vor seiner Wohnungstür. Sie glaubte nicht, dass er krank war. Wahrscheinlich war er bei seiner Frau oder bei seiner Geliebten oder abwechselnd bei der einen und bei der anderen.

Sie klingelte. Sie hörte, wie eine weibliche Stimme in die Sprechanlage „hallo" sagte. Dann klopfte sie an die Tür. Es wurde geöffnet und eine blonde Frau fragte: „Bitte? Was wollen Sie?"

„Ist Simon – Herr Schmidt – nicht da?"

„Wer sind Sie?", fragte die Frau. Sie war gutaussehend. Es könnte die Frau gewesen sein, die Eva schon mal mit Simon heimkommen sah.

„Ich bin die Nachbarin. Ich wollte nur fragen, ob Simon etwas braucht, da er doch krank ist."

„Er braucht nichts. Danke."

„Sagen Sie ihm bitte einen Gruß von Eva."

„Mach ich."

„Und wer sind Sie?", fragte Eva, ohne zu realisieren, wie neugierig die Frage klang.

Die Frau lächelte, schüttelte ein wenig den Kopf und schloss die Tür, ohne zu antworten.

Eva ging zurück in ihre Wohnung, setzte sich auf den Balkon und war sich sicher: Das war seine Geliebte. Es beruhigte sie, dieses Phantom gesehen zu haben. Wenigstens eine der vielen Unklarheiten hatte sich somit gelichtet. Sie hatte plötzlich das Bedürfnis, eine Entscheidung zu treffen.

Am nächsten Tag war Simon wieder in der Arbeit, etwas später als sonst. Eva sah ihn kommen, als sie zur Toilette ging. Zwanzig Minuten später klopfte sie an seiner Bürotür und trat ein.

„Guten Morgen", sagte sie, ohne eine Begrüßung von Simon abzuwarten. „Ich kündige. Morgen übergebe ich dir meine Arbeit und dann bin ich weg."

Simon starrte sie mit offenem Mund an und brauchte einige Sekunden, um zu verarbeiten, was er gerade gehört hatte.

„Du willst was? Kündigen?"

„Ja. Du hast richtig gehört."

„Aber warum? Bitte setz dich doch."

Sie blieb stehen.

„Willst du einen offiziellen Grund?"

„Ja. Das heißt nein. Ich will den wahren Grund wissen."

„Es macht mir keinen Spaß mehr hier. Ich möchte was anderes machen, etwas, wo ich mehr gefordert bin. Außerdem ist es nicht so gut, dass wir in der gleichen Firma arbeiten. Soll ich direkt in die Personalabteilung gehen, damit die Formalitäten erledigt werden können?"

„Du sollst überhaupt nirgends hingehen, sondern bleiben. Das ist doch vollkommener Blödsinn, so spontan zu kündigen. Du hast dich doch gut eingearbeitet."

„Ja, ja. Durchaus."

„Wenn dir die Arbeit momentan keinen Spaß macht, dann kann ich das verstehen. Zu wenig Herausforderung, ich weiß. Aber das wird sich ändern."

„Kann sein. Doch unabhängig davon: Ich möchte mich nicht mehr länger in deinem – wie soll ich sagen: Dunstkreis – befinden", sagte Eva und schaute Simon selbstbewusst in die Augen.

„In meinem Dunstkreis? Ich denke, ich gebe dir genug Freiräume. Wenn du Probleme mit unserer Zusammenarbeit hast, dann sag es. Sag mir, was ich ändern soll."

„Als Vorgesetzter bist du okay. Aber ich fühle mich von dir als Person verfolgt. Wir arbeiten zusammen, wir wohnen im gleichen Haus und ich werde das Gefühl nicht los, dass du mir irgendwie immer auflauerst. Ich fühle mich bedrängt."

„Du redest, als wäre ich ein Stalker."

„Das ist ein guter Vergleich."

„Eva, hör mal", begann Simon in einer tieferen Tonlage, „ich möchte dir nichts Böses. Du machst einen Fehler, glaub mir. Erinnere dich, wie unglücklich du in deiner Arbeitslosenzeit warst. Schlaf wenigstens noch mal eine Nacht darüber."

Das Telefon klingelte. Simon entschuldigte sich und ging ran. Während er irgendwelche Daten erläuterte, sah er zu Eva und deutete ihr, sie solle sich setzten, aber sie blieb nach wie vor stehen. Das Gespräch dauerte nicht sehr lange, anderenfalls wäre sie gegangen, was sie ohnehin gleich vorhatte. Aber der Impuls, Simons Büro zu verlassen, verflüchtigte sich, nachdem er aufgelegt hatte und sich sofort wieder Eva zuwandte.

„Willst du kündigen, weil du zu wenig verdienst?"

„Das ist auch ein Aspekt."

„Wenn du Geld brauchst ... du weißt, ich habe dir ein Angebot gemacht. Das steht nach wie vor."

„Du fängst tatsächlich noch mal mit diesem Wahnsinn an? Ich habe dir doch deutlich gesagt, dass ich darauf niemals eingehen werde. Und ich habe schon beinahe geglaubt, du wärst wieder normal geworden, weil du länger nichts mehr gesagt hast. Aber du bist immer noch nicht zur Vernunft gekommen. Das ist der Grund, warum ich kündige. Verstehst du? Das ist der Grund, warum ich nichts mehr mit dir zu tun haben will."

„Reg dich bitte wieder ab."

„Ich reg mich nicht auf. Nicht mehr. Ich möchte, dass du mir ein gutes Zeugnis schreibst – ich denke, das kann ich erwarten. Ich habe gute Arbeit geleistet. Und lass mich endlich in Ruhe mit deinem Angebot. Du kannst dein Problem ja mit deiner Geliebten lösen. Außerdem wäre es mir sehr recht, wenn du aus unserem Haus ausziehen würdest."

„Ich zieh ganz sicher nicht aus. Warum sollte ich? Ich habe genug Probleme. Meiner Frau geht es nach wie vor sehr schlecht." Simon blickte zu Boden.

Als er wieder zu Eva hochsah, starrte sie in seine hellblauen Augen. Dann sagte sie leise aber bestimmt: „Such dir einen Therapeuten."

Simon schwieg, und Eva drehte sich um, um zu gehen.

„Hältst du die Kündigung aufrecht?, rief ihr Simon hinterher.

„Ja. Morgen bekommst du sie schriftlich."

Eva saß eine Weile in ihrem Büro und schaute vor sich hin. Der Wahnsinn ist vorbei, dachte sie sich, aber sie fühlte es nicht. Sie fühlte sich leer. Sie hatte die Vorstellung, dass sie nun erleichtert sein müsste, befreit, vielleicht sogar euphorisch. Nichts von dem geschah. Die

Leere füllte sich mit Traurigkeit. Warum freue ich mich nicht?, fragte sie sich. Aber sie fand keine Antwort.

Sie schaltete ihren PC ein, um ihre E-Mails auszusortieren. Sie wollte mit der Arbeit hier abschließen. Wahrscheinlich, so hoffte sie, würde es ihr dann besser gehen. Bis auf etwa zwanzig E-Mails, die mit den aktuellen Aufgaben in Zusammenhang standen, hatte sie alle gelöscht. Sie beobachtete sich dabei, wie sie prüfte, welche E-Mails für ihre Nachfolgerin wichtig waren, obwohl sie das eigentlich nicht mehr zu interessieren brauchte. Sie war also verantwortungsbewusst, sogar über ihre Kündigung hinaus, stellte sie fest. Es kam ihr der Satz in den Sinn: Verantwortungsbewusst bis über den Tod hinaus.

Dieser Satz riss sie wortwörtlich in die Höhe. Sie sprang vom Bürostuhl auf, schubste ihn weg, schaltete den PC aus und warf einige ihrer privaten Dinge in eine Plastiktüte. Den Rest würde sie morgen mitnehmen. Sie musste raus aus diesem Gebäude. Sofort. Wer weiß, jeden Augenblick konnte Simon wieder auftauchen. Sie wollte auf keinen Fall mehr mit ihm reden.

Als sie auf der Straße stand, fühlte sie sich tatsächlich besser. Nicht wirklich gut, aber auch nicht mehr traurig.

Sie fuhr nach Hause und rief Irina an.

„Ich habe soeben gekündigt."

„Was ist passiert? Hast du mit ihm geschlafen?"

„Was du immer denkst."

„Also kein sexuelles Drama. Hast du dich etwa auf die Sache mit seiner Frau eingelassen?"

„Natürlich nicht."

„Gott sei Dank."

„Ich halte es dort einfach nicht mehr aus. Mit Simon. Mit den Kollegen. Und die Arbeit ist größtenteils stinklangweilig. Morgen packe ich meine letzten Sachen und bin dann weg."

„Hast du keine Kündigungsfrist?"

„Das interessiert mich nicht."

„Hm."

„Was heißt hier ‚hm'? Kannst du nicht verstehen, dass man irgendwann die Schnauze voll hat?"

„Natürlich kenne ich das. Aber ich glaube, du machst einen Fehler. Schließe die Sache ordentlich ab. Wenn du einfach abhaust, bekommst du wahrscheinlich kein gutes Zeugnis. Das brauchst du aber für zukünftige Bewerbungen. Du bist doch sonst nicht so kopflos."

Eva schluckte. Natürlich hatte Irina recht, auch wenn sie dies eigentlich nicht wahrhaben wollte. Simon würde sich wahrscheinlich rächen und ihr ein schlechtes Zeugnis ausstellen. Obwohl sie keine Lust hatte vernünftig zu sein, spürte sie aber gegen alle ihre emotionalen Widerstände, dass sie sich im Grunde kindisch verhielt. Sie überlegte, wie lange ihre Kündigungsfrist war, aber sie wusste es nicht.

„Bist du noch dran?", fragte Irina.

„Ja."

„Ich würde dir raten, ordentlich zu kündigen. Glaub mir: es ist besser. Normalerweise hat man in der Probezeit zwei Wochen Kündigungsfrist. Solange wirst du es wohl noch aushalten."

Nach dem Telefonat schrieb Eva eine Kündigung unter Einhaltung ihrer Kündigungsfrist. Sie gab als Kündigungsgrund mangelnde Weiterentwicklungsmöglichkeiten an. Als sie das fertige Schreiben durchgelesen hatte, zweifelte sie plötzlich, ob ihr Entschluss richtig war. Schließlich handelte es sich um einen weitreichenden Schritt: sie wäre wieder arbeitslos. Und Simon wäre als Nachbar nach wie vor in ihrer Nähe und würde auch weiterhin nicht von ihr ablassen. Sie warf das Schreiben in den Papierkorb und traf eine neue Entscheidung. Um sich wenigstens in ihrem privaten Umfeld unabhängig von Simons Energien frei bewegen zu können, gab es nur eine Lösung: Sie musste aus diesem Wohnhaus ausziehen. Sie würde vorübergehend bei Adam einziehen.

Am nächsten Morgen stand Eva sofort nach ihrer Ankunft in der Firma in Simons Büro. Sie fragte sich nicht, ob sie sich entschuldigen sollte, ob sie ihr Gesicht verloren hatte oder ob sie sich blöd vorkommen müsste. Das war ihr alles egal. Sie wollte nur Fakten klären.

„Guten Morgen Simon. Ich ziehe meine Kündigung zurück." Sonst sagte sie nichts.

Simon lächelte erstaunt und erfreut. „Okay. Richtige Entscheidung. Freut mich. Heute Nachmittag gibt es eine spontane Information bei Kunze zu den neuesten Unternehmensergebnissen. Wenn du willst, kannst du mitkommen."

„Gerne. Danke. Bis dann."

Das war's. Und es war richtig so.

Am Sonntag verabredete sie sich mit Adam in seiner Wohnung, der seine depressive Verstimmung wieder in den Griff bekommen hatte.

Sie konfrontierte ihn mit ihrer Überlegung, ad hoc bei ihm einzuziehen. Adam war nicht wenig erstaunt.

„Das nenn ich Spontaneität. Was ist denn mit dir los?"

„Ich kann nicht mehr länger in diesem Haus bleiben, mit Simon als Nachbarn, das ist auf Dauer unerträglich."

„Das heißt also, du willst in erster Linie von Simon weg. Um unser Zusammenwohnen geht es dir gar nicht. Es wäre für dich nur eine praktische Übergangslösung."

„Wenn es mir nur um eine Übergangslösung ginge, dann würde ich bei einer Freundin unterkommen. Für mich ist das ein Test. Normalerweise bin ich, was Männer betrifft, nicht so spontan. Aber manchmal muss man über seinen Schatten springen und sich auf Neues einlassen, nicht wahr?" Sie lächelte neckisch. „Wir kennen uns so gut wie gar nicht. Das wird ein Experiment, soll heißen: Wir gründen eine WG, die keine ist, denn wir haben eine sexuelle Beziehung miteinander; sind kein richtiges Paar und wissen nicht, ob wir das jemals sein werden; wir haben weder ein klassisches Untermietverhältnis noch wirst du mich als Asylantin aufnehmen. Nun ja. Vielleicht trifft es das Letztere noch am ehesten."

„Finde ich nicht. Du schaust weder aus wie eine Asylantin noch ist meine Wohnung ein Asylantenheim."

Eva lachte und schaute sich in dem noblen Wohnzimmer um. „Nein, das kann man nun wirklich nicht sagen."

„Ich will mich gerne auf das Experiment einlassen, wie du weißt. Mir ist es übrigens egal, wie du diese Wohn- oder Lebensgemeinschaft zwischen uns bezeichnen willst. Ich brauche keine Definition. Es reicht, wenn du da bist, und wir reden können, uns in den Arm nehmen, uns lieben, gemeinsam essen oder fernsehen..."

„Stopp", unterbrach ihn Eva. „Nicht alles auf einmal. Ich bin seit einem Jahr Single und mit meinem letzten Freund habe ich auch nicht zusammengewohnt. Ich weiß wirklich nicht, ob ich das kann und ob ich das mit dir kann. Du musst mir Luft lassen, sonst geht das Experiment möglicherweise schief."

„Keine Angst, Eva. Ich werde dich nicht erdrücken. Ich will auch nicht eingeengt werden. Deshalb will ich es ja mit dir versuchen, weil du nicht so besitzergreifend bist."

„Nein, das bin ich nicht."

„Das ist eine gute Voraussetzung. Wir müssen überlegen, wie wir die Wohnung umgestalten. Nur das Wohnzimmer, das möchte ich so lassen wie es ist. Das muss mein Zimmer bleiben."

Bis zum Abend machten sie Pläne, wie die Wohnung für beide am besten genutzt werden könnte, welches Zimmer Eva belegen würde, was sie wie umstellen müssten. Und sie überlegten, ob das kleine Kellerabteil ausreichen würde, das schon ziemlich vollgestopft war. Sie waren beide begeistert von ihrem Vorhaben, und Eva konnte es kaum fassen, dass ihre altbekannten Ängste vor zu viel Nähe stumm blieben. Sie hatte zum ersten Mal in ihrem Leben das Gefühl, mit einem Mann etwas zu planen, das ein echtes Open End hatte. Es konnte gut gehen oder nicht. Und wenn nicht, würde sie wieder ausziehen. Das wäre möglich, dank ihres *Lottogewinns*.

„Mit Geld gewinnt man Spielräume", sagte sie zu Adam.

„Auf alle Fälle."

„Sei froh, dass du genug Geld hast."

„Du brauchst nicht neidisch zu sein. Ich könnte auf das alles auch verzichten."

„Wenn was wäre?"

Adam sah Eva prüfend an. „Wenn ich meine Liebe finden würde."

„Mal sehen", sagte Eva.

„Ja, mal sehen", sagte auch Adam. „Eines muss jedoch klar sein. Keiner von uns schläft in dieser Wohnung mit einem anderen. Ist das okay für dich? Das ist eine Bedingung. Solltest du es trotzdem tun, schmeiß ich dich raus."

„Und wenn du es tust? Dann bleibt mir nichts anderes übrig, als es zu akzeptieren oder zu gehen."

„Nun ja, es ist meine Wohnung. Aber ich tu es nicht."

„Ich auch nicht."

„Wann willst du einziehen?", fragte Adam.

„Wann passt es dir?"

„Bald. Nächstes Wochenende?"

„In Ordnung."

Eva bekam leichtes Herzklopfen bei dem Gedanken. Aber es war ein freudiges Herzklopfen. Sie ging zum Fenster, sah auf die Straße, auf die gegenüberliegenden Häuser mit ihren schönen Fassaden und wünschte sich in dem Moment nichts mehr, als dass das Zusammenleben mit Adam funktionierte. Aber sie war nicht naiv. Adam war nicht ihr Traummann. Und sie würde auch keine entsprechenden Phantasien auf ihn projizieren. Dafür war sie nicht der Typ. Auch Adam schien diesbezüglich nicht gefährdet zu sein. Hoffentlich. Denn eines war ihr nur zu deutlich bewusst: Sollte er sie über kurz oder lang anhimmeln und sie besitzen wollen, dann wäre das das Ende ihrer Beziehung.

Brigitte, Exkollege Robert, sogar Stefan, ihr Exfreund, und natürlich Adam kamen, um Eva beim Umzug zu helfen. Gott sei Dank regnete es nicht, denn die letzten Wochen hatte es fast durchgehend geschüttet. Ihre persönlichen Sachen und größtenteils ihre Kleidung hatte sie bereits die Woche über eingepackt. In kurzer Zeit war alles, bis auf ein paar Kleinteile, nach unten geschafft und in den Transporter geladen.

Eva hatte Simon über ihren Auszug nicht informiert. Sie hoffte, dass er verreist war und von der Aktion nichts mitbekam. Aber er war nicht verreist und selbstverständlich hörte er den Lärm und schaute nach, was der Grund dafür war.

Als er sah, dass zwei Männer Umzugskartons aus Evas Apartment schleppten, brauchte er nicht zu überlegen, was hier los war.

„Frau Hanke zieht aus?", fragte er einen der Männer.

„Ja. Wir haben es gleich geschafft." Adam setzte den Umzugskarton ab, denn er war zu schwer für ihn allein. „Würden Sie mir bitte helfen, den Karton bis zum Aufzug zu tragen? Zu viele Bücher in einem Karton – ein Kardinalfehler."

Simon packte mit an. „Wo zieht Frau Hanke hin?"

„Nach Bogenhausen."

„Aha. Und wo genau."

„Nun ja," Adam lächelte schräg, „ich bin mir nicht sicher, ob Sie das für Sie wichtig ist. Aber wenn Sie es genau wissen wollen: zu mir."

Simon ließ den Karton beim Absetzen beinahe fallen. Eva zieht zu einem Mann! Er verstand die Welt nicht mehr. Eva war doch ein eingefleischter Single. Sie hatte also eine feste Beziehung, nahm er an, und er hatte nichts davon gewusst. Sie hatte in diese Richtung nie, auch nicht ansatzweise, etwas angedeutet. Er fühlte sich verraten, hintergangen, belogen. Eine tiefe Enttäuschung und Wut kamen in ihm hoch. Er bekam einen roten Kopf. Er beäugte den Mann und hätte ihm am liebsten eine reingeboxt. Dann drehte er sich um, ging in Evas Apartment und rief nach ihr.

„Eva ist in der neuen Wohnung", sagte Brigitte, die gerade die Küche fegte. „Wer sind Sie?"

„Schmidt. Ein Nachbar."

„*Der* Nachbar?" Brigitte hörte auf zu fegen und musterte Simon. „Also ich meine ... sind Sie Evas Chef?"

„Ja. Und wer sind Sie?"

„Eine Freundin."

„Kommt Eva heute noch mal hier her? Ich wusste nicht, dass sie auszieht."

„Sie kommt bestimmt noch mal, um abzuschließen."

„Wer zieht jetzt hier ein?"

„Soweit ich weiß, vorerst niemand. Keine Ahnung, was sie im Detail mit ihrem Vermieter ausgehandelt hat. Da müssen Sie sie schon selbst fragen."

„Wo zieht sie denn hin?" Simon hätte zu gern gewusst, wo genau Eva wohnen wird.

„Auch da müssen Sie sie selbst fragen."

„Ja, werde ich." Simon sah sich kurz im leeren Apartment um und stolperte beim Verlassen über einen Schuhkarton.

„Verdammt", fluchte er und setzte halblaut hinterher: „Diese linke Ratte!", was Brigitte hören konnte.

Er knallte die Tür seines Apartments zu. Kurze Zeit später verließ er es und fuhr mit seinem Wagen weg, gerade als Eva und Stefan mit dem Transporter zurückkamen. Das hatte Simon jedoch nicht mehr gesehen.

„Wir durften ihn kennenlernen", bemerkte Brigitte schelmisch, die neben Adam in der Tür stand, als Eva und Stefan den Aufzug verließen und auf die beiden zugingen.

„Ist Simon aufgetaucht?", fragte Eva erschrocken. „Ich will ihn lieber nicht treffen."

„Keine Angst, er hat erbost das Haus verlassen", sagte Brigitte.

„Erbost?"

„Ja. Er war ziemlich sauer, weil er von deinem Auszug nichts wusste."

„Das geht ihn doch gar nichts an", meinte Adam.

Dann packten sie die restlichen Sachen.

Als Eva einen letzten, prüfenden Blick in ihr ehemaliges Heim warf, überkam sie eine enorme Erleichterung. Ich habe mich hier nie wirklich wohl gefühlt, stellte sie fest. Es war zu hier zu eng, zu beklemmend und stickig. Dieses Kapitel war nun beendet.

Der Sonntag verlief mit Auspacken, Ein- und Umräumen. Adam hatte für Eva das Sportzimmer leergeräumt. Die Trainingsgeräte, die er ohnehin nie benutzte, konnte er bei seinen Eltern unterbringen. Das Zimmer war zwanzig Quadratmeter groß. Groß genug für Evas wenige Möbel. Die Hälfte des Gästezimmers, in dem lediglich ein Bett, ein leerer und ein voller Schrank standen, war auch für Eva vorgesehen. Hier konnte sie ihren Schreibtisch aufbauen und den leeren Schrank mit ihren Sachen füllen.

Adam verstaute das Geschirr, das Eva weiterhin benutzen wollte, in seiner Küche. Es wurde einfach alles ein wenig zusammengerückt. Für das Bad hatte Simon einen Badeschrank gekauft, damit Eva ihre Utensilien unterbringen konnte.

Am Abend war bereits eine grobe Ordnung hergestellt.

„Bist du zufrieden?", fragte Adam.

„Ja. Sehr. In dieser Wohnung herrscht ein ganz anderer Geist, als in meiner alten. Hier ist eine wohltuende Ruhe. Eine Ruhe, die nichts mit Lärm oder Geräuschen zu tun hat, sondern mehr mit der Luft, mit dem Geruch, mit den Böden, mit der Weisheit der Gemäuer. Vielleicht kommt das daher, weil es so ein altes Haus ist. Oder bist du es, der diesen Geist verströmt?"

„Diesen ruhigen, alten, weisen Geist? Also ich weiß nicht."

„Wie alt bist du eigentlich?", fragte Eva.

„Vierundvierzig. Und du?"

„Sechsunddreißig. Sternzeichen Krebs. Ich habe bald Geburtstag. In knapp zwei Wochen, am neunten Juli."

„Wie willst du deinen Geburtstag feiern? Wir könnten zu einer Einweihungs- und Geburtstagsparty einladen. Was meinst du?"

„Ich kann kein Fest machen. Ich kenne kaum Leute, die kommen würden. Lass uns lieber schön essen gehen."

„Wie du willst", sagte Adam und streichelte ihr sanft über die Wange.

„Eine Feier können wir ja an deinem Geburtstag machen", schlug Eva vor. „Wann hast du Geburtstag?"

„Erst im Oktober. Ich bin Waage." Adam warf einen Blick auf die Uhr. „Ich würde gerne die Nachrichten anschauen. Schaust du mit?"

Sie kuschelten sich auf Adams große Couch. Nach der Wettervorhersage – es war endlich warmes Sommerwetter angesagt – küssten sie sich, zogen sich langsam aus und hüpften dann in Adams Schlafzimmer. Erst spät wechselte sie in ihr eigenes Bett. Sie war es nicht gewohnt, neben einem Mann zu schlafen.

Als Eva am anderen Morgen aufwache, wusste sie einen Moment lang nicht, wo sie war. Ihre Sinne mussten sich erst orientieren. Sie steuerte das Bad an, das sich neben der Küche befand. Von dort hörte sie Geschirr klappern. Nach kurzem Zögern warf sie einen Blick in die Küche. Halb angezogen und verschrumpelt schenkte sich Adam gerade Kaffee ein.

„Guten Morgen Eva. Hast du gut geschlafen?"

„Ja, habe ich."

„Trinkst du auch Kaffee?"

„Ja, aber ich muss erst auf die Toilette."

Dann setzte sie sich, im Nachthemd und genauso verschrumpelt wie Adam, an den Küchentisch und trank eine Tasse Kaffee.

„Schön, dass das so geht", sagte Eva.

„Was geht so?"

„Dass wir hier so ungestylt sitzen können."

„Was sonst? Ich bin hier daheim. Und du jetzt auch." Adam küsste sie auf die Wange.

Die erste Woche der neuen Lebensgemeinschaft verlief harmonisch. Eva hatte sich ihr Zimmer und auch ihr Büro im Gästezimmer schon fast perfekt eingerichtet. Adam mischte sich nicht ein, dafür war sie ihm dankbar. Für kleine gestalterische Tipps war sie jedoch offen. Er hatte einen guten Geschmack, daran gab es nichts zu rütteln.

Abends kochten sie zusammen. Schnelle, einfache Gerichte. Sie hatten beide wenig Lust, nach der Arbeit einen großen Aufwand fürs Essen zu betreiben. Sie unterhielten sich über ihren Arbeitstag und über verschiedene Gedanken, die ihnen durch den Kopf gingen. Über Simon sprach Eva absichtlich sehr wenig. Dafür schimpfte Adam umso öfter über seinen Vater, was Eva aber nicht störte.

Manchmal war sie verunsichert, was ihre Rückzugsbedürfnisse betraf. Durfte sie nach dem Abendessen einfach in ihr Zimmer gehen, ohne einen Grund zu nennen? Durfte sie ein Abendessen ausfallen lassen, weil sie lieber nur eine Tafel Schokolade verschlingen wollte? Durfte sie eine Unterhaltung abbrechen, weil sie mehr Lust hatte, mit Brigitte zu telefonieren?

Sie sprach schließlich mit Adam über ihre Verunsicherung, über die er ein wenig erstaunt war.

„Es gibt nichts zu dürfen, sollen, müssen. Wenn du ein Bedürfnis hast, dann hast du es. Denk nicht drüber nach, sondern tu, nach was dir ist. Ich mach doch auch, was ich will."

„Für dich ist das leichter. Du bist in deiner Wohnung geblieben, aber ich habe mich bei dir eingenistet. Du stellst mir deinen Platz zur Verfügung. Und ich? Ich nehme ihn."

„Ja, das ist schön. Mir geht es gut. Lass es dir auch gut

gehen. Du bist zu nichts verpflichtet."

„Danke."

„Nichts zu danken." Adam lachte. „Wir könnten zum Tanzen gehen. Ich zeige dir das Bitri."

„Super Idee!" Eva hatte richtig Lust, mal wieder ausgiebig zu tanzen.

Sie tanzten viel, lange und hatten großen Spaß. Ausgepowert und hundemüde suchten sie gegen drei Uhr ihre Betten auf. Es reichte gerade noch für einen kleinen Kuss.

Kurz nachdem Eva wach wurde, konnte sie es sich nicht verkneifen, obwohl sie es sich fest vorgenommen hatte, es nur noch in Notlagen zu tun: Sie rief wieder die Telefonseelsorge an. Sie hätte gerne mit Leo über die Veränderungen in ihrem Leben gesprochen, aber er hatte leider keinen Dienst. Enttäuscht legte sie wieder auf. Mit einem anderen Berater wollte sie nicht sprechen.

Anschließend rief sie Irina an, die auch gerade erst aufgestanden war. Nach ein paar wenigen Eingangsfloskeln fiel Eva mit der Tür ins Haus.

„Letzte Woche gab es ein Gespräch zwischen Simon und mir. Irgendwie hat er es geschafft, dass ich mir plötzlich nicht mehr sicher war, ob ich nicht doch meinen Vater getötet haben könnte. Mich lässt der Gedanke nicht mehr los", seufzte Eva.

„Hat er dich jetzt soweit", bemerkte Irina sachlich kühl.

„Kann sein. Oder er wollte mir einfach nur die Augen öffnen."

„Verstehe ich nicht. Er ist doch nicht dein Psychotherapeut. Was hätte er denn davon, wenn er dir die Augen öffnet?"

„Gute Frage."

Das Gespräch mit Irina verlief ohne Ergebnis. Eva legte auf und war nach wie vor ratlos. Nachdenklich saß sie in der Diele mit dem Telefon in der Hand, als Adam aus seinem Schlafzimmer kam.

„Ich habe dich reden hören. Mit wem telefonierst du denn schon? Würdest du das bitte in deinem Zimmer tun."

„Entschuldige bitte. Ich wollte dich nicht aufwecken."

„Macht nichts", murmelte Adam und verschwand im Bad. Er duschte, während Eva das Frühstück bereitete. Mit immer noch nachdenklichem Gesicht saß sie am Tisch.

„Was hast du?", fragte Adam, mittlerweile wach und frisch.

„Was würdest du sagen, wenn ich vor langer Zeit eine nicht legale Sterbehilfe geleistet hätte?"

„Wie bitte? Was hast du?"

„Ich muss dir von meinem Chef erzählen. Eigentlich wollte ich dich da raushalten. Aber das geht nicht. Ich muss darüber reden, sonst können wir nicht zusammenleben."

Er trank einen Schluck Kaffee und sah sie mit einem erwartungsvollen Blick über den Tassenrand an. „Okay. Schieß los."

„Mein Chef, Simon – du hast ihn ja am Tag meines Umzugs kennengelernt –, hat eine kranke Frau. Sie lebt seit einiger Zeit bei ihrer Schwester und muss gepflegt werden. Er ist mit der Situation überfordert, sagt er, und er will mich dazu bringen, dass ich der Frau eine Todesspritze gebe."

„Was sollst du?" Adam glaubte, sich verhört zu haben.

„Du hast schon richtig gehört. Er will, dass ich sie umbringe. Er hat mir Geld angeboten."

„Du lieber Himmel!" Adam brauchte ein paar Sekunden, um die Information zu verarbeiten. „Der Mann ist …" – er suchte nach Worten – „kriminell. Wie kommt er dazu, dich als Todesengel anzuheuern? Dich? Warum? Wenn er das wirklich ernst meint, dann musst du was unternehmen."

„Das ist nicht so einfach. Wir kennen uns von früher, sind im gleichen Dorf aufgewachsen. Ich habe ihn kaum wahrgenommen, im Grunde gar nicht, aber er war wohl sehr in mich verliebt. Er behauptet, er hätte durch unser Schlafzimmerfenster beobachtet, dass ich – das ist siebzehn Jahre her! – meinem kranken Vater eine Todesspritze verabreicht hätte."

Adam blickte Eva entsetzt an. „Hast du das ..." – er schob die Kaffeetasse beiseite – „etwa getan?"

„Nein! Ich habe ihm nur Schmerzmittel gespritzt. Aber ich kann mich nicht mehr erinnern, wie er gestorben ist. Vielleicht ...". Eva kullerten Tränen über die Wangen. „Ich kann mich einfach nicht mehr erinnern. Die Zeit ist wie ausgelöscht. Meine Mutter sagt, er wäre ganz normal gestorben. Aber was heißt das schon?"

„Du hast eine Erinnerungslücke. Das kommt vor, wenn man etwas nicht verkraftet."

„Simon ist mit mir in den Wald gefahren und hat eine Spritze und anderes Zeug ausgegraben und behauptet, das wären die Tötungsutensilien. Er hätte sie damals aus unserer Mülltonne geholt und anschließend vergraben."

„Vergraben? Das klingt wie eine Szene aus einem Psychothriller. Der Typ ist nicht sauber, das sag ich dir. Aber wie kannst du auch mit ihm in den Wald fahren? Das verstehe ich nicht. Man fährt doch nicht mit seinem Chef in den Wald."

Adam stand auf und lief einige Schritte hin und her. Dann setzte er sich wieder.

„Ich war neu in der Firma. Ich weiß nicht, ich ..." Eva schluchzte und holte ein Taschentuch. „Er hat es mir befohlen. Ich fühlte mich unter Druck. Er hätte mir sonst gekündigt. Ich hatte keine Wahl." Immer mehr Tränen liefen ihr über die Wangen.

Adam nahm sie in den Arm.

„Ich weiß bald nicht mehr, was ich glauben soll", seufzte Eva, nachdem sie sich geschnäuzt hatte.

„Aber ich weiß es. Der Typ will sich an dir rächen für seine verschmähte Liebe. Er nützt deine Situation brutal aus und will dich in die Enge treiben. Vermutlich ein

Psychopath. Was ich jedoch ganz und gar nicht verstehe: Warum arbeitest du eigentlich in derselben Firma wie er, noch dazu direkt unter ihm? Und dann hast du auch noch direkt gegenüber von ihm gewohnt! Eigenartig."

Eva erzählte, was sich zugetragen hatte, wie er plötzlich in ihr Leben getreten war und wie er ihr die Stelle *vermittelt* hatte. Und sie erzählte auch, dass in die Zeit, in der sie sich um ihren Vater gekümmert hatte, ihr ein Stück unbekümmerte Jugend verlorengegangen war.

„Du hast deinen Vater geliebt. Ihr hattet wahrscheinlich ein gutes Verhältnis", sagte Adam nachdenklich.

„Ja. Ja, das hatten wir."

Adam verstummte plötzlich. Er schmierte sich ein Brötchen, ließ es aber vor sich liegen und starrte vor sich hin.

„Was ist?", fragte Eva verunsichert.

„Nichts."

„Du denkst, es könnte doch sein, dass ich ihn aus Mitleid..."

„Nein, denke ich nicht. Ich dachte...", sagte Adam und verstummte wieder.

Eva griff nach seiner Hand. „An was?"

„Gut. Dann sage ich dir jetzt auch etwas. „Adam guckte grimmig, und Eva wurde mulmig, dass Adam ihr vielleicht ins Gewissen reden würde, dass man sich auch in schwierigen Situationen an Gesetze halten und Verantwortung für sein Tun übernehmen müsse. Aber mit ihren Befürchtungen lag sie daneben, denn Adam begann von seiner Kindheit zu sprechen. Er und sein Vater hatten kein gutes Verhältnis.

„Mein Vater ist und war schon immer ein Machtmensch. Er bestimmte alles, sogar was ich anzuziehen hatte. Ich musste immer so komische Hemden und korrekt sitzende Stoffhosen tragen. Bei meinen Freunden war ich das *Spießerhemd*. So nannten sie mich. Ich gehörte nie dazu, war immer der Außenseiter, der sich angeblich als was Besseres fühlte. In Wirklichkeit fühlte ich mich beschissen. Aber mein Vater hatte mich fest im Griff. Wenn ich nicht parierte, hat er mir eine gescheuert oder mich in meinem Zimmer eingesperrt. Meine Mutter ließ mich dann wieder raus. Anschließend gab es einen Ehe- und Familienstreit mit einer Pseudo-Versöhnung, aber nach ein paar Wochen führte sich mein Vater aus geringfügigen Anlässen wieder genauso auf. Und so weiter und so weiter. Ich hatte mir oft gewünscht, ich hätte einen Bruder, der zu mir halten würde. Und jetzt? Ich konnte mich bis heute nicht von ihm befreien. Aber immer wieder mal wünsche ich mir, dass er einfach um- fällt und tot ist."

Eva schwieg.

„So ist das", sagte Adam.

„Es tut mir leid, dass du keine schöne Kindheit hattest und noch immer unter ihm leidest."

„Mir auch. Aber deshalb bringt man niemanden um. Vielleicht in Gedanken, aber nicht wirklich."

„Du glaubst an meine Unschuld?"

„Natürlich. Aber du solltest dir überlegen, was du nun unternehmen willst."

5. Kapitel

„Los komm", forderte Simon Eva auf. Er stand um kurz vor vierzehn Uhr in ihrem Büro in Freizeithosen und in einem lockeren Sommerhemd – nicht mit Business-Kleidung, wie normalerweise. „Wir fahren."

„Wohin?"

„Zu Tatjana."

„Du bist wohl von allen guten Geistern verlassen. Ich soll mit zu deiner Frau fahren? Ganz bestimmt nicht."

Sie drehte sich weg von ihm und tippte auf ihre Tastatur.

„Doch, du kommst mit. Du siehst sie dir an."

„Du spinnst."

„Ganz und gar nicht. Dies ist ein Termin, den du als meine Mitarbeiterin wahrzunehmen hast."

„Das ist deine private Sache. Das hat nichts mit dem Job hier zu tun."

„Das ist mir egal oder..."

„Oder was?"

„Ich will dich nur darauf aufmerksam machen, dass deine Probezeit noch nicht vorbei und eine Festanstellung alles andere als sicher ist."

„Verstehe. Das nennt man Erpressung." Eva verschränkte die Arme. „Du bist das Letzte. Du änderst dich wohl nie."

Simon deutete auf Evas Tasche. „Nimm deine Tasche mit. Ich fahre nachher nicht mehr hier her."

Eva machte keine Anstalten mitzukommen. Simon starrte sie ungeduldig an.

„Was soll ich da?", fragte Eva.

„Du siehst sie dir an."

„Wozu?"

„Darüber debattiere ich nicht. Wir fahren. Jetzt."

„Nein."

„Dann bist du ab sofort freigestellt."

„So einfach geht das nicht. Du hast keinen Grund, mich einfach so rauszuwerfen."

„Keine Angst", – Simon war kurz davor wütend zu werden –, „den finde ich."

Die Situation war ähnlich wie damals, bevor sie in den Wald fuhren: Simon befiehlt und Eva gehorcht. Aber Eva wollte nicht mehr gehorchen. Sie blieb auf ihrem Bürostuhl sitzen und drehte sich langsam in die eine und in die andere Richtung, während sie in Simons Gesicht starrte.

„Du hast wohl Angst, dass dich die Konfrontation mit einem Pflegbedürftigen an deinen Vater erinnern könnte, nicht wahr?"

„Habe ich nicht. Außerdem ist deine Frau ja kein alter Mann und dürfte wohl kaum meinem Vater ähnlichsehen."

Simon schüttelte den Kopf und zischte durch den halb geschlossenen Mund einen nicht definierbaren Laut. „So eine dämliche Bemerkung. Du musst wirklich viel Angst haben vor … ja vor was eigentlich? Vor dem Anblick eines leidenden Menschen? Okay, ist nicht gerade schön und kann einen schon bedrücken. Aber wenn es ein Mensch ist, den man gar nicht kennt, dann kann man ihn doch ansehen, neutral, ohne aufwallendes Mitleid, außer …"

„Sprich den Satz ruhig zu Ende".

„… außer es kommen Schuldgefühle hoch."

„Ich habe keine Schuldgefühle." Eva schluckte. Sie hatte keine Schuldgefühle. Wofür auch. Für etwas, was ihr dieser Simon einzureden versuchte. Trotzdem spürte sie, dass sie seiner Argumentation nicht mehr ganz entfliehen konnte. Natürlich kann man sich einen kranken Menschen anschauen, aber es gab keinen Grund es zu tun. Oder doch?

„Also", sagte Simon und nannte ihr den Grund, „entweder du fährst mit oder du bist entlassen."

„Das ist die gleiche Situation wie damals, als ich mit dir in den Wald fahren musste."

„Ja das ist richtig." Simon grinste. „Gut für mich, dass ich ein Druckmittel habe. Blöd für dich, dass du keines hast. Also noch mal: kommst du?"

Eva stellte fest, dass sie sich gegenüber Erpressungen immer noch nicht wehren konnte. Aber sie hatte plötzlich noch einen ganz anderen Gedanken: War es möglich, dass Simon den Gesundheitszustand seiner Frau völlig falsch einschätzte, da er, so wie es schien, nicht mehr ganz zurechnungsfähig war? War sie akut gefährdet und musste sie in ein Krankenhaus eingeliefert werden? Dann wäre es vermutlich ihre Pflicht, hier einzugreifen.

Was sollte sie tun? Sie zögerte. Ihr war es höchst zuwider, Simons Frau zu sehen, aber sie spürte, sie hatte keine Wahl. Und Simon war er ernst; er würde sie entlassen. Dann nahm sie wie fremdbestimmt ihre Tasche und verließ mit ihm das Bürogebäude. Sie stiegen in seinen Wagen.

„Wo wohnt sie?"

„Bei ihrer Schwester. Nicht weit von hier. In Berg am Laim."

„Aha", murrte Eva.

Simon warf ihr einen missbilligenden Blick zu.

Nach einer schweigsamen Fahrt hielt Simon auf einem Parkplatz vor einem dreistöckigen Wohnhaus. Er ging voraus. Eva überlegte kurz, ob sie nicht einfach stehen bleiben sollte oder weglaufen, verwarf den Gedanken aber wieder und trottete hinter Simon her.

Er hatte einen Schlüssel zum Haus. Sie fuhren in den dritten Stock. Als sie aus dem Aufzug stiegen und den Flur entlanggingen, wurde Eva schlecht. Sie packte Simon am Arm. „Ich bleibe nur eine Minute. Keine Sekunde länger."

Simon dreht sich von Eva weg und ging zur nächsten Wohnungstür. Er steckte den Schlüssel ins Schloss, sperrte auf und winkte Eva zu sich. Langsam schleppte sie sich in seine Richtung und betrat nach ihm die Wohnung.

„Ich weiß nicht, ob sie uns wahrnehmen kann. Manchmal ist sie kaum ansprechbar", flüsterte Simon.

Die Luft war stickig. Im Flur standen mehrere kleine Kommoden und diverse Schachteln. Er wirkte vollgestopft und unaufgeräumt. Rechts und links gingen je zwei Zimmer ab. Alle Türen waren geschlossen. Nur das hintere Zimmer links war offen, und Eva wusste, da liegt sie: Tatjana. Simons Frau. Ihr fiel auf, dass sie sich nie eine Vorstellung davon gemacht hatte, wie diese Frau aussehen könnte. Aber das war jetzt egal. Kranke sehen alle irgendwie gleich aus: fahl, zerknittert, mitgenommen – krank eben.

Sie ging unmittelbar nach Simon in das Zimmer und bemerkte sofort die halb zugezogenen Vorhänge. Vor dem Fenster, mit etwa einem Meter Abstand, stand das Bett. Darin lag eine Frau, die ihr wesentlich älter vorkam als Simon. Eva erschrak. Das war seine Frau? Sie hatte zerzauste, helle Haare, eine graue Gesichtsfarbe, eingefallene Wangen. Ihr Mund war halb offen, die Lippen trocken und farblos.

„Hallo Tatjana", sagte Simon, „ich bin's."

Seine Frau reagierte nicht. Sie schien zu schlafen.

Bevor Simon auf Tatjana zuging, fragte Eva im Flüsterton: „Ist das wirklich deine Frau?"

Simon nickte.

Sie starrte auf Tatjana und blieb zwei Meter vor dem Bett stehen. Simon zog einen Stuhl ans Bett, Tatjana wurde wach und öffnete die Augen. Große, blaue, traurige Augen. Sie schien ein wenig zu lächeln, aber das Lächeln wirkte unecht, als würde es sie anstrengen. Da bemerkte sie Eva und deutete auf sie. „Wer ist das?", fragte sie mit einer müden Stimme.

„Das ist eine Mitarbeiterin von mir. Sie ist mitgekommen, weil wir noch etwas erledigen müssen", antwortete Simon.

„Guten Tag", sagte Eva und blieb bewegungslos stehen.

„Guten Tag", sagte Tatjana sehr leise und wandte sich wieder Simon zu. „Der Eintopf heute Mittag war versalzen. Doris kocht nicht mehr so gut."

„Willst du was trinken?", fragte Simon.

„Ja."

Er stellte das Kopfende des Bettes hoch, sodass sie fast aufrecht sitzen konnte.

„Wie lange bleibst du?", fragte sie, während ihr Simon ein Glas mit Mineralwasser füllte und es ihr reichte.

Sie nahm das Glas und trank ein paar Schlucke. Als sie es wegstellen wollte, rutschte es ihr aus der Hand und fiel auf ihre Schulter, so dass das T-Shirt nass wurde.

„Ach Scheiße", sagte Simon. „Das kannst du nicht mehr tragen." Er suchte im Kleiderschrank nach einem passenden Ersatz und fand ein rotes Oberteil.

„Ist das okay?" Er zeigte es Tatjana, die zustimmend nickte. Mühsam drehte sie sich im Bett und kam auf der Bettkante zum Sitzen.

„Hilf mir", sagte sie zu Simon. „Mir tun die Gelenke weh."

Es kostete Tatjana Kraft, die Arme zu heben, damit ihr Simon das nasse T-Shirt ausziehen konnte. Sie trug nichts darunter, und Eva konnte ihre nackten Brüste sehen. Normale, mittelgroße Brüste, die etwas zur Seite hingen. Es war nur ein ganz kurzer Moment, in dem sich

Eva vorstellte, dass diese Brüste mal von Simon geküsst worden waren.

„Wer ist die Frau?", fragte Tatjana noch mal.

„Eine Kollegin. Sie arbeitet in meiner Abteilung", sagte Simon geduldig – und an Eva gewandt: „Ihr Kurzzeitgedächtnis ist eingeschränkt."

„Ich muss mal", stöhnte Tatjana.

„Soll ich dich in Bad begleiten?" Simon legte seinen Arm um ihren Rücken, um ihr beim Aufstehen zu helfen.

„Nein, lass mich. Ich kann alleine aufstehen." Sie wehrte seinen Arm ab.

„Okay", sagte er. „Ich wollte dir nur helfen, wenn ich schon hier bin."

„Hilf mir lieber die Hausschuhe anzuziehen. Sie sind im Bett."

„Im Bett?"

„Ich weiß nicht, ob sie im Bett sind. Vielleicht … ich weiß nicht, wo sie sind."

Sie waren unter dem Bett, wie immer.

Nachdem Simon ihr die Schuhe angezogen hatte, trat sie vorsichtig auf den Boden. Nur mit Mühe konnte sie sich aufrichten. Wackelig stand sie neben dem Bett mit ihren dünnen und kraftlosen Beinen. Dann ging sie langsam und vorsichtig, gestützt auf einer Krücke, in Richtung Tür.

„Meine Gelenke, meine Muskeln, alles tut so weh", stöhnte sie und fasste sich mit der freien Hand an den unteren Rücken. „Doris, mach mir einen Tee", sagte sie an Eva gewandt.

„Das ist nicht Doris", korrigierte sie Simon.

„Nicht? Aha." Tatjana schien verwirrt zu sein und drehte sich Eva zu, als müsste sie prüfen, wer dort wirklich stand.

Eva starrte wie gebannt auf die Szenerie. Tatjana war eine kranke Frau, das war unübersehbar. Aber wie krank war sie wirklich?

Als Tatjana auf der Toilette war, richtete Simon die

Kopfkissen und warf die im Bett verstreuten Papiertaschentücher in den Abfalleimer.

„Es geht nicht", krächzte Tatjana aus dem Badezimmer, das sich gleich nebenan befand und dessen Tür sie offengelassen hatte. „Ich kann nicht."

„Dann warte halt noch ein wenig", rief Simon ihr zu.

„Das kann noch dauern."

„Wir warten."

„Was ist mit ihr? Kann man ihr nicht helfen?", fragte Eva Simon.

Nein. Es wurde alles versucht. Sie hat bleibende Schäden und sie baut weiter ab.

„Ah, ah, ah!", schrie Tatjana plötzlich laut.

Erschrocken lief Simon ins Bad. „Was ist mit dir? "

Eva kam hinterher und blieb in der Tür stehen.

„Au, mein Rücken." Tatjana ließ den Kopf hängen. Sie beugte sich mit dem Oberkörper nach vorne, und es schien, dass sie gleich von der Toilettenschüssel fallen würde. Simon hielt sie mit einer Hand an der Schulter fest.

„Au! Du tust mir weh", jammerte Tatjana und wehrte Simons Hand ab.

„Ich muss dich halten, du fällst sonst von der Schüssel."

„Aber nicht so fest."

„Das ist nicht fest. Das kommt dir nur so vor."

„Ich will wieder zurück ins Bett", winselte Tatjana.

„Ja, natürlich."

„Mir tut der Rücken so weh." Tatjana jammerte erbärmlich und ließ sich nun von Simon stützen, während er sie zum Bett begleitete.

Eva stand daneben und hätte mithelfen können, aber sie kam gar nicht auf diese Idee.

Tatjana setzte sich wieder auf die Bettkante „Wo sind meine Schmerztabletten?," fragte sie gereizt und versuchte, sie im Nachtkästchen zu finden. „Sie sind nicht da. Wo hast du sie hingetan?"

Simon antwortete nicht, sondern suchte dann selbst im Nachtkästchen nach den Tabletten.

Tatjana sah ihm zu. Plötzlich kippte sie zur Seite, verdrehte die Augen und schien das Bewusstsein zu verlieren. Simon bemerkte dies nicht. Aber Eva sah es. Sie konnte nicht reagieren. Sie stand wie angewurzelt an Ort und Stelle und fühlte sich handlungsunfähig, fast wie gelähmt.

„Wo sind diese Scheiß Tabletten?", schimpfte Simon vor sich hin.

„Ich glaube, sie wird ohnmächtig", sagte Eva leise und emotionslos, als wäre dies ein völlig normaler Vorgang.

Simon wandte sich zu Tatjana, hob ihren Kopf und hielt ihn mit beiden Händen fest. Langsam öffnete und schloss sie die Augen, mehrmals, und blickte schließlich in Simons Gesicht wie ins Leere, als würde sie durch ihn hindurchschauen. Tatjana war bei Bewusstsein, schien aber in einen Zustand gefallen zu sein, in dem sie ihre Umgebung nur noch schemenhaft wahrnahm. Dann flüsterte sie, dass sie sehr müde sei.

„Tatjana, hörst du, du musst dich hinlegen, sonst fällst du um?"

„Ja", antwortete sie geistesabwesend.

„Wir legen sie ins Bett", sagte Simon zu Eva. „Hilf mir. Wir müssen ihre Beine hochhieven."

Aber Eva half nicht.

Simon hielt Tatjanas Schultern und wartete darauf, dass Eva half. „Los mach schon", sagte er im Befehlston.

Eva zwang sich dazu. Sie spürte diese knochigen Beine durch die Schlafanzughose. Schnell legte sie die Bettdecke über Tatjanas Körper.

Tatjanas Gesicht war verzerrt. Angestrengt presste sie ihren Atem durch ihre leicht geöffneten Lippen. Dann schloss sie die Augen und schlief ein.

„Was kann man jetzt tun?", fragte Eva.

„Man kann nichts tun. Ich glaube, ihr Gehirn legt sich selbst lahm, um die Schmerzen auszublenden."

Eva fühlte sich seltsam, wie in einem Film. Während sie auf Tatjana starrte, holte Simon ein kleines Fläschchen aus seiner Hosentasche und hielt es Eva entgegen.

„Was ist das?", fragte sie.

„Was wohl", flüsterte er. „Ich trage es schon seit Tagen mit mir rum.

Eva stand wie versteinert da und schwieg. In ihrem Kopf fing sich alles an zu drehen. Sie wollte logisch denken und sagen, dass sie gehen sollten, aber sie konnte ihre Gedanken nicht so ordnen, dass ein Satz daraus wurde. Sie war im wahrsten Sinne des Wortes sprachlos.

„Ich kann es nicht", sagte Simon ruhig, fast bedächtig. „Sie hat schon so oft gesagt, dass sie nicht mehr leben will. Du müsstest das Pulver in den Tee schütten."

Eva öffnete den Mund, doch es kam kein Ton.

„Nicht heute. Ich könnte das nicht mitansehen. Ich will nicht dabei sein, wenn sie … wenn sie einschläft. Du müsstest ihr nur den Tee geben. Ich schaffe das einfach nicht."

Eva starrte ihn regungslos mit offenem Mund an. Langsam, ganz langsam schüttelte sie ein paar Millimeter den Kopf.

Er steckte das Fläschchen wieder zurück in seine Hosentasche und ging zum Fenster. Draußen schien die Sonne, es war ein herrlicher Tag. Er zog die Vorhänge zu.

Eva stand immer noch wie gebannt da und fühlte sich, als würde sie jeden Augenblick umkippen.

„Du wirst es nicht machen, oder? Der Gedanke war ein Fehler. Sie wird wohl weiter leiden müssen."

„Hör auf!" sagte Eva entsetzt, drehte sich um, rannte zur Tür, zum Treppenhaus, so schnell sie konnte die Treppe hinunter, raus aus diesem Haus. Sie kannte sich in der Gegend nicht aus. Sie lief in verschiedene Richtungen, um ein öffentliches Verkehrsmittel zu finden. Erst nachdem sie, wie ihr schien, in die völlig falsche Richtung lief und sie sich wie ausgesetzt fühlte, kam sie auf die Idee, jemanden nach dem Weg zu fragen. Es dauerte eine gefühlte Ewigkeit bis sie die U-Bahn gefunden hatte.

Endlich Zuhause, legte sie sich auf ihr Bett. Adam war noch in der Firma. Tausend Gedanken schwirrten ihr durch den Kopf. Wie krank ist die Frau wirklich? War sie bei guten Ärzten? Müsste sie nicht ins Krankenhaus? Wird sie ausreichend versorgt? Kümmert sich Simon tatsächlich um sie oder tut er nur so? Würde er seine Frau doch selber töten? Sie überlegte, was sie tun sollte. Den Notarzt verständigen? Abwarten? Zurückfahren? Zurückfahren, um Simon zur Vernunft zu bringen? Das würde sie sowieso nicht schaffen. Sie fühlte sich zu erschöpft, um eine Entscheidung zu treffen. Stattdessen rief sie Adam an und bat ihn, heute früher nach Hause zu kommen.

Eigentlich hatte Eva vor, ihm alles zu erzählen, alles was passiert war. Doch als er ihr mit großen interessierten Augen gegenübersaß, war ihr Vertrauen ein wenig geschwunden. Sie erzählte nur vom unfreiwilligen Besuch bei Tatjana. Die Sache mit dem Fläschchen und Simons Mordgedanken verschwieg sie. Sie konnte sich ihr Misstrauen nicht erklären. Es war, als würde sie eine innere Stimme warnen, vorsichtig zu sein mit dem was sie sagte, um nicht als handlungsunfähige Mitwisserin dazustehen oder von ihm bedrängt zu werden, endlich etwas zu tun. Aber was nur sollte sie tun?

„Du musst dich von dem Mann distanzieren", sagte Adam eindringlich. „Er zieht dich in sein verqueres Leben hinein. Das tut dir nicht gut. Du musst dich mehr abgrenzen, nein sagen. Am besten wäre es, du würdest kündigen."

„Habe ich schon mal. Dann habe ich die Kündigung wieder zurückgezogen. Ich will nicht wieder arbeitslos sein."

„Ich habe eine Idee: Du hast ja am Freitag Geburtstag. Morgen früh meldest du dich in der Firma krank, dann gehst du zum Arzt und lässt dich bis Ende der Woche krankschreiben. Das macht jeder Arzt, du bist ja nervlich völlig durch den Wind. Anschließend fahren wir in die Berge. Ich kenne da ein sehr schönes, ruhiges, am See gelegenes Hotel in den Allgäuer Alpen. Es wird dir gefallen. Du gewinnst Abstand von dem ganzen Wahnsinn und wir können deinen Geburtstag feiern."

„Kannst du denn so spontan wegfahren?"

„Sonst würde ich es nicht vorschlagen. Mein Vater muss mich vertreten. Er tut es gerne." Viel zu gerne, dachte Adam. „Morgen Nachmittag fahren wir."

„Eine gute Idee. Danke."

Die Lage des Hotels mit dem Namen „Hotel Weide am Seeufer", war ein Traum: Alleinlage auf einer Anhöhe, phantastischer Ausblick, rundherum Natur. Es gab ein direkter Zugang zu einem kleinen See mit Steg und eine Liegewiese. Das Hotel hatte dreißig Betten und war voll belegt.

Die Zimmer waren einfach ausgestattet mit modernen Naturholzmöbeln, sehr geschmackvoll. Es gab ein kleines Restaurant, in dem täglich zwei verschiedenen Menüs angeboten wurden. Die Gäste, unterschiedlichen Alters, lagen auf den Sonnenliegen, schwammen im See, gingen spazieren, unterhielten sich in kleinen Grüppchen. Es schien, dass dies hier ein Hotel für gestresste Berufstätige oder sonstige Ruhebedürftige war, für Menschen, die sich einfach nur erholen wollten und sonst nichts.

Nach einem kleinen Besichtigungsrundgang im Hotelgelände – viel gab es nicht zu sehen – stürzten sich Eva und Adam in den See und schwammen so lange, bis ihnen kalt wurde. Sie zogen sich für das Abendessen warm an, denn abends war es hier in den Bergen kälter als in der Stadt. Eva hätte gerne ihr kleines Schwarzes getragen – nun musste die Darbietung eines ihrer wenigen sexy Kleider warten.

Nach einem ausgiebigen und feinen Abendessen schlug Adam vor, noch einen Drink an der Bar zu nehmen.

„Darf ich Ihnen unseren Cocktail *Kuss und Muße*, unsere spezielle Kreation für Neuankömmlinge, empfehlen?", frage der Barkeeper. „Das ist der beste Auftakt für einen entspannten Urlaub."

Eva und Adam sahen sich fragend an. Noch bevor sie antworten konnten, mischte sich die Frau des Pärchens, das neben ihnen saß, ein.

„Schmeckt hervorragend. Fruchtig, frisch, nicht zu süß."

Das kann ich nur bestätigen", sagte der Mann an ihrer Seite. „Sie machen keinen Fehler. Ich bin normalerweise ja nicht so für Cocktails, aber dieser hier ist wirklich lecker."

„Na dann?" Adam nickte Eva fragend zu.

„Wir probieren ihn", sagte Eva und bestellte. „Man muss auch mal ein Risiko eingehen."

„Ich heiße übrigens Max", sagte der Mann. „Und das ist meine Frau Sybille. Wir sind gestern angekommen."

„Hallo. Ich bin Adam."

„Und ich Eva."

„Ach wie nett: Adam und Eva!" Sybille lachte.

Sie reichten sich alle gegenseitig die Hände. Man unterhielt sich über das Hotel, die Landschaft, über das Wetter und dass man zur Erholung kein Fünf-Sterne-Luxushotel brauche. Max und Sybille waren etwa Ende Dreißig, schienen unkompliziert zu sein, und es war sehr schnell klar, dass man sich, zumindest als Urlaubsbekanntschaft, sympathisch war.

Auf dem Weg zu ihrem Zimmer sagte Eva, dass sie sehr glücklich sei, hier zu sein. Adam freute sich und gab ihr einen dicken Kuss auf die Wange.

„Unser erster Urlaub", stellte Adam fest, während er die Tür aufsperrte. Es gab noch richtige Schlüssel, nicht diese Chipkarten, die Adam hasste. Er sperrte von innen schnell zu und hielt dabei Eva fest. Dann umarmte er sie, spürte ihre Brüste und fasste ihr mit festem Griff an den Po.

„Du bist eine sehr reizvolle Frau."

„Und du ein aufregender Mann", hauchte Eva.

Die ersten zwei Urlaubstage entspannten sie sich. Es passierte nicht viel – eigentlich gar nichts. Und genau so sollte es schließlich sein.

Die Tage vergingen mit Essen, Dösen, Schwimmen, Lesen, kleinen Spaziergängen und Sex. Zwischendurch gab es kurze oder auch längere Gespräche mit Max und Sybille, die genauso in den Tag hineinlebten wie fast alle hier.

Eva genoss die Ruhe, die Natur und das unbeschwerte Zusammensein mit Adam. Sie unterhielten sich entweder über Belangloses, wie über das Essen oder das Wetter, oder sie diskutierten über Themen, die sich aus der Situation heraus ergaben, zum Beispiel über das Fischsterben, da sie festgestellt hatten, dass es in dem See hier noch sehr viele Fische gab. Ansonsten lagen sie oft stundenlang nur in der Sonne, ohne ein Wort zu wechseln. Hin und wieder streichelten sie sich gegenseitig ihre heiße Haut. Wenn sie gerade nicht im Blickfeld anderer Gäste waren, wanderten ihre Hände auch in die tieferen Regionen ihrer Körper. Oder Adam entblößte kurz Evas Brüste und küsste ihre Brustwarzen.

Eva dachte kaum noch an Simon, und wenn doch, konnte sie die Gedanken beiseiteschieben, ohne dass sie danach gleich wieder hochkamen.

„Mir tut der Tapetenwechsel sehr gut", gestand sie Adam, als er sie am Rücken mit Sonnenmilch einschmierte.

„Das sieht man. Und man spürt es. Deine Haut fühlt sich schon viel weicher und samtiger an."

„Quatschkopf. Die ist wie immer."

„Nein, nein. Durch die Entspannung wird die Haut

besser durchblutet.“

„Wie du meinst. Ich glaube, ich habe nun genug Sonnenmilch. Vorne kann ich mich selbst einschmieren.“

„Schade. Und“, flüsterte er ihr ins Ohr, „auch schade ist, dass man hier nicht nackt sonnenbaden kann. Ich würde dich an manchen Stellen ganz besonders einfühlsam einschmieren.“

Eva grinste vor sich hin.

Adam holte zwei gut gekühlte Biere. „Ich freue mich, dass wir hier sind. Mir tut es gut, mal nicht im Büro zu sitzen, sondern das Nichtstun zu genießen. Kommt viel zu selten vor. Wir sollten bald einen längeren Urlaub planen. Was meinst du?“

„Ja“, sagte Eva, ohne weiter darüber nachzudenken. Die Urlaube mit ihren früheren Freunden waren manchmal etwas anstrengend. Zu oft stritt man sich über Kleinigkeiten, was daher rührte, dass sich Eva sehr schnell eingeengt fühlte, wenn sie keinen Schritt alleine gehen konnte. Stadtbesichtigungen hießen zum Beispiel für Stefan stets ausgiebige Aufenthalte in Cafés und Bars und für Eva Museumsbesuche und Besichtigung kleiner Gassen und Geschäfte, was Stefan langweilig fand. Für ihn war es jedoch undenkbar, dass man sich einen halben Tag trennte und jeder seines Weges ging, was Eva gut gefunden hätte. Das Gefühl, dass ihr Adam zu nahe kam oder sie einengte, hatte sie nach über zwei Tagen ununterbrochenen Zusammenseins noch keine Sekunde lang gehabt.

Als ihr das bewusst wurde, grinste sie vor sich hin, was Adam nicht entging. „Was amüsiert dich?“

„Hm. Nichts.“

„Sag schon.“

„Ist dir bewusst, dass wir, seit wir von zu Hause weggefahren sind, ununterbrochen zusammen sind?“

„Ja und? Was ist daran so besonders?“

„Ich fühle mich trotzdem frei.“

„Wir sind ja nicht zusammengekettet. Natürlich sind

wir frei. Ich verstehe nicht, was du meinst."

Eva hatte keine Lust, über ihre alten (alten? ja vielleicht waren es alte) Ängste zu sprechen. Wozu auch? Stattdessen sagte sie – und streichelte dabei Adam liebevoll die Brust –: „Ich bin gerne mit dir zusammen."

An ihrem Geburtstag wurde sie von Adam mit einer Morgenmassage beglückt. Auf dem Frühstückstisch stand ein Strauß Blumen mit einer Karte des Hotels. Max und Sybille kamen herbei und hätten beinahe ein „Happy Birthday" angestimmt. Eva konnte sie gerade noch zurückhalten. So viel öffentliche Aufmerksamkeit wäre ihr unangenehm gewesen.

Nach dem Frühstück – sie saßen noch am Tisch – gab ihr Adam sein Geburtstagsgeschenk: Eine kleine Schachtel in rotem Geschenkpapier und mit einer goldenen Schleife.

„Für dich. Alles, alles Liebe zu deinem siebenunddreißigsten Geburtstag."

„Vielen Dank." Eva war gerührt. Sie umarmte Adam.

„Wann soll ich es aufmachen?"

„Na gleich, wenn du willst."

Sie entfernte das Papier und hielt eine dunkelblaue Schmuckdose in den Händen. Gespannt nahm sie den Deckel ab. Eine Kette mit einem Anhänger funkelte ihr auf schwarzem Samt entgegen. Der Anhänger hatte einen hellblauen, wunderschön glitzernden Stein mit einem Durchmesser von etwa sieben Millimeter. Das Schmuckstück wirkte sehr edel und unaufdringlich, es entsprach genau Evas Geschmack.

„Wunderschön." Eva war gerührt.

„Es gefällt dir?"

„Ja sehr.

„Es ist Weißgold. Der Stein ist ein Aquamarin."

„Vielen, vielen Dank Adam." Sie umarmte ihn und war sehr gerührt. Sie wusste, das war ein Stück, das sie sich nicht hätte leisten können.

Sie hängte sich die Kette um und ging in die Toilette,

um im Spiegel zu sehen, wie sie an ihr wirkte. Sie war begeistert. Sie lächelte glückselig als sie wieder an den Tisch zurückkehrte.

„Steht dir wirklich gut", sagte Adam.

Sybille war nicht entgangen, dass Adam Eva ein Schmuckstück geschenkt hatte. Sie musste es unbedingt begutachten und schlich sich an den Tisch.

„Ich bin neugierig. Darf ich dein Geschenk bewundern?", fragte Sybille.

„Natürlich", sagte Eva und streckte ihr Dekolleté Sybille entgegen.

„Sehr schön. Du weißt genau, was deiner Freundin steht", sagte sie zu Adam. Und ergänzte halblaut: „Max hat bei Schmuck kein gutes Händchen." Dann ging sie wieder zurück an ihren Tisch.

„Wenn er nur beim Schmuck kein gutes Händchen hat, dann ist das ja nicht so schlimm", bemerkte Adam.

„Sexist". Eva grinste.

„Sollen wir heute vielleicht wandern gehen?", fragte Adam.

„Das hätte ich auch vorgeschlagen. Irgendwann muss man sich wieder richtig bewegen."

Die vom Hotel empfohlene Wanderung war ideal. Drei Stunden bis zu einer Hütte, nicht allzu anstrengend, und eine gute Stunde zurück. Anschließend schwammen sie im See. Sie lagen schließlich leicht erschöpft und zufrieden auf der Liege und warteten auf das Abendessen, das erst ab achtzehn Uhr serviert wurde. Sie waren beide eingedöst. Dann wurde es im Hintergrund plötzlich laut. Autotüren flogen zu, Stimmen unterhielten sich, ein Hund bellte.

„Bislang waren hier Hunde verboten", sagte Adam schlaftrunken.

„Hm."

„Das Bellen geht mir auf den Geist."

„Mir auch." Eva drehte sich um, blickte hoch zum Hotel, um zu sehen, was los war. Sie sah ein Taxi und

Sybille, die mit einem alten Mann sprach, der in einem Rollstuhl saß. Ein Dackel wedelte neben den beiden aufgeregt mit dem Schwanz.

„Sieh mal", sagte sie zu Adam, „das könnte Sybilles Opa sein, der anscheinend gerade angekommen ist."

Adam warf einen Blick auf die Szenerie, war aber nicht weiter daran interessiert.

„Ich bin momentan wirklich nicht scharf auf alte Männer", bemerkte Eva.

„Na, Gott sei Dank. Das wäre ja noch schöner!"

„Hoffentlich bleibt er nicht hier."

„Warum soll er nicht hierbleiben? Also, wenn ich ein Sexist bin, dann bist du diskriminierend."

„So habe ich das nicht gemeint. Ich will momentan nur einfach nicht an meinen Vater erinnert werden."

„Mein Gott Eva. Du wirst doch noch einen alten Mann anschauen können, ohne dass er dich an deinen Vater erinnert. Das geht nun wirklich zu weit. Überall gibt es alte Männer. Ich bitte dich: Lass das Thema ruhen."

„Du hast recht. Es war nur so ein kurzer Moment ..."

„... der jetzt wieder vorbei ist. Okay?"

„Okay."

Das sagte sie nicht nur so, um die gute Stimmung aufrechtzuerhalten, sondern sie spürte, dass sie den Moment tatsächlich Moment sein lassen wollte und dies auch konnte. Sie blickte über das Wasser auf die Berge und fühlte, dass Adam auf sie beruhigend und stärkend wirkte. Sie dachte über ihn nach: Mit Ausnahme von seinen gelegentlichen Depressionen empfand sie ihn als unkompliziert und ausgeglichen. Das tat ihr gut. Die Depressionen – richtiger wäre wohl zu sagen: depressive Verstimmungen – schreckten sie nicht ab, denn schließlich litt auch sie öfter unter ihnen. Im Gegenteil: Es gab ein gemeinsames Leid, das man nicht verstecken musste.

Vielleicht war es die Ausnahmesituation Urlaub oder es war tatsächlich Adams Art: Eva empfand es plötzlich als realistisch, bei Adam auf längere Zeit wohnen zu bleiben sowie zu kündigen, um dann – endlich – mit Simons Leben nichts mehr zu tun haben zu müssen. Da sie bei Adam keine Miete bezahlen musste und sie demnächst ihr Festgeld bekommen würde, könnte sie in Ruhe eine neue Arbeit suchen. Die Kündigungsidee war noch kein Entschluss, aber ein realistischer Gedanke – ein guter Gedanke, der ihr einen tiefen Seufzer entlockte. Der Gedanke verflüchtigte sich langsam, als sie in einen wohligen Entspannungszustand fiel und beinahe eingeschlafen wäre, wenn Adam sie nicht wachgeküsst hätte.

Nach dem Abendessen bestellte Adam zwei Gläser Champagner, um mit Eva noch mal gepflegt anzustoßen. Es war ein schöner Ausklang des Tages. Eva freute sich, dass sie so einen schönen Geburtstag erleben durfte. Sie war beinahe glücklich. Nur eines störte sie, jetzt, an diesem schönen lauen Sommerabend – und das konnte sie nicht abstellen, obwohl sie es versuchte –, es war der alte Mann im Rollstuhl. Er war Sybilles Vater, nicht ihr Opa; sie hatte sich erkundigt. Schon eine Weile saß er mit Sybille zwei Tische weiter. Eva hatte ihn genau im Blickfeld.

„Lass uns nach draußen gehen", schlug sie vor. „Wir können noch ein wenig die Sterne beobachten."

Sie setzten sich auf die Terrasse. Wie es der Teufel haben wollte, dauerte es nicht lange, und Sybille kam mit ihrem Vater herangerollt.

„Hallo Geburtstagskind", sagte Sybille freundlich. „Darf ich vorstellen, das ist mein Vater."

„Riedl mein Name. Guten Abend. Ich bin leider nicht mehr gut auf den Beinen. Die Knie. Sie machen nicht mehr mit. Früher bin ich auch auf die Berge gegangen. Und wie ist ihr Name?"

„Eva Hanke", sagte Eva kurz angebunden. Sie wusste, sie hätte den Mann nett begrüßen müssen, aber es ging ihr einfach nicht über die Lippen.

Stattdessen reichte ihm Adam freundlich die Hand.

„Adam Schleifer. Guten Abend. Schönes Hotel. Nicht wahr?"

„Ja, ich war schon öfter hier."

„Aber das erste Mal mit mir", ergänzte Sybille.

„Ist dein Mann abgereist?", fragte Eva. „Ich habe ihn gar nicht beim Abendessen gesehen."

„Ja. Fliegender Wechsel. Mein Mann fuhr heute zurück. Ach, ich muss ihn dringend anrufen. Kann ich euch kurz alleine lassen?" Sie verschwand, ohne eine Antwort abzuwarten.

Eva passte die Situation überhaupt nicht. Am liebsten wäre sie auch einfach geflüchtet, aber das traute sie sich nicht. Adam würde sonst sicher denken, sie wäre hysterisch. Also blieb sie sitzen.

„Wie oft waren Sie schon hier?", fragte Adam Herrn Riedl.

„Ach ich weiß nicht. Vier- oder fünfmal. Oder sechsmal. Die Gäste sind hier immer sehr angenehm. Sie haben eine sehr schöne Kette", sagte Riedl und deutete mit seinen verschrumpelten Fingern auf Adams Geschenk.

Unwillkürlich beugte sich Eva ein wenig näher zu dem alten Mann hin, damit er den Schmuck besser sehen konnte. Ihre Blicke trafen sich. Intuitiv hätte sie sich am liebsten sofort weggedreht, stattdessen schaute sie dem Mann in die Augen. Sie sah in diese alten Augen, in diese tiefliegenden, blauen Augen, umrandet von roten Lidern. Sie sah in ihnen die gleiche Traurigkeit, die gleiche Verzweiflung, das Erschaudern und die Schmerzen wie damals in den Augen ihres Vaters. Sie war wie gebannt und konnte den Blick nicht abwenden. Und dann, als er sie so fragend ansah, (dabei fragte er nur, wo sie herkäme, aber das hörte Eva nicht), mit seinen alten Augen, über die sich ein grauer, wässriger Film von großer Einsamkeit zog, hielt sie es nicht mehr aus. Sie konnte sich mit dem Mann nicht unterhalten und sie konnte nicht mehr in seine Augen schauen. Sie war verwirrt und sprang von der Bank hoch.

„Entschuldigung, mir ist nicht gut", sagte sie und lief schnell ins Haus, hoch in ihr Zimmer, so schnell sie konnte, denn sie ahnte, jetzt gleich sofort würde sie schreien müssen. Sie fühlte sich, als wäre ein Blitz in sie eingeschlagen.

Sie sperrte die Tür von innen zu, ließ den Schlüssel stecken und warf sich aufs Bett. Sie zitterte. Ihre Glieder zuckten. Sie konnte sich nicht stillhalten und dann schrie sie. Sie schrie laut, zu laut, packte das Kissen und hielt es sich vor den Mund und schrie weiter. Sie bekam keine Luft mehr und warf das Kissen auf den Boden. Ihr wurde heiß und kalt zugleich. Sie ahnte warum. Sie wollte es aber nicht wissen und kroch unter die Bettdecke. Nur noch die Nasenspitze lugte hervor. Sie hielt es unter der Bettdecke nur kurz aus, deckte sich wieder ab und stand auf. Ihr wurde schwindelig, und sie wusste warum. Sie wusste, diese Augen ... diese Augen des alten Mannes ... er hatte die gleichen Augen wie ihr Vater. Der gleiche Blick. Der Blick, als sie ihm die Spritze gab. Der Blick, als sie ihn tötete. Ja, sie hatte es getan. Sie erinnerte sich. Es war alles wieder da.

Sie heulte. So sehr, dass sie nicht wusste, ob sie jemals wieder aufhören konnte. Sie hörte nicht, wie Adam, der keinen Schlüssel hatte, an die Tür klopfte. Sie wurde von ihrer Erinnerung weggeschwemmt und nahm nichts mehr wahr.

Adam klopfte minutenlang und hörte das erbärmliche Weinen von Eva. Er machte sich große Sorgen und konnte sich nicht erklären, warum es ihr plötzlich so schlecht ging. Er war kurz davor, zur Rezeption zu gehen und zu bitten, die Tür aufzusperren, vorausgesetzt, der Schlüssel steckte nicht von innen, oder mit Hilfe einer Leiter über das Fenster einzusteigen, da war es plötzlich still im Zimmer.

„Mach bitte auf. Eva. Bitte. Ich bin's: Adam. Mach auf."

„Ich kann nicht. Jetzt nicht."

„Was ist denn los? Bitte mach auf."

„Nein, später. Es ist schon alles wieder gut. Bitte geh. Lass mich allein."

„Das tu ich nicht. Bitte öffne endlich die Tür."

„In einer halben Stunde. Komm in einer halben Stunde."

„Also gut. Aber dann lässt du mich rein."

„Ja."

Adam stand völlig verunsichert vor der verschlossenen Tür, wartete eine Weile und klopfte noch mal, obwohl er annahm, sie würde nicht öffnen. Die Tür blieb zu. Er ging in den Garten und sah zum Fenster ihres Zimmers im ersten Obergeschoss hoch. Das Fenster war geschlossen. Die Vorhänge zugezogen. Sie hatte sich verbarrikadiert, stellte Adam fest. Aber warum nur? Ihr sei übel, hatte sie gesagt. Aber muss man deshalb heulen? So sehr, dass man niemanden sehen will? Das machte keinen Sinn.

Nach der halben Stunde stand er wieder vor der Zimmertür und drückte die Klinke. Zugesperrt.

„Ich bin's. Adam. "Er hörte Eva, die sich der Tür näherte, aber es dauerte noch einige lange Sekunden, bis sie endlich öffnete.

Sie sah, wie konnte es anders sein, verheult aus. Sie zitterte immer noch ein wenig, war aber soweit wieder in Ordnung und ansprechbar.

„Eva. Mein Gott. Was ist mit dir?"

„Ich, ich ... es ist ...", stotterte sie. Dieser Mann, dieser Riedl – es tut mir leid Adam, ich kann es nicht ändern ..." Sie war kurz davor, wieder zu weinen, konnte es aber unterdrücken, indem sie mehrmals schluckte. „Er erinnert mich an meinen Vater. Er hat die gleichen Augen."

„Die gleichen Augen", wiederholte Adam einfühlsam. Er vermutete, dass sich Eva plötzlich wieder erinnerte, wie ihr Vater gestorben war und von Trauergefühlen überschwemmt wurde.

„Ich erinnere mich wieder an den Tod meines Vaters." Sie sah Adam entsetzt an, „... an seinen Mund und an seine schmalen Lippen. Und ich erinnere mich an seine Augen. Diese verzweifelten, fragenden Augen."

Adam setzte sich mit ihr aufs Bett.

„Diese fragenden Augen", wiederholte sie. Es war plötzlich wieder alles da, Adam. Ich weiß wieder, wie alles war", sagte sie langsam.

Adam umarmte sie. „Du meinst, du kannst dich wieder erinnern, wie dein Vater gestorben ist?"

„Ja." Sie nickte bedächtig.

Evas Augen füllten sich wieder mit Tränen.

„So schlimm?", fragte Adam.

Sie nickte.

Er umarmte sie. Sie schluchzte ein wenig, konnte aber bald wieder ruhig atmen, beinahe so, als würde sie bald einschlafen. Lange hielt er sie so im Arm. Es war vollkommen ruhig im Raum, auch von draußen waren kaum Geräusche zu hören – die Fenster waren immer noch geschlossen. Das Einzige was er wahrnahm, war Evas Atmen: ein, aus, ein, aus. Ein gleichmäßiger Rhythmus, der jedoch von Zeit zu Zeit unterbrochen wurde von stakkatoartigem Einsaugen der Luft, dem ein langes, schweres Ausatmen folgte.

Adam wollte warten, bis Eva wieder zu Kräften gekommen und bereit war zu reden. Da sein Arm, der Eva stützte, kurz davor war einzuschlafen, zog er ihn zurück zu sich. Sie richtete sich auf und blickte auf ihre Hände, die schlapp auf ihren Oberschenkeln lagen. Sie bewegte ihre Hände ein wenig und schob sie dann zwischen ihre Schenkel, sodass man sie nicht mehr sehen konnte. Noch immer sagte sie kein Wort.

Adam war verunsichert, wusste nicht so recht, wie er mit der Situation umgehen sollte. Er konnte nicht verstehen, warum Eva diese Erinnerung so sehr erschütterte. Aber er ahnte es und verdrängte den Gedanken sofort wieder.

„Willst du mir nicht erzählen, was damals war? Vielleicht tut es dir gut, darüber zu reden."

Eva schnappte nach Luft, zog die rechte Hand zwischen ihren Schenkeln hervor und griff nach Adams Hand.

„Ich weiß nicht ...", flüsterte sie.

„Was weißt du nicht?"

„Ob ich dir das zumuten kann."

Adam lächelte. „Das halte ich schon aus. Keine Angst."

Eva wartete noch eine Weile, dann begann sie zu erzählen:

„Ich habe meinen Vater gepflegt. Über mehrere Jahre. Er wurde schon sehr früh dement. Dann hatte er einen Schlaganfall, verlor die Stimme, konnte nicht mehr gehen und wurde inkontinent. Von da an war ich quasi jeden Tag im Einsatz. Ich habe es nicht gern gemacht. Natürlich nicht. Glaubst du, das macht Spaß? Ich war jung und wollte eigentlich leben, wie ein junger Mensch eben lebt: frei. Aber mein Leben – das war irgendwie vorüber. Ich lebte für meine Eltern. Meine Mutter tat, was sie konnte, aber sie kam sehr schnell an ihre Grenzen, schneller als ich. Ich war die Stärkere.

Ich habe meinen Vater geliebt, sehr sogar. Aber ich habe ihn auch gehasst. Ich musste zusehen, wie er mich verließ – mental – und wie er körperlich immer mehr abbaute. Und irgendwann, als er so krank dalag, wusste ich, ich werde das nicht mehr lange mitmachen. Ich konnte nicht mehr; ich war am Ende. Entweder er oder ich.

Eines Abends war es soweit. Ich habe ihm eine mehrfache Dosis eines starken Mittels gegen Krämpfe und Schmerzen gespritzt. Ich wusste, dass das tödlich sein würde. Während ich ihm die Spritzen – ich glaube es waren drei – in den Arm drückte, sah er mich so eigenartig an: ängstlich, vorwurfsvoll, verzweifelt. Er hat gespürt, was ich tat. Er hat es gewusst. Verdammt noch mal. Er hat es gewusst! Er konnte ja nicht mehr reden. Aber seine Augen haben alles gesagt. Seine Augen haben gesagt, dass er nicht sterben will. Verstehst du das?"

Eva begann wieder zu heulen. „Er wollte aus dem Bett, ich habe ihn runtergedrückt. Er hat mich angesehen mit all seinen stummen Hilferufen, aber es war zu spät. Ich hatte ihm das ganze Zeug reingedrückt. Am nächsten Tag war er tot."

Eva heulte wieder so sehr, dass ihr ganzer Körper vibrierte. Adam reicht ihr ein Handtuch, da kein Taschentuch in der Nähe war. Als sie sich wieder einigermaßen gefangen hatte, sah sie Adam zaghaft an.

„Diesen Blick meines Vaters", fuhr sie fort, „diesen Blick habe ich nicht verkraftet. Ich wusste, ich habe einen Fehler gemacht. Ich wusste, ich bin eine Mörderin." Erneut kamen ihr die Tränen. „Was hätte ich denn machen sollen? Mich anzeigen? Davon wäre er auch nicht lebendig geworden. So habe ich mir eingeredet, dass ich nie die Absicht hatte, ihn zu töten. Tagelang, wochenlang, monatelang habe ich es mir eingeredet, bis ich es irgendwann^ glaubte.

Ich wollte mit Borgenlau nichts mehr zu tun haben. Ich ging weg. Dann hatte ich einen Unfall, bin vom Fahrrad gestürzt, war bewusstlos und danach konnte ich mich an das alles nur noch schemenhaft erinnern. Mit der Zeit habe ich alles vergessen. Es war weg, existierte nicht mehr." Dann sagte sie noch: „Ich musste alles vergessen."

Eva schluchzte. Er reichte ihr ein Glas Wasser, was sie gierig trank und ihr half, sich zu beruhigen.

„Dann hatte Simon also recht", stellte Adam fest.

„Ja. Er hatte recht."

Adam bemerkte Evas Hände, die sie nun zusammengefaltet wie zum Gebet in ihrem Schoß hielt.

„Ich bin müde", sagte sie. Ich bin so verdammt müde. Wie spät ist es?"

„Kurz nach neun."

218

„Egal. Ich will schlafen." Ihr fielen vor Erschöpfung die Augen zu.

„Gut", sagte Adam. „Ich glaube, es ist besser, ich lasse dich alleine. Dann kannst du schlafen. Ich gehe noch was Trinken. Soll ich dir ein Bier oder ein Glas Wein bringen lassen?"

„Nein, ich möchte nichts. Danke."

„Adam", sagte Eva als er bereits in der Tür stand, „es tut mir leid."

Er warf Eva ein bedauerndes, aber verkrampftes Lächeln zu, sagte nichts und ging.

Nun war Adam übel – vor Verwirrung und vor Entsetzen. Eva, die bei ihm wohnte, mit der er schlief, diese Eva hatte ihren Vater umgebracht? Adam spürte, das war im Moment zu viel für ihn. Er wusste nicht, was er denken sollte, geschweige denn fühlen. Fühlen schon gleich gar nicht. Fühlen, das wäre jetzt der Horror, die totale Überforderung.

Er setzte sich an die Bar und bestellte sich einen Wodka. Dann noch einen. Dann kam er mit einem Gast ins Gespräch, der auch alleine an der Bar saß und gerade Streit mit seiner Frau hatte. Adam hatte zwar keinen Streit mit Eva, aber er war diesem Fremden – so kam es ihm vor: Gleichgesinnten – dankbar, dass er da war, dass er mit ihm über alles und nichts, über die schwierigen Frauen, über Politik und vor allem über die Allgäuer Alpen sprechen konnte. Mit jedem Wodka mehr gewann er den Eindruck, dass er sich in den Alpen bestens auskannte, obwohl er in Wirklichkeit so viel wie gar nichts wusste. Über Eva erzählte er nichts.

„Was ist mit deiner Frau?", fragte der Mann.

„Über diese Frau rede ich heute nicht. Heute nicht und morgen nicht."

„Verstehe", sagte der Gleichgesinnte bedeutungsschwanger. „Sie geht fremd."

„Schön wär's ... s ... wäre es", lallte Adam.

Ziemlich spät und ziemlich betrunken trennten sich die

beiden Männer auf dem Weg zu ihren Zimmern und wünschten sich schöne Träume von schönen Frauen.

Als Adam das Zimmer betrat, drehte sich alles um ihn. Er sah Eva schlafen und wusste nur noch, dass er ein Problem mit ihr hatte, aber nicht mehr welches.

Am nächsten Morgen wachte Eva gegen acht Uhr auf. Sie schlief extrem schlecht und hatte Albträume. Leise ging sie auf die Toilette, um Adam nicht zu wecken. Sie hatte mitbekommen, dass er sehr spät ins Bett gekommen war. Sie beobachtete ihn, wie er atmete und wie er hin und wieder mit dem Kinn zuckte. Es lagen Gesteinsbrocken von schlechten Gefühlen in ihrem Magen und sie hatte Angst, jetzt, *am Tag danach*, Adam gegenüberzustehen und zu ihrer Tat Stellung beziehen zu müssen. Was sollte sie sagen? Egal was, er würde sie jetzt wahrscheinlich verachten.

Eine halbe Stunde später wachte Adam auf. Er hatte einen Kater und fühlte sich elend.

Sie sagten beide, fast zeitgleich, „Guten Morgen" – verunsichert, distanziert, ohne sich gegenseitig anzuschauen. Sie duschten und gingen schweigend zum Frühstücken.

Sie redeten nur das Nötigste miteinander: „Gibst du mir bitte die Milch?" – „Ja." – „Deine Serviette ist hinuntergefallen." – „Danke".

Die entscheidende Frage war, wie geht es nun weiter? Keiner von ihnen stellte sie, denn es hätte darauf momentan keine Antwort gegeben. Die Frage schwebte über ihren Köpfen und drückte noch zusätzlich auf die ohnehin äußerst angespannte Stimmung. Die Leichtigkeit des Urlaubs war vorüber und war auch nicht mehr wiederherzustellen. Da machten sich beide nichts vor.

Adam hatte keinen Appetit, trank nur mehrere Tassen Kaffee.

Eva aß ein Croissant. Als sie Sybille mit ihrem Vater kommen sah, entschuldigte sie sich und ging zum Steg.

„Guten Morgen, Adam", sagte Sybille munter und fragte, ob es Eva nicht gut ginge, sie sähe so blass aus und warum sie beide gestern plötzlich verschwunden waren. Ihr Vater hätte das nicht erklären können.

Adam hatte keine Lust, mit Sybille zu reden. Er sagte nur: „Wir mussten was klären."

Eva saß auf dem Steg und versuchte irgendwie irgendwas zu denken. Aber sie fühlte sich so leer wie noch nie. Nur ein einziger Satz klopfte ständig gegen ihre Schädeldecke: „Ich bin schuldig." Immer und immer wieder hörte sie diesen Satz. „Ich bin schuldig." –"Ich bin schuldig."

Als sie Adam auf sich zukommen sah, wusste sie nicht, ob sie sich freuen sollte. Immerhin kam er noch auf sie zu. Aber dass er noch zu ihr stehen würde, hielt sie für ziemlich ausgeschlossen. Er setzte sich neben sie und schaute sie vorwurfsvoll an.

„Sollen wir nach Hause fahren?", fragte Eva.

„Ich denke, ja. Da wir morgen ohnehin zurückmüssen, können wir genauso gut gleich fahren. Ich sollte ohnehin ins Büro."

Die fast zweistündige Fahrt über schwiegen sie. Eva dachte nur an ihren Vater, sah sein Gesicht vor sich. Es ging nicht mehr weg. Und es klagte sie an. Ihre Schuldgefühle wuchsen mit jedem Atemzug, die sich in ihren Eingeweiden wie Eisklumpen anhafteten und sie langsam von innen her zersetzten. Adam bemerkte, wie Eva litt, fand aber keine tröstenden Worte. Er hätte auch keine finden wollen. Schließlich, und das ging ihm permanent durch den Kopf, hatte Eva jemanden umgebracht, auch wenn dies unter den damaligen Umständen nachvollziehbar war. Trotzdem war das keine Entschuldigung. Er bezweifelte, ob er jemals so tun könnte, als wüsste er nicht, was Eva getan hatte, als wäre alles normal. Nichts war mehr normal. Neben ihm saß seine Mörderin.

Daheim angekommen verzog sich Eva in ihr Zimmer

und war unfähig, den Koffer auszupacken oder die Post zu öffnen. Sie legte sich aufs Bett. Eine undefinierbare Ruhe vor dem Sturm lag in der Luft. Sie befürchtete, dass Adam jeden Augenblick eine vernichtende Anklage über sie ergießen könnte. Das tat er aber nicht. Er ging ins Büro.

Sie war froh, alleine zu sein und setzte sich in die Küche. Jetzt, wo sie so ruhig dasaß und alles so still um sie herum war, kamen die ohnehin schon unerträglichen Schuldgefühle mit einer dermaßen starken Wucht in ihr hoch, dass sie dachte, ihr Herz würde zerreißen. Sie fühlte sich fiebrig. Sie hatte einen roten, heißen Kopf und fror, mitten im Sommer. Keine Frage, sie war in einem Ausnahmezustand.

Als sie wieder einigermaßen klar blicken konnte, überlegte sie, wie sie wenigsten ansatzweise ins Alltagsleben zurückkehren könnte. Das Einzige, was ihr einfiel, war zu telefonieren. Sie unternahm mehrere Anläufe, Brigitte, Irina oder ihren Exfreund Stefan anzurufen, legte aber immer wieder auf, bevor jemand abhob. Im Grunde wollte sie nur mit einer einzigen Person reden: mit Leo von der Telefonseelsorge.

Sie erzählte ihm, was sich zugetragen hatte und sagte ihm auch, dass sie nun wüsste, woran ihr Vater tatsächlich gestorben war und sie eine Mörderin sei. Eva wusste, dass er der Schweigepflicht unterlag, sonst hätte sie sich ihm nicht geöffnet. Aber Eva wusste nicht, dass er noch nie mit einem derartigen Fall konfrontiert wurde und er sich ziemlich hilflos fühlte.

„Was soll ich denn jetzt machen?", fragte sie verzweifelt. „Ich bin schuldig. Ich kann doch nicht zur Tagesordnung übergehen. Mir tut das so unendlich leid. Ich sehe permanent sein Gesicht vor mir. Es geht nicht mehr weg."

„Eva, steigere dich nicht in etwas rein. Das ist so lange her. Selbst wenn du im Gefängnis gesessen hättest – wenn überhaupt –, wärst du längst wieder frei."

„Ich war aber nicht im Gefängnis. Keinen Tag."

„Willst du dich stellen?"

„Nein, natürlich nicht. Ich möchte alles wieder vergessen, aber ich weiß, dass das nicht mehr möglich ist."

„Wohl kaum. Damit musst du jetzt leben. Sieh es mal so: Du hast eine schwere Belastung zu tragen. Diese Belastung ist so etwas Ähnliches wie ein Gefängnis. Du trägst damit eine Zeit lang die Schuld ab, aber dann muss es auch wieder gut sein."

„Das hilft mir jetzt wenig, ehrlich gesagt. Mir geht es miserabel."

„Tut mir leid, Eva. Ich bin ein bisschen überfordert mit deinem Problem. Vielleicht solltest du mit einem Priester oder mit einem Traumatherapeuten reden. Vielleicht stehst du unter Schock oder so."

Eva spürte, dass nicht mal Leo ihr helfen konnte.

Als Adam am Abend nach Hause kam, lag sie im Bett und döste. Adam hatte nicht an ihrer Tür geklopft und hatte es auch nicht vor. Er war sich nicht mal sicher, ob Eva überhaupt zu Hause war. Alles war ruhig. Wäre Eva aufgetaucht, er hätte momentan kein Wort mit ihr reden wollen. Er zog sich um, blätterte die Zeitung durch, dann verließ er die Wohnung. Er fuhr zu einem Freund, bei dem er sich bis Sonntagabend angemeldet hatte. Er brauchte Abstand von Eva und von der Zweisamkeit.

Eva wurde wach, als Adam am frühen Morgen die Wohnung verließ. Matt und völlig erschlagen quälte sie sich aus dem Bett und schlürfte zur Toilette. Sie rief ihre Kollegin Meining an – mit Simon wollte sie auf keinen Fall sprechen – und meldete sich noch mal krank.

Ihr Arzt bemerkte sehr wohl, dass sie psychisch sehr angeschlagen war und hätte sie die ganze Woche krankgeschrieben. Aber Eva wollte nur den einen Tag, um wieder auf die Beine zu kommen. Sie wusste, sie durfte nicht lange allein sein, brauchte Ablenkung, um nicht in eine Depression hineinzuschlittern, aus der sie vielleicht nicht mehr herausfinden würde.

Sie zwang sich mit allen Mitteln dazu, wieder in den Alltag zurückzukehren: Sie räumte die Wohnung auf, steckte Wäsche in die Waschmaschine und öffnete endlich ihre Post. Dann fuhr sie in die Stadt und kaufte Lebensmittel – Früchte, Schokolade, Eiscreme. Für den Abend überredete sie Brigitte, ins Kino zu gehen. Es lief ein lustiger Film über eine Landkommune.

Brigitte brachte ihr ein Geburtstagsgeschenk mit, ein Buch über Liebe und woran Beziehungen scheiterten, und war neugierig, was Eva über ihren Urlaub mit Adam zu berichten hatte. Sie kehrten nach dem Kino in ein Lokal ein, um zu quatschen. Doch Eva konnte nicht über das reden, was sie so schrecklich quälte. Stattdessen schilderte sie die schönen Seiten des Urlaubs, wohl nicht sehr überzeugend, denn Brigitte kannte Eva und wusste, das war nicht alles, da gab es eine Schattenseite.

„Entschuldige, aber du siehst nicht erholt aus. Ganz und gar nicht. Was ist los? Der Urlaub war nicht nur schön, oder?"

„Mit Adam kann es auch schwierig sein."

„Du hast dich eingeengt gefühlt. Zu viel Nähe. Es hätte mich schon gewundert, wenn ..."

„Nein, das ist es nicht. Im Gegenteil. Er engt mich überhaupt nicht ein, aber ich glaube, er steht nicht wirklich zu mir."

„Warum so plötzlich? Er wollte doch, dass du zu ihm ziehst, dass du seine Freundin wirst."

Eva bat Brigitte, das Thema nicht weiter zu vertiefen, da sie momentan darüber nicht sprechen wollte. Aber Brigitte ließ sich nicht so einfach abspeisen und drängte Eva, ihr zu sagen, was vorgefallen war.

„Ich glaube, es ist aus."

„Und aus welchem Grund?"

Eva war nicht in der Lage, Brigitte einzuweihen. Schon gar nicht jetzt, wo alles noch so frisch war, und hier, in dem Lokal in aller Öffentlichkeit. Spätestens nach einem Satz würde sie zu Heulen anfangen. Deshalb log sie, um Brigittes Fragen abzuwimmeln.

„Es klappt sexuell nicht. Und außerdem ist er ein Angeber. Er lässt mich spüren, dass er aus einer besseren Schicht kommt. Ich bin ihm zu minderwertig." Mein Gott, dachte sie sich, was rede ich da für eine Scheiße. Aber das ist jetzt egal. Später, irgendwann mal, würde ich Brigitte alles erklären.

Als Eva nach Hause kam, saß Adam vor dem Fernseher. Sie setzte sich dazu. Es lief das *Kulturjournal*, das sie gerne zusammen anschauten. Danach schaltete Adam den Fernseher aus und warf Eva einen prüfenden Blick zu.

„Wie geht es dir?", fragte er nüchtern.

„Geht so. Ein wenig besser."

„Eva, es tut mir leid, dass ich das sagen muss, aber ich kann nicht einfach zur Tagesordnung übergehen."

„Das habe ich nicht erwartet."

„Ich weiß nicht, wie ich mit der ganzen Sache umgehen soll."

„Ich auch nicht. Ich bin schuldig. Ich kann es nicht mehr gutmachen. Soll ich mich anzeigen?"

„Das weiß ich nicht. Nein. Du solltest vielleicht etwas Soziales tun: Kranken Kindern helfen oder armen Leuten oder … was weiß ich. Du musst wissen, was du tun willst. Ich kann dir die Entscheidung nicht abnehmen."

„Das kann niemand."

„Warst du in der Arbeit?"

„Ich gehe morgen wieder."

Adam erhob sich, ging an Eva vorbei und sagte: „Gute Nacht. Ich gehe schlafen."

Das war's. Mehr sagte er nicht. War das jetzt Adams Stellungnahme, vor der sie sich so gefürchtet hatte? Keine Vorwürfe? Keine juristisch-ethische Anklage? Kein Hass – nicht mal Hass? Er ließ sie einfach so sitzen. Eva fühlte sich allein, sehr allein. Sie hätte sich gewünscht, dass er sie in den Arm nimmt.

Adam lag im Bett und konnte nicht schlafen. Evas Schilderungen schwirrten in seinem Kopf zwischen dem Versuch, ihre Tat irgendwie zu verstehen und dem Gefühl einer großen Irritation und Verunsicherung. Sie tat ihm leid, dass sie nun mit dieser Bürde leben musste und gleichzeitig verachtete er sie. Er müsste sie anzeigen, überlegte er, sah aber keinen Sinn darin, auch wenn er sich, juristisch gesehen, mitschuldig machte. Er war ein Mitwisser. Aber was bedeutet das schon – in so einem Fall?

Viel entscheidender war für Adam die Frage, ob er Eva weiterhin vertrauen konnte. Wäre es möglich, dass sie irgendwann ausrastete, aus welchem Grund auch immer, und auch ihm etwas antun könnte? Hatte er Angst vor ihr? Er wusste es nicht. Aber dass in seiner Wohnung eine Frau wohnte, eine nach außen hin, nette, liebe Frau, aber mit einer bislang nicht vorstellbaren, unglaublichen Kälte, das bereitete ihm großes Unbehagen. Das spürte er deutlich. Würde er mit ihr jemals wieder Sex haben können? Ihm wurde übel bei dem Gedanken.

Er stand auf, setzte sich in die Küche und öffnete eine Flasche Bier.

Kurz darauf hörte er Eva. Sie war auf der Toilette. Auch sie konnte nicht schlafen. Als sie Licht in der Küche sah, wusste sie, dass Adam wach war – wegen ihr. Wortlos setzte sie sich zu ihm.

„Schöne Scheiße", sagte Adam.

„Ja, ich weiß. Wie soll es nun weitergehen?"

„Was meinst du?"

„Ich … ich weiß es nicht." Eva presste die Luft aus ihren Lungen. „Ich war doch erst neunzehn. Ich war komplett überfordert."

„Hör auf, dich zu rechtfertigen. Ich kann mir gut vorstellen, dass du überfordert warst." Er reichte ihr die Bierflasche.

Sie nahm einen kräftigen Schluck.

„Es wäre alles so schön gewesen", sagte Adam

enttäuscht.

„Simon ist schuld. Wenn er nicht aufgetaucht wäre, wäre es nicht so gekommen."

Adam zuckte mit den Schultern. „Das weißt du nicht. Früher oder später ..." Er hielt inne. „Du kannst ihm nicht die Schuld geben, nur weil er deine Erinnerung angestachelt hat. Du hast deinen Vater umgebracht. Und daran bist einzig und allein du schuld."

Er hatte recht. Eva trank die Falsche leer.

„Du musst mich doch hassen?", fragte sie.

„Warum? Erwartest du das? Sollte ich das? Muss man das, wenn man so etwas erfährt? Was ist Recht, Unrecht, richtig, falsch, gut, böse ... keine Ahnung! Lass mich einfach in Ruhe. Los, geh wieder ins Bett. Ich will nicht mehr reden."

Sie nahm eine Flasche Bier mit und zog sich zurück. Die Beziehung zu Adam hatte einen Riss bekommen; ein Riss, der wahrscheinlich nicht mehr heilen würde.

6. Kapitel

Als Eva vor dem Firmengebäude stand, empfand sie diese Welt, in die sie gleich eintreten würde, wie aus einer anderen Zeit, einer Zeit, in der alles anders und die lange her war. Tatsächlich war sie nur eine Woche nicht da.

Sie klopfte an Simons Bürotür, hörte „herein" und trat ein.

„Eva!" sagte Simon und blickte sie überrascht an. Er hatte noch nicht mit ihr gerechnet. „Du bist wieder da."

„Ja, ich wollte mich zurückmelden."

„Du bist also wieder gesund. Ich habe schon befürchtet, dass du noch länger ausfällst, als mir gestern Frau Meining sagte, dass du noch krank wärst. Gut schaust du nicht aus. Bist du wirklich fit?"

„Ja, ja, es geht schon wieder."

„Es gibt eine neue Aufgabe für dich. Ich erkläre sie dir später. Würdest du bitte die Mails, die ich dir geschickt habe, bald beantworten? Übrigens: Kollege Huber ist Vater geworden. Falls du ihm gratulieren willst … „

Eva registrierte, dass Simon den Vorfall bei seiner Frau überspielte. Er machte auf freundlichen Chef. Das war ihr ganz recht. Und doch schoss ihr sogleich die Szenerie bei seiner Frau durch den Kopf. Sie erschrak und fragte sich, was mit seiner Frau sein würde, ob sie vielleicht gar nicht mehr lebte? Sie verdrängte diesen Gedanken und spürte, dass sie es nicht wissen wollte. Nicht jetzt. Es wäre momentan eine zusätzliche Belastung.

Der erste Arbeitstag nach all den Ereignissen strengte Eva sehr an. Die neue Aufgabe war die Organisation eines spontanen Abteilungsmeetings für übermorgen. Eine neue Aufgabe im klassischen Sinne war das nun wirklich nicht, sondern eine Einzelaktivität, die sonst immer die Sekretärin übernahm. Das Meeting, in dem üblicherweise nur fachliche Themen besprochen wurden, diente diesmal zugleich als Abschiedsfeier für einen langjährigen Mitarbeiter, der in den Ruhestand ging. Das gefiel Eva ganz und gar nicht, denn sie musste sich nun auch noch um die Bewirtung, die Dekoration, die Musik und allen möglichen Kleinkram kümmern. Das war ihr alles viel zu viel und stresste sie. Sie war prinzipiell kein Typ, der die Organisation von Veranstaltungen, und schon gar nicht von Feiern, liebte. Obwohl es sie große Überwindung und viel Kraft kostete, die Aufgabe durchzuziehen, hatte diese Arbeit auch einen Vorteil: Eva hatte keine Zeit zum Nachdenken. Dennoch verfolgte sie ihr Problem auf Schritt und Tritt. Immer wieder, ganz unvermittelt, unabhängig davon, wo sie war oder was um sie herum gerade geschah, fühlte sie einen Stich im Herzen, der manchmal so stark war, dass sie keine Luft mehr bekam. Sie musste sich dann kurz festhalten oder hinsetzen.

Mit großer Anstrengung hatte sie es pünktlich geschafft, das Meeting samt der Feier gut vorzubereiten.

Die Veranstaltung verlief erfolgreich. Mit den Reden, die zum Abschied des Kollegen gehalten wurden, konnte Eva nichts anfangen. Sie hörte zwar zu, aber die Worte rauschten an ihr vorbei wie ein leerer Zug. Sie presste ihre Gesichtszüge zu einem Lächeln und verharrte darin, als wäre ihre Mimik eingefroren. Sie konnte erst loslassen, als alle ihre Kollegen wieder weg waren.

Am späten Nachmittag, als sie noch mit Aufräumarbeiten beschäftigt war, kam Simon auf sie zu und bedankte sich für die gute Organisation.

„Ich tu mein Bestes", sagte Eva etwas erschöpft. Sie betrachtete Simon, der vor ihr stand und seien Blick durch den Raum schweifen ließ. Nun hielt sie die Unsicherheit nicht mehr aus und wollte nun doch wissen, was mit seiner Frau war.

„Und sonst?", fragte sie – leise, eindringlich.

Er zuckte mit den Schultern. „Ich werde mehrere Tage nicht in der Firma sein."

„Was hast du vor?"

Er antwortete nicht, sondern warf Eva einen ernsten, schweren Blick zu.

Eva wusste, was das zu bedeuten hatte. Ihr lief ein kalter Schauer über den Rücken. Ihr lag auf der Zunge zu sagen, tu es nicht, du wirst es bereuen, aber sie drehte sich weg und schwieg. Sie schwieg, weil sie wusste, sie würde Simon nicht davon abhalten können. Aber sie schwieg auch, weil sie ihn gar nicht abhalten wollte. Eine eigentümliche Art von Rache durchzog ihre Gefühle: Wenn du schon mein Leben verpfuscht hast, indem du in meiner Vergangenheit gebohrt hast, bis alles hervorkam, dann darfst du gerne auch deines verpfuschen – und gleichzeitig spürte sie ein tiefes Verständnis, beinahe Nähe. Dann – so sprach eine innere Stimme – werden wir das gleiche Schicksal haben.

Sie räumte die letzten Gläser zusammen, setzte sich ins Auto und fuhr auf die Salzburger Autobahn, Richtung Berge. Sie fuhr ziellos immer weiter. Als sie schon lange an Rosenheim vorbeigefahren war, verließ sie die Autobahn, fuhr auf dem Landweg weiter, zu einer Anhöhe und parkte auf einem Parkplatz. Von dort ging ein Wanderweg ab. Sie wechselte ihre Sandaletten gegen Turnschuhe, die sie immer im Auto deponiert hatte, und schritt schnellen Schrittes den Wanderweg entlang, der bald sehr steil wurde.

Ihre Kondition war nicht besonders gut, deshalb musste sie mehrmals stehen bleiben und warten, bis sie wieder Luft bekam. Dann nahm sie eine Abkürzung quer durch den Wald und plötzlich stand sie auf einer Anhöhe mit einem fantastischen Blick ins Tal. Außer ihr war niemand da. Hier, abseits des Weges, war sie ganz allein. Sie ging bis ganz den an Rand auf einen kleinen Felsvorsprung und sah in die Tiefe. Sie betrachtete die Landschaft bis zum Horizont und bemerkte, dass die Sonne schon sehr tief stand und bald untergehen würde. Wieder blickte sie in die Tiefe.

Sie dachte an Simon und an das, was er vorhatte. Sie realisierte, was passieren würde, wenn sie nichts dagegen unternahm. Das durfte nicht sein. Das geht nicht, sagte sie sich, das halte ich nun doch nicht aus. Ich muss ihn abhalten. Er – oder wer auch immer – darf es nicht tun. Vielleicht ist die Frau ja noch zu retten. Vielleicht brauchte sie nur einen guten Arzt, einen Spezialisten. „Verdammte Scheiße, riesengroße Scheiße. Ich muss sofort zu Simon fahren." Aber anstatt zum Auto zurückzulaufen, blieb sie auf dem Vorsprung stehen. Sie fühlte sich bewegungsunfähig, wie gelähmt, und starrte in die Tiefe.

Ich könnte springen, dachte sie. Ich werde springen. Dann ist das alles vorbei. Mein Leben macht keinen Sinn mehr. Ich habe meinen Vater getötet, der nicht sterben wollte. Ich bin allein, ich habe niemanden, mit dem ich darüber reden kann. Meine Freunde? Was sind das schon für Freunde? Die interessieren sich doch nur für sich selbst. Und Adam? Er wendet sich von mir ab. Außerdem braucht er eine Frau, die er besitzen kann, wenn er schon in seiner Firma nicht der Chef ist. Chef – Simon. Meine Arbeit. Ich werde dort verkümmern. Aber wer sonst will mich schon? Aus meinen Bewerbungen ist nie etwas geworden, es gab immer nur Ablehnung oder Ausbeutung. Spaß? Wo ist der Spaß in meinem Leben? Es gab keinen, und es wird keinen geben, weil ich schuldig bin. Weil es mir recht geschieht. Ich habe keine Lebensberechtigung mehr. Es ist vorbei.

Immer stärker wurde der Sog nach unten. Eva wackelte langsam vor und zurück. Sie hob ein Bein und setzte es wieder auf. Sie konnte nicht springen. Ich habe Angst, ich bin zu feige, gestand sie sich ein. Dann fiel sie auf die Knie und bemerkte gar nicht, dass sie sich dabei das rechte Knie aufscheuerte. Sie fühlte sich elend und hilflos, wie ein ausgesetztes Kind. Als sie das verwundete Knie spürte und das Blut heraustropfen sah, legte sie sich auf den Rücken. Dann rollte sie sich auf die Seite und weinte bis die Sonne hinter den Bergen verschwunden war. Sie wäre wohl irgendwann eingeschlafen, wenn sie nicht so stark gefroren hätte.

Sie setzte sich auf, zitterte vor Kälte, hatte Hunger, und es war ihr unheimlich, so ganz allein hier oben am Berg in der Dämmerung. Sie sah sich um und wollte nur noch weg von hier, zum Auto und zurück in die Stadt. Schnell lief sie – so schnell sie ohne zu stolpern konnte – durch den Wald und den Weg hinab bis zum Parkplatz. Sie fasste in ihre Hosentasche, um den Autoschlüssel herauszuholen, aber er war nicht da. Die Tasche war leer. Genauso wie die andere. Sonst hatte sie keine weitere Tasche oder ähnliches, wo sie den Schlüssel hätte eingesteckt haben könnte. In Panik lief sie um den Wagen, vielleicht war ja eine Tür offen. Sie hatte die schreckliche Befürchtung, dass sie den Schlüssel verloren hatte – irgendwo auf dem Weg oder oben am Berg. Kein anderes Auto befand sich auf dem Parkplatz – es würde also niemand mehr kommen. Natürlich nicht. Es war mittlerweile stockdunkel. Sie war der Verzweiflung so nahe, dass sie am liebsten wieder auf den Berg hochgelaufen wäre, um doch noch vom Felsen zu springen. Was sollte sie bloß tun? Sie suchte auf der Fahrerseite nach dem Schlüssel. Vielleicht war er ihr ja hinuntergefallen. Aber nichts. Es war auch zu dunkel, um etwas zu sehen.

Im Auto befanden sich eine Decke, ein Pullover und

ihre Handtasche. Sie musste da rein. Sie suchte nach einem kräftigen Stock, um eine Seitenscheibe einzuschlagen. Das war viel schwerer als sie dachte; es gelang ihr nicht. Sie nahm einen großen Stein und warf ihn mehrmals gegen die Scheibe, bis sie endlich zersprang und sich ein Loch auftat, durch das sie greifen und die Tür von innen öffnen konnte.

Es klappte. Sie war im Auto. Immerhin. Sie streifte sich sofort den Pullover über und wickelte sich in die Decke. Das eingeschlagene Fenster dichtete sie mit Zeitungsprospekten ab und klebte sie mit Pflaster aus dem Verbandskasten fest. Dann versorgte sie ihr Knie.

Die ganze Nacht über konnte sie nicht schlafen, denn jedes knirschende oder raschelnde Geräusch versetzte sie in Panik. Obwohl sie wusste, dass sie in Sicherheit war, dass es hier weder Menschen noch große, wilde Tiere gab, hatte sie Angst. Erst mit der Morgendämmerung konnte sie sich einigermaßen entspannen.

Ihre Blase war voll. Sie setzte sich hinter das Auto. Als sie den Lauf ihres Urins verfolgte, sah sie – vor Freude schrie sie laut auf – den Autoschlüssel! Er lag ganz nah am linken Reifen. Was für ein Glück!

Frühmorgens – es war kurz nach sechs – parkte sie daheim ein. Sie hoffte inständig, dass Adam noch schlief und sie ihm in diesem Zustand nicht begegnen musste. Aber: Pech gehabt. Er kam gerade aus der Toilette, als Eva in die Wohnung schlich. Er sah sie entgeistert an.

„Wo kommst du denn her? Wie siehst du überhaupt aus?"

„Ich ... mir ist ... ein kleines Malheur passiert", stammelte Eva.

„Was für ein Malheur? Kann ich dir helfen?"

„Danke, nein. Ich möchte nur ein Bad nehmen."

„Wo warst du? Bist du überfallen ...", Adam stockte kurz, „vergewaltigt worden?"

„Nein, nein. Nichts dergleichen."

„Wo warst du? Sag schon."

„Ich möchte nicht darüber reden."

„Aber ich. Was hast du angestellt?" Er sah sie misstrauisch an.

„Ich habe nichts angestellt. Bitte Adam, ich möchte jetzt wirklich nicht darüber reden. Später."

„Wie du willst. Du kannst es mir ja heute Abend erzählen." Adam war sauer. Er ging in die Küche und warf die Tür lautstark zu.

Eva badete und schlief noch ein paar Stunden.

Als sie am späten Vormittag in der Firma eintraf, klopfte sie bei Simon, aber das Büro war verschlossen. Er war nicht da – wie er es angekündigt hatte. Ist er bei ihr?, fragte sie sich. Passiert es – jetzt? Ist es schon vorbei? Sollte sie zu Tatjana fahren und sie retten, falls sie noch zu retten war? Sie war davon überzeugt, es tun zu müssen, menschlich, rechtlich und überhaupt. Aber sie tat es nicht. Wieder nicht. Stattdessen saß in ihrem Büro, schaute aus dem Fenster und hörte zu denken und zu fühlen auf. Wie lange sie so dasaß, wusste sie nicht. Wahrscheinlich wäre sie noch länger so dagesessen, der Welt entrückt, wenn sie nicht der Lärm vor ihrem Büro aus ihrem Zustand herausgerissen hätte.

Eine Kollegin war direkt vor ihrem Zimmer gestürzt, hatte sich den Knöchel verstaucht und geflucht. Andere Kollegen halfen ihr auf. Eva mischte sich nicht ein und schloss schnell wieder die Tür. Dann erkundigte sie sich, wie lange Simon freigenommen hatte. Eine gute Woche, hieß es. Lange genug, um … Vielleicht, überlegte sie, denke ich ja vollkommen verkehrt. Vielleicht ist alles anders: Er bringt sie in eine Klinik und sie wird wieder gesund. Vielleicht.

Sie öffnete ihren E-Mail-Briefkasten und begann zu arbeiten.

Am Abend konnte sie Adam nicht mehr ausweichen. Er bestand darauf zu erfahren, was ihr zugestoßen war. Sie erzählte, dass sie in die Berge gefahren war, ihren

Autoschlüssel verloren hatte und deshalb im Auto übernachten musste. Es kam ihm sonderbar vor, am späten Nachmittag noch in die Berge zu fahren. Warum tat sie das? Aber Eva gab ihm keine genaueren Auskünfte, sondern sagte lediglich, dass sie eben ihrem Bedürfnis nach Natur gefolgt sei. Er konnte zwar verstehen, dass sie einiges mit sich selbst zu klären hatte, aber dass sie sich deswegen in abwegige Aktionen stürzte, empfand er als bedenklich. War sie dabei, durchzudrehen? Seine ohnehin nicht eindeutigen Gefühle gegenüber Eva wurden dadurch nur noch verstärkt. Ihr undurchsichtiges Verhalten gepaart mit dieser nicht nachvollziehbaren Verschlossenheit machte ihn aggressiv. Gerade jetzt, so dachte er, müsste sie sich klar äußern, sich verständlich machen, damit ich wieder Vertrauen gewinnen kann. Stattdessen: Geheimnistuerei. Geheimnisse sind anscheinend ihr Metier. So wird das nichts. So nicht.

Zum ersten Mal in seinem Leben verspürte er den Impuls, eine Frau schlagen zu wollen. Am liebsten hätte er sie gepackt und ihr rechts und links einen kräftigen Hieb versetzt.

„Deine Probleme kotzen mich an. Werde wieder normal, verdammt noch mal."

„Ich tu, was ich kann", entgegnete Eva.

„So? Was tust du denn?"

„Ich brauche noch ein wenig Zeit."

„Ob das der richtige Weg ist, wenn du dich nachts in den Bergen rumtreibst? Das möchte ich stark bezweifeln."

„So war das ja nicht geplant", verteidigte sich Eva.

„Dann plane mal was Sinnvolles."

Stellinger, Kunzes Sekretärin, hatte ein Büro mit einer schweren Verbindungstür zu ihrem Chef. Eva stand bereits in Stellingers Büro, als Kunze die Tür aufriss, sich hastig entschuldigte und Stellinger irgendetwas erklärte. Eva warf währenddessen einen Blick in Kunzes Büro und sah dort Simon am Besprechungstisch sitzen. Er war zurück. Ihre Blicke trafen sich. Sie sagte „hallo", er grüßte sie kopfnickend mit einem kleinen Lächeln.

„Guten Tag Frau Hanke. Wie geht's?", fragte Kunze. Es war eine desinteressierte Routinefrage, auf die sie mit „danke, gut" antwortete, so wie man das erwartete. Hätte sie gesagt „leider schlecht", hätte Kunze trotzdem gehört „danke, gut" und hätte sich auch dann ohne Umschweife ebenso wieder Simon zugewandt, wie er das jetzt tat. Er stürzte zurück in sein Büro – und die Tür war zu.

Eva musste Stellinger einige Funktionen von Excel erklären, was sich hinzog, da Stellinger tausend Fragen hatte. Eva wurde innerlich immer ungeduldiger und überlegte, unter welchem Vorwand sie die Schulung abbrechen konnte, aber es fiel ihr nichts ein. Gegen Mittag waren sie endlich fertig.

Sie lief sofort zu Simons Büro. Er war nicht da. Wahrscheinlich war er beim Essen. Sie ging in die Kantine, nahm eine Portion Nudeln – das ging am schnellsten – und hielt nach Simon Ausschau. Sie entdeckte ihn, aber sie konnte sich nicht zu ihm setzten. Er war nicht alleine, sondern saß gemeinsam mit Kunze und zwei Kollegen, die sie nur vom Sehen kannte, am Tisch.

Sie schlang ihre Nudeln hinunter und wartete, bis die Herren fertig waren, in der Hoffnung, dass Simon anschließend zurück in sein Büro ging. So war es aber nicht. Alle zusammen marschierten in ein Nebengebäude. Eva schlich ihnen nach. Sie steuerten auf einen Besprechungsraum zu. Simon bemerkte Eva. Er ließ die Kollegen in den Raum vorgehen und warf ihr vom Türrahmen aus einen verneinenden Blick zu. Und wieder schloss sich die Tür.

Eva fragte sich, was diese verneinende Geste bedeutete? Dass er keine Zeit hat – wahrscheinlich. Oder dass er es nicht getan hat? Oder dass sie nicht mehr lebt? Sie musste es einfach wissen. Sie konnte sich kaum noch auf ihre Arbeit konzentrieren. Sie schrieb ihm eine E-Mail, dass er sich bitte dringend bei ihr melden soll. Nach einer Stunde hatte sie immer noch nichts von ihm gehört. Sie wusste nicht, ob er die E-Mail überhaupt gelesen hatte. Vielleicht war er immer noch in der Besprechung und es war ihm währenddessen nicht möglich, E-Mails zu checken. Nach einer weiteren langen Stunde rief sie Stellinger an und erkundigte sich, wie lange die Besprechung noch gehen würde. Sie wusste es nicht.

Ihr blieb nichts anderes übrig, als zu warten.

Gegen sechzehn Uhr betrat Simon ihr Büro. Er schloss die Tür und lehnte sich dagegen.

Eva drehte sich auf ihrem Bürostuhl zu ihm hin, bekam kaum noch Luft, als sie ihn sah. Ihr Puls hämmerte.

„Hallo Simon", sagte sie ernst und fixierte ihn.

„Hallo Eva." Auch seine Stimme war ernst. Auch er fixierte sie.

Sie starrten sich gegenseitig an.

Eva hoffte, dass er sagen würde, er hätte es nicht getan, er würde es nie tun, er nicht, und auch sonst niemand; sie würde sterben, wenn es an der Zeit sei. Sie hoffte es so sehr. Und genau diese Hoffnung wurde von einem grauen Schleier aus Angst überwuchert – Angst, dass er dies tatsächlich sagen würde. Denn dann wäre sie allein die mit Schuld Beladene. Und er, der sie so bedrängt hatte, hätte sie gleichsam fallen gelassen mit ihrem Leid. Einen Moment lang dachte sie, sie würde ohnmächtig werden. Ihre widersprüchlichen Gefühle kämpften einen Kampf, den sie nicht mehr unter Kontrolle hatte.

„Du bist wieder da?", fragte sie schließlich, um das Schweigen zu durchbrechen und sich zu entspannen.

„Ja, wie du siehst." Simon lächelte ansatzweise, künstlich, wie man es auf eine Verlegenheitsfrage erwartete.

Evas Anspannung ließ nicht nach. Sie konnte keinen Smalltalk führen. Sie wollte nicht mehr warten. Sie musste es wissen. Jetzt. Sie beugte sich ein wenig nach vorne, zu Simon hin, blieb aber sitzen.

„Und?" fragte sie mit großen Augen und hielt den

Atem an.

Simon zog die die Augenbrauen hoch und schwieg.

Eva fixierte ihn noch stärker. „Sag schon."

„Was willst du wissen?"

Eva platzte innerlich beinahe, blieb aber äußerlich ruhig und gefasst. „Was wohl", sagte sie leise. Und noch leiser: „Was ist mit deiner Frau?"

Simon stand reglos da.

„Hast du sie …?", flüsterte Eva.

Er nickte und schloss dabei kurz die Augen. „Es ist vorbei."

Eva schluckte. Er hat es also getan. Nun wusste sie es. Sie spürte, wie ihre Anspannung nachließ.

„Wie hast du es gemacht?"

„Wie geplant."

„Mit dem Pulver aus dem Fläschchen?"

„Ja."

„Was ist das für ein Mittel?"

„Weiß ich nicht. Man schläft friedlich ein – ohne Schmerzen."

„Und bei der Leichenschau wurde nichts bemerkt? Kein Verdacht?"

„Nein. Es wurde ein natürlicher Tod bescheinigt."

Simon blickte zum Boden.

Auch Eva blickte zu Boden. Sie schwiegen, und es herrschte eine beinahe andächtige Stimmung im Raum.

Evas Blick wanderte wieder zu Simon. „Wann war es?"

„Vor einer Woche."

„Oh, schon vor einer Woche. Wann genau?"

„Letzten Donnerstagabend."

Er hatte es also noch nach der Abschiedsfeier des Kollegen gemacht. Der Abend, an dem sie auf dem Berg gewesen war. Sie hatte es wohl gespürt, deshalb fühlte sie sich dem Tod so nah.

„Wie geht es dir?", fragte sie schließlich.

„Hm." Simon zuckte mit den Achseln. „Ich fühle mich

leer. Ich bin erleichtert. Ich habe Schuldgefühle. Ich bin froh, dass ich wieder mehr Zeit haben werde. Ich habe undefinierbare Ängste ... ich weiß nicht, wie es mir geht. Ziemlich beschissen. Und wie geht es dir?"

„Nicht besonders."

Wieder herrschte wortlose Stille zwischen ihnen. Dann fragte Eva: „Wann war die Beerdigung?"

„Vor drei Tagen."

Eva erinnerte sich, wie sie am Grab ihres Vaters gestanden hatte, wie ihr schwindelig wurde und sie nicht mehr stehen konnte. Man hatte sie nach Hause bringen und hinlegen müssen. Danach lief sie tagelang wie ein Gespenst herum.

„Nächste Woche", sagte Simon, „nehme ich noch mal ein paar Tage Urlaub und helfe Doris. Wir müssen Tatjanas Sachen entsorgen und Doris' Wohnung umgestalten. Das ist dringend nötig."

„Das sehe ich auch so. Ob Doris in der Wohnung überhaupt noch leben kann – in der Wohnung, in der ihre Schwester starb? War sie dabei?", fragte Eva.

„Nein, sie weiß nichts davon. Sie war währenddessen bei ihrem Freund." Simon sah Eva prüfend an. „Weißt du, was mich wundert?" fragte er. „Du beschimpfst mich nicht. Du machst mir keine Vorwürfe. Nichts dergleichen. Du redest sogar mit mir – darüber. Du bist irgendwie anders."

„Weiß nicht."

„Doch, du bist anders. Warum?"

„Was soll ich sagen? Ein Mensch ist gestorben. Und wir leben."

Simon hatte recht. Sie war anders. Auch er war anders. Alles war anders.

„… und wir leben", wiederholte Simon.

Eva hatte ein banges, fast unheilvolles Gefühl und gab zu Bedenken: „Es fragt sich nur: wie?"

7. Kapitel

Die Tage zogen sich dahin, die Wochen auch. Eva und Simon arbeiteten sachlich zusammen, ohne über *das Thema* noch einmal gesprochen zu haben. Ein Hauch von Nähe verband sie; keine Nähe im Sinne von Anziehung oder Erotik. Es war das Wissen über den Anderen, ihre dunklen Geheimnisse, die zu einer stummen Übereinstimmung führten. Der Kampf zwischen ihnen war vorüber.

Eva bekam nach der Probezeit eine Festanstellung und eine Gehaltserhöhung – nicht üppig, aber immerhin – und anspruchsvollere Aufgaben zugeteilt. Sie hob von ihrem freigewordenen Festgeld tausend Euro ab, um sich demnächst neu einzukleiden. Doch wozu? Wonach sie sich so lange gesehnt hatte, ein fester Job und ein finanzielles Polster, empfand sie jetzt als unbedeutend, beinahe unwirklich. Sie freute sich zwar, aber es berührte sie lediglich wie ein nettes, aber belangloses Geschenk.

Sie funktionierte – äußerlich. Aber in ihrem Inneren tobte ein Sturm. Den konnte sie zwar tagsüber unter Kontrolle halten, aber nachts brach er umso heftiger aus.

Sie schlief schlecht. Fast jede Nacht hatte sie Albträume von sterbenden, ermordeten oder um Hilfe schreienden Männern und Frauen. Sie träumte von ihrem Vater, von Tatjana, von Gräbern und Hinrichtungen, die

240

sie verhindern hätte müssen, aber nicht konnte, da sie selber in einem Kerker saß und auf ihr Todesurteil wartete. Oft schrie sie, wachte schweißgebadet auf, trank Schnaps, oder stellte sich auf den Balkon, um sich abzukühlen.

Adam bekam durchaus mit, was mit Eva los war. Doch er sagte dazu nichts. Sie sprachen ohnehin nicht mehr viel miteinander, schon gar nicht über ihre Gefühle. Die Kommunikation reduzierte sich auf das Notwendigste: „Wann kommst du nach Hause? Kannst du Milch mitbringen? Ich bin morgen Abend nicht da". Das eigentliche Thema, ob und wie es mit ihnen weiterginge, wurde ausgeklammert.

Adam war freundlich, hielt aber Abstand von Eva – in jeder Hinsicht. Er erzählte ihr nichts mehr von sich, er fragte sie auch nichts, jedenfalls nichts Persönliches. Er berührte sie nicht mehr und wich Berührungen ihrerseits aus. Dabei hätte sie es sich so gewünscht, in den Arm genommen zu werden.

Nach einem eher ruhigen Arbeitstag war Eva bereits gegen fünf Uhr zu Hause. Sie saß im Wohnzimmer, blätterte die Zeitung durch und überlegte, später einkaufen zu gehen und dann eine bunte Gemüsepfanne zu machen. Plötzlich hörte sie, dass jemand an der Wohnungstür war. Sie erschrak, dachte im ersten Moment an Einbrecher, doch dann hörte sie das typische Räuspern von Adam.

„Du bist schon da?" Eva spähte aus dem Wohnzimmer.

„Ja, wie du siehst."

Adam zog sich um und wusch sich die Hände. Dann setzte er sich ins Wohnzimmer, Eva gegenüber.

„Hattest du Ärger, oder warum kommst du so früh? Ich wollte nachher einkaufen und etwas kochen. Dann können wir heute mal wieder zusammen essen. Oder wir gehen in ein schönes Restaurant. Was meinst du? Wäre vielleicht sogar besser – ein wenig Abwechslung …"

„Stopp!" Adam unterbrach sie. „Eva, was soll das?

„Es war nur ein Vorschlag."

„Darum geht es nicht; das weißt du ganz genau."

„Nein, natürlich geht es nicht darum. Ich möchte, dass wir wieder ganz normal miteinander umgehen, es wenigstens versuchen. Das wäre doch heute eine Gelegenheit. Oder warum bist du schon hier?"

„Ich muss mit dir reden."

Eva setzte sich auf und ahnte nichts Gutes.

„Ich kann nicht so tun", begann Adam mit steinerner Miene, „als wäre alles wieder in Ordnung. Das funktioniert nicht. Ich kann das, was du mir erzählt hast, nicht einfach beiseite wischen. Ich muss hierzu irgendwie Stellung beziehen, doch das ist nicht so einfach. Soll ich mich von dir abwenden? Kann ich *es* verstehen und weiter zu dir stehen? Ich hänge da irgendwo dazwischen. Manchmal möchte ich dich einfach wegschubsen und mit dir und deinem – wie soll man das nennen? – *besonderem Problem* nichts mehr zu tun haben."

„Damit hast du auch nichts zu tun", unterbrach ihn Eva. „Es ist meine Sache."

„Oh nein, Eva. Du bist nicht irgendeine fremde Frau, sondern du lebst an meiner Seite. Ich sehe sehr wohl, dass es dir nicht gut geht. Kein Wunder. Und du tust mir auch leid. Aber – Eva, man kann es drehen und wenden wie man will: Du hast eine Straftat begangen, eine, die ich dir nie im Leben zugetraut hätte. Niemals. Tatsache ist: du bist zu einigem fähig! Und ich frage mich: Würdest du unter bestimmten Umständen wieder töten?"

Eva erschrak und schluckte. Sie starrte Adam mit weit aufgerissenen Augen entsetzt an.

„Du bist mir unheimlich geworden", fuhr er fort. „Vielleicht habe ich sogar Angst vor dir."

„Ich bin doch keine ...", Mörderin hätte Eva sagen wollen, sprach den Satz aber nicht zu Ende.

Adam warf ihr einen kalten Blick zu. „Auch wenn du

242

es nicht aussprichst, dann sag ich es: Du bist eine Mörderin."

„Wie du das sagst. So brutal. Ich bin doch nicht irgendeine gewöhnliche Mörderin, die aus selbstsüchtigen, niederen Motiven jemanden umgebracht hat."

„Was soll denn eine *gewöhnliche* Mörderin sein? Das gibt es nicht. Kein Mord ist gewöhnlich. Und das ist genau das Problem. An Mord kann man sich nicht gewöhnen. Darf man sich nicht gewöhnen. Du hattest mir vor einiger Zeit erzählt, dass dich dein Chef als Killerin anheuern wollte. Ich frage mich, ob du nicht doch dazu bereit wärest, ab einer gewissen Summe ... „

„Nein!" Eva war entsetzt. „Nein und nochmals nein", zischte sie.

„Ich hoffe es."

„Ich bin doch nur noch ein Wrack! Siehst du nicht, wie mich das alles belastet?"

„Durchaus. Aber ich kann dir dabei nicht helfen. Ich kann es wirklich nicht. Ich kann dir nicht mehr vertrauen."

Ein kühler Luftzug strömte durch das Wohnzimmer. Die Seiten der Zeitung wehten durch den Raum. Adam stand auf, schloss das Fenster und sammelte die Blätter auf. Dann setzte er sich wieder auf den Sessel, Eva gegenüber.

„Es ist besser, wenn wir uns vorübergehend trennen".

„Daran habe ich auch schon gedacht. Vorübergehend heißt natürlich endgültig", stellte Eva klar.

„Mag sein."

„Unser Experiment ist gescheitert. Ich ziehe so bald wie möglich aus. Aber ad hoc wird es nicht gehen. Du kennst die Wohnungssituation in München."

„Ich habe noch eine Wohnung im Glockenbachviertel, zwei Zimmer, ruhig gelegen mit Balkon. Dort kannst du einziehen. Die Wohnung ist zufällig frei geworden."

„Tatsächlich? Gut. Okay, dann zieh ich dort ein. Danke, dass du mir die Wohnung überlässt. Aber ich kann dir vermutlich nicht so viel Miete zahlen …"

„Mir geht es nicht ums Geld. Aber ich möchte, dass du umgehend deine Sachen packst. Morgen bekommst du einen Vertrag. Hier sind die Schlüssel."

Noch am selben Abend besichtigte sie die Wohnung. Sie war frisch renoviert und hatte einen großen Balkon mit Grünpflanzen, die vermutlich zurückgelassen wurden. Auch eine schöne Einbauküche war vorhanden. In der Umgebung gab es einige nette Restaurants und Cafés. Eva war zwar mehr als froh, dass ihr Adam die Wohnung überließ, aber unendlich traurig, dass die Beziehung gescheitert war.

8. Kapitel

In der Firma hatte sich herumgesprochen, dass Simons Frau gestorben war. Wenn er gefragt wurde, woran, sagte er: Organversagen nach einer schweren Krankheit. Das war die offizielle Version der Todesursache. Man vermutete Krebs.

Eva ging zu Simon ins Büro und fragte, ob sie Urlaub nehmen könnte.

„Momentan wüsste ich nicht, dass etwas Wichtiges ansteht. Von daher: ja. Fährst du weg?", fragte er routinemäßig.

„Nein. Ich ziehe um. Ins Glockenbachviertel."

„Öha!" Simon zog die Augenbrauen hoch. „Du bist doch erst bei diesem … wie heißt er gleich wieder?"

„Adam." Eva lächelte gezwungen.

„Genau. … bei diesem Adam eingezogen."

„Es geht nicht mehr."

„Hm. Nun ja. Schade eigentlich."

„Das sagst du? Du müsstest dich doch freuen, so wie du dich aufgeregt hast, als ich aus unserem Haus ausgezogen bin."

„Das war blöd."

„Das kann man wohl sagen."

„Bleibst du denn in dem Apartment?" Sie konnte immer noch nicht verstehen, warum er sich nicht längst was

Besseres gesucht hatte.

„Ich bin bereits ausgezogen."

„Oh! Warum hast du mir das gar nicht gesagt?"

„Vergessen – bei all den Ereignissen."

„Wo wohnst du denn jetzt?"

„Ich bin bei … wie soll ich sagen? …" Simon zögerte, Eva seine neue Wohnsituation mitzuteilen. Dann weihte er sie doch ein, denn sie würde es vermutlich sowieso erfahren. „Nach der Beerdigung von Tatjana habe ich es in dem kleinen Apartment nicht mehr ausgehalten, allein, mit den vier Wänden um mich rum, die immer näherkamen, mich erdrückten. Ich dachte, ich ersticke. Ich musste raus. Sofort. Ich bin vorübergehend bei meiner neuen Freundin, bei Sina, so heißt sie, eingezogen. Sie hat mich sozusagen aufgenommen. Kannst du nachvollziehen, dass ich es alleine nicht mehr aushielt?"

„Kann ich. Deine Freundin, diese Sina – ist sie blond?"

„Ja, warum fragst du?"

„Ich habe sie schon mal gesehen – glaube ich. Als ich noch in unserem schrecklichen Haus wohnte, warst du mal ein paar Tage krank – du hattest dich jedenfalls krankgemeldet. Ich hatte geklingelt und wollte fragen, ob ich dir etwas besorgen soll, da öffnete eine hübsche, blonde Frau."

„Das kann nur Sina gewesen sein. Sonst hat mich keine Frau besucht."

„Ich bin ihr sonst nie begegnet."

„Das wundert mich nicht. Sie war ganz selten bei mir."

„Alles ändert sich. Mit Adam ist es aus und du bist mit einer neuen Frau zusammen. Weiß sie Bescheid?"

„Nein. Das wird sie nie erfahren. Das weiß nur du."

„Gut so", murmelte Eva kaum hörbar. Sie dachte an Adam und an Leo von der Telefonseelsorge. Sie waren Mitwisser. Nicht gut, aber das ließ sich nicht mehr ändern.

Eva räusperte sich. „Ich möchte dir noch etwas sagen. Etwas Wichtiges. Hast du Zeit?"

„Ja.“

„Es dauert nicht lange.“ Sie setzte sich auf den Stuhl gegenüber Simons Schreibtisch und holte Luft.“

Simons Telefon klingelte – ausgerechnet jetzt.

„Moment“, sagte er und hob ab. Anscheinend nahm er nur ein paar Informationen entgegen, denn er sagte lediglich mehrmals „ja … okay … verstehe“ und deutete Eva, sie möge sitzenbleiben. Als das Gespräch zu Ende war, machte er sich einige Notizen, dann widmetet er sich wieder Eva.

„Wo waren wir stehengeblieben?“

Evas Gesichtsausdruck wurde ernst. Sie zog die Augenbrauen zusammen. Ihre Sorgenfalten gruben sich in die Tiefe ihrer an sich glatten Haut.

„Ich muss dir etwas Wichtiges sagen. Würdest du bitte das Telefon umleiten?“

„Okay.“ Er drückte auf die Umleitungstaste, lehnte sich zurück und wartete.

„Du hast recht gehabt“, begann Eva. Sie atmete tief ein und hörbar wieder aus.

„Mit was?“

„Die Tage neulich, als ich krank war, also nach dem du mich zu Tatjana geschleppt hast, da ging es mir wirklich nicht gut. Die ganze Situation war schrecklich.“

„Das war ein Fehler. Das weiß ich jetzt, aber ich habe einfach nicht mehr durchgeblickt und ...“

„Okay, mag sein“, unterbrach ihn Eva. „Darum geht es mir jetzt nicht.“

„Nicht? Ich dachte, du würdest darüber reden wollen.“

„Nein. Es geht um etwas anderes. Als ich krank war, fuhren Adam und ich in ein Hotel zur Erholung. Ich hatte mich auch erholt, bis – ausgerechnet an meinem Geburtstag ...“

„Oh Gott. Den habe ich ganz vergessen“, fiel ihr Simon ins Wort. „Für eine Gratulation ist es jetzt natürlich absolut zu spät. Sorry.“

„Kann ich jetzt bitte ausreden?“

„Ja, klar. Bitte sprich weiter."

Sie holte erneut Luft. „Ausgerechnet an meinem Geburtstag kam ein alter Mann im Hotel an. Wir unterhielten uns. Er hatte die gleichen Augen wie mein Vater. Es war, als würde ich direkt in die Augen meines Vaters blicken. Es war unerträglich. Und dann, ja dann Simon, konnte ich mich plötzlich wieder an alles erinnern, wie das damals war in Borgenlau, wie mein Vater starb. Es war so, wie du sagtest. Deine Beobachtung war richtig."

Simons Kinn klappte nach unten. Er zuckte mit den Nasenflügeln. Ohne seinen Blick von Eva abzuwenden, drehte er den Kopf ein wenig zur Seite, als würde er ein Echo hören, das etwas anderes sagte, als das, was er gerade gehört hatte. Er konnte es kaum glauben – sie hatte tatsächlich alles vergessen gehabt. Er hatte immer gedacht, sie würde die Tat verleugnen, weil sie sich damit nicht auseinandersetzen wollte. Er war froh, dass sie es ihm gegenüber zugeben konnte und dass dieses *Missverständnis* endlich beseitigt war.

„Adam", fuhr Eva fort, „weiß Bescheid. Er hat mitbekommen, wie ich plötzlich mehr oder weniger zusammengebrochen bin. Ich habe diese Erkenntnis immer noch nicht verkraftet. Es ist sehr schwer."

„Ja, das glaube ich dir gerne. Ach Eva … ich konnte mir nicht vorstellen, dass man so etwas vergessen kann. Aber ist es nicht auch gut, dass du über diesen unbewussten Teil deiner Vergangenheit nun Klarheit hast?"

„Gut ist momentan gar nichts. Ich muss mit der Wahrheit zurechtkommen. Kann ich aber nicht. Irgendwie hast du das alles ins Rollen gebracht."

„Hasst du mich dafür?"

„Ja und nein." Sie zuckte mit den Achseln. „Ja, weil ich nicht mehr so leben kann wie früher; ich habe enorme Schuldgefühle. Nein, weil es ist, wie es ist. Ich kann nicht mehr flüchten. Ich muss der Wahrheit ins Gesicht sehen."

„Adam weiß also Bescheid. Beunruhigt dich das?"

„Nein. Adam zeigt mich nicht an.“

„Bist du dir da sicher?“

Eva nickte. „Das tut er nicht. Das weiß ich.“

„Ich nehme an, er kann mit der Situation nicht umgehen, und deshalb ziehst du aus.“

„Ja. Leider. Die Beziehung hätte eine Chance gehabt.“ Eva spürte, wie ihr die Traurigkeit den Hals verengte. Sie war den Tränen nahe. „Das war's, was ich sagen wollte.“ Sie schluckte. „Ich muss jetzt gehen.“

Sie stand vom Bürostuhl auf und stand verloren im Zimmer. Auch Simon erhob sich und begleitete Eva die paar Schritte zur Tür. Er legte eine Hand auf ihre Schulter und lächelte. Obwohl es nur ein verhaltenes Lächeln war, empfand es Eva als nicht passend. Ihr war ganz und gar nicht nach Lächeln zumute.

Einige Kollegen, mit denen sie gelegentlich zu tun hatte, standen zusammen, unterhielten sich, lachten. Als sie an ihnen vorbeiging, verstummten sie, grüßten Eva freundlich, aber distanziert. Es war wie eh und je: Eva gehörte nicht dazu. Sie versuchte, sich damit abzufinden, obwohl sie gerade jetzt ein klein wenig heitere Abwechslung dringend nötig gehabt hätte.

Am Nachmittag ging sie in die Kaffeeküche. Sie stand an einem der Stehtische. Allein. Am Tisch daneben war eine Gruppe von zwei Frauen und zwei Männern dabei, Kuchen zu verteilen. Eva warf einen Blick hinüber, was einer der Männer bemerkte.

„Wollen Sie eine Ecke? Wir haben genug.“

„Sehr lieb von Ihnen, aber nein danke.“

„Sie können gerne ein Stück haben.“

„Nein, danke“, wiederholte Eva und schüttelte dabei den Kopf.

Die Gruppe sprach über alles Mögliche und blieb beim Thema *steuerliche Vorteile der Ehe* hängen.

Eva hörte nur nebenbei zu. Es interessierte sie nicht. Doch dann hörte sie den Namen Schmidt. Obwohl die

Gruppe plötzlich leiser sprach, konnte sie trotzdem verstehen, dass es um Simon ging: „Erst vor Kurzem ist seine Frau verstorben, er hat nicht genau gesagt woran, schon irgendwie komisch, er kann es doch sagen, ist doch nichts Besonderes, außer bei AIDS, was es bestimmt nicht war, Schmidt ist ja ein solider Mensch, ha, ha!, nach außen hin, man muss sich mal vorstellen, seine Frau war noch nicht richtig unter der Erde, schon ist er mit einer anderen zusammengezogen, wie pietätlos manche Menschen sind, denken nur an sich, dieser Schmidt ist auch so einer, der von einer zur anderen hüpft, bestimmt hatte er seine kranke Frau im Stich gelassen ...“

Jetzt reichte es Eva. Jetzt musste sie sich einmischen.

„Entschuldigung“, sagte sie laut und deutlich.

Sofort blickte sie die Gruppe überrascht an.

„Es tut mir leid, ich habe unbeabsichtigt den letzten Teil Ihrer Unterhaltung mitbekommen. Ich kann dazu was sagen. Wissen Sie, ich bin eine Mitarbeiterin von Herrn Schmidt. Ich möchte nur erwähnen, dass sich Herrn Schmidt sehr wohl um seine kranke Frau gekümmert hat.“

„So, so. Wenn Sie das wissen ...“, sagte die Dame mit der blauen Bluse und verzog grinsend das Gesicht.

„Ja, das weiß ich. Er hat mir von seiner kranken Frau erzählt.“

„Erzählen kann man viel.“ Die Frau schob sich ein Stück Kuchen in den Mund und sagte, während sie kaute: „Ich glaube, ich kenne Sie. Ich habe Sie schon mal gesehen.“

Eva zog die Achseln hoch. „Hm. Man sieht sich hier gelegentlich zwangsläufig.“

„Schmidt hat erst vor Kurzem gesagt, dass seine Frau krank ist. Finde ich komisch“, warf der Jüngere der beiden Männer ein.

„Warum? Man muss sein Privatleben doch nicht an die große Glocke hängen“, entgegnete Eva.

„Das behauptet ja niemand.“ Es mischte sich der ältere

Mann ein. „Schmidt war ja nur ein Beispiel."

„Für was?", fragte Eva.

„Dafür, dass manche Leute pietätlos sind. Oder finden Sie das in Ordnung, dass man sofort nach dem Tod der Ehefrau zu seinem *Verhältnis* zieht?"

„Woher wollen Sie überhaupt wissen, dass Herr Schmidt zu seinem *Verhältnis* – wie Sie das bezeichnen – gezogen ist, dass er überhaupt umgezogen ist?"

Die Frage beantwortete die andere Kollegin: „Ich bearbeite die Umzugsmeldungen. Er wohnt bei einer Frau *irgendwie,* hat eine c/o-Adresse gemeldet. Wohl so lange, bis die neuen Schilder da sind."

„Und wenn schon. Das sagt doch nichts aus", beharrte Eva.

„Wenn ein Mann zu einer Frau zieht, ich bitte Sie, dann hat das doch einen Grund. Ein Mann wie er wird wohl kaum als Untermieter absteigen. Bei den Gehältern, die die Abteilungsleiter bekommen! Dass ich nicht lache."

„Ich wollte nur klarstellen, dass Schlussfolgerungen nicht immer richtig sind."

„Ich weiß jetzt, wer Sie sind", zischte die Kollegin mit der blauen Bluse. „Vor einiger Zeit haben Sie sich genau hier in dieser Kaffeeküche zu erkennen gegeben. Ich stand in einer Ecke, Sie werden sich nicht mehr erinnern. Aber ich weiß noch genau, wie das war: Sie standen neben Schmidt mit ein paar Kollegen. Man unterhielt sich über einen Fall aus Aktenzeichen XY und sie sagten – was heißt sagten, Sie haben fast geschrien –: ‚ich war es nicht!'. War schon irgendwie eigenartig."

„Genau das meine ich", verteidigte sich Eva. „Sie hören etwas, ziehen falsche Schlussfolgerungen und erzählen falsche Sachen, wodurch Sie Leute in eine missliche Lage bringen."

„Sie behaupten also, ich erzähle falsche Sachen, nur weil ich etwas eigenartig finde? Das nehmen Sie zurück, das geht zu weit."

„Es geht auch zu weit, wenn Sie mich mit einem Fall aus Aktenzeichen XY in Verbindung bringen."

„Wenn Sie rumbrüllen, dass Sie es, was auch immer, nicht waren, da denkt doch jeder, dass hier irgendwas nicht stimmt."

„Der Satz stand in einem ganz anderen Kontext, hatte mit XY überhaupt nichts zu tun."

„Soso."

Eva realisierte, dass die Diskussion absolut sinnlos war.

„Sie wissen gar nichts", sagte sie nun ganz ruhig. „Manches, das einfach und logisch erscheint, ist in Wirklichkeit schwierig und komplex und mit Leid verbunden. Das sieht man nur nicht. Schönen Tag noch."

Am Wochenende, als sie zu packen anfing, ging ihr die Szene in der Kaffeeküche nicht mehr aus dem Kopf. Wollte Sie in dieser Firma, in der sie von den Kollegen mehr oder weniger gemobbt, zumindest ausgegrenzt wurde, wirklich noch länger arbeiten? Und Simon? Sein bloßer Anblick würde sie stets an die Vergangenheit erinnern, und die Wunde, sollte sie jemals heilen, würde wieder aufgerissen werden. Es war besser, einen Schlussstrich zu ziehen.

Sie brauchte sich auf dem Weg zu Simons Büro nichts überlegen, denn ihr Entschluss stand fest. Endgültig. Sie wollte hier nicht mehr arbeiten. Es reichte. Als sie ihm sagte, dass sie kündigte, endgültig, ohne Wiederkehr, reagierte er nicht besonders überrascht. Und als sie sagte warum – sie erzählte auch von dem Vorfall in der Kaffeeküche –, nickte er verständnisvoll.

„Ich komme aus der Nummer nicht mehr raus, und das halte ich auf Dauer nicht aus. Es gibt in dieser Firma zu viel Ratsch und Tratsch und alles ist festgetrampelt. Da weicht nichts mehr auf. Ich habe hier einen zweifelhaften Ruf und daran wird sich nichts ändern. Außerdem –

falls du das noch nicht wissen solltest – über dich wird auch schlecht geredet. Aber in deiner Position ist das wohl nicht so wichtig."

„Der normale Flurfunk geht an mir vorüber, so lange Kunze nichts in den falschen Hals bekommt. Du kündigst also definitiv?"

„Ja."

„Nun gut. Vielleicht ist es für dich wirklich besser, wenn du dem allen hier den Rücken kehrst, auch mir. Du musst mal richtig durchatmen. Apropos durchatmen. Hast du Lust, dass wir draußen eine kleine Runde drehen – sozusagen ein Abschlussspaziergang?"

„Oh! Wie ungewöhnlich. Gerne. Ich habe nichts dagegen."

Die Sonne schien, es war angenehm warm. Sie überquerten ein paar Straßen und liefen dann direkt auf einen kleinen Park zu. Sie waren fast alleine unterwegs.

„Könnte ich dich noch irgendwie überreden zu bleiben? Willst du mehr Geld?"

„Geld? Nein. Dadurch würde sich nichts ändern. Ich habe dir geschildert, warum ich mich nicht mehr wohlfühle und dass ich einen Neuanfang möchte. Du hast ja bereits einen Neuanfang mit einer neuen Frau. Deine Belastung ist … "

Eva sprach den Satz nicht zu Ende. Sie hatte plötzlich ein befremdliches Gefühl, das sie irritierte und innerlich aufwühlte. Und dann stellte sie fest, dass sie eine Frage, die ihr augenblicklich in den Sinn kam, nie gestellt hatte – und die sie nun unbedingt stellen musste: „Hast du Tatjana verbrennen lassen?"

„Wie bitte? Wie kommst du jetzt darauf? Aber okay, ja, habe ich. Ist das von Bedeutung?"

„Weil es dich mit Sicherheit weniger belastet, wenn du weißt, dass man sie nicht mehr ausgraben kann."

„Ausgraben? Wozu?"

Simon, ich habe einen Verdacht. Ich bin mir sogar sehr sicher. Ich weiß es einfach."

„Was denn? Ausgraben, Verdacht … Wovon redest du?"

„Tatjanas Krankheit war nicht die Folge eines Unfalls. Du wolltest sie ermorden, aber es hat nicht geklappt. Sie hat überlebt. War es so?"

„Oh!" Simon blieb stehen und starrte Eva an. „Wie kommst du darauf?"

„Weil mir jetzt klar geworden ist, warum *ich* sie umbringen sollte. Nicht, weil du dazu nicht in der Lage gewesen wärst, sondern es ging dir um ein Alibi. Ich sollte – ohne dich! – mit deiner Frau in der Wohnung sein und etwas in ihren Tee schütten. Und du wärst an diesem Tag oder vielleicht tagelang ganz woanders gewesen, verreist, in einer anderen Stadt. Das perfekte Alibi."

„Gut kombiniert, wenn auch etwas spät."

„Du streitest es also nicht ab? Du versuchst es nicht mal?", zischte Eva.

„Nein, warum sollte ich?"

„Weil … was weiß ich …"

Simon setzte sich wieder in Bewegung. „Es macht keinen Sinn, es abzustreiten. Was könntest du denn mit diesem Wissen anfangen? Nichts, gar nichts. Ich hätte es dir aber von mir aus nicht gesagt. Nicht jetzt."

„Ich möchte die Wahrheit wissen: Was hast du mit ihr gemacht? Was war das damals für ein *Unfall*? Sie ist doch nicht in die Bahngleise gefallen, weil sie ausgerutscht ist? Ausgerutscht – ich bitte dich! Hat das niemand gesehen? Wo warst du? Du hast sie geschubst, nicht wahr? Hat die Polizei dich gar nicht verdächtigt? Kein Mensch fällt einfach so in die Bahngleise."

„Sie ist tatsächlich in die Gleise gefallen. Ich habe sie nicht geschubst, denn ich war gar nicht dabei, als es passierte. Der Grund war ein anderer."

„Ja, und welcher?"

„Ich hatte ihr beim Frühstücken etwas in den Tee getan."

„Ach, schau an. Der berühmte Tee. Und weiter?"

„Der Stoff hat nicht gewirkt oder ich habe ihr zu wenig gegeben. Ihr ist eine halbe Stunde später, als sie an der U-Bahn stand, anscheinend nur schwindlig geworden und deswegen ins Gleis gefallen. Man hat sie ins Krankenhaus gebracht. Es wurde alles mit ihr gemacht, was nötig war, und man fand auch eine ungewöhnliche Substanz in ihrem Körper. Natürlich stand die Vermutung im Raum, dass es ein Suizidversuch gewesen sein könnte, aber selbstverständlich bestritt sie es. Und natürlich wurde auch ich verhört. Aber es gab kein Motiv. Ich hatte in doppelter Hinsicht Glück: Tatjana hatte mich nicht verdächtigt. Sie war ein paar Wochen davor in Indien gewesen und glaubte, dass sie sich dort eine Krankheit eingefangen hatte. Und außerdem funktionierte Ihr Gedächtnis nach dem Unfall nicht mehr so zuverlässig, was natürlich auch die Polizei feststellte. Man konnte mir nichts nachweisen."

„Aber du hattest Angst, dass du bei einem zweiten Versuch nicht mehr so glimpflich davonkommen könntest. Und dann bin ich dir über den Weg gelaufen."

„So in etwa."

Eva schüttelte den Kopf und war fassungslos, wenn auch nicht wirklich überrascht. „Warum, verdammt nochmal, wolltest du sie denn überhaupt umbringen? Wegen einer anderen Frau? Wegen Sina?"

Nun schüttelte auch Simon den Kopf. „Damals kannte ich Sina noch gar nicht."

„Warum dann?"

„Weil sie mich verlassen wollte."

„Weil sie dich was ...? Verlassen wollte? Das soll der Grund gewesen sein? Das kannst du sonst jemanden erzählen – mir nicht. Wenn man verlassen wird, versucht man, den anderen zurückzubekommen – lebendig! Weißt du, was ich glaube? Du wolltest sie schlichtweg loshaben, warum auch immer. Du bist ein eiskalter Mörder."

„Du etwa nicht?"

Eva schwieg. Sie wusste nicht, was sie dazu sagen sollte. Sie wollte keine moralische Debatte. Das ging bereits mit Adam schief. Nach einer kurzen Schweigepause – ihre Emotionen hatte sie wieder im Griff – fragte sie in einem normalen Tonfall: „Was war passiert? Ich will die Wahrheit wissen."

„Willst du das wirklich?" Simon blickte sie zweifelnd an. „Ich bin mir da nicht so sicher. Ich habe vielmehr den Eindruck, dass du mich ohnehin schon verurteilt hast und gar nicht bereit bist, mir zuzuhören und meine damalige Situation zu verstehen. Vielleicht ist es besser, wir kehren um und belassen es dabei."

„Du gibst es zu und dann willst du nicht darüber reden? Das ist nicht fair. Du kannst mich nicht mit diesem Halbwissen stehenlassen. Ich würde unentwegt grübeln: warum, weshalb, wieso. Erzähl mir, was damals geschah."

Simon verlangsamte seinen Schritt, warf Eva einen prüfenden Blick zu und sah sich um, als könnten sie belauscht werden. Niemand war in ihrer Nähe. Dann starrte er einige Sekunden auf den Weg und begann mit gedämpfter Stimme zu erzählen:

„Ich habe Tatjana sehr geliebt. Sie war meine wahre, große Liebe, die ewig dauern sollte. Ich war von ihrer Zuneigung abhängig, brauchte sie wie die Luft zum Atmen. Tatjana war die erste Frau, mit der ich mich vollständig füllte – und sie sich wohl auch mit mir. Wir heirateten. Alles passte. Im Laufe der Zeit passte manches nichts mehr. Sie war Dolmetscherin und zunehmend unterwegs, auch im Ausland. Dann wurde sie arbeitslos und machte sich selbständig. Sie war abends immer zu Hause, wenn ich von der Arbeit kam. Anfangs gefiel uns das, aber im Laufe der Zeit wurden wir uns zu viel. Trotzdem habe ich sie immer noch vergöttert.

Eines Tages sagte sie am Frühstückstisch wie aus heiterem Himmel ‚ich werde dich verlassen'. Ich sah sie an, sie sah mich an. Dann sagte ich ‚ja, okay' und schüttete mir eine Tasse Kaffee ein. Nach etwa zwei Minuten realisierte ich, was sie gesagt hatte, und ich dachte mir, ich muss mich verhört haben. Ich fragte sie, was sie gesagt hätte und sie wiederholte den Satz. Wie in Trance fragte ich nur: ‚wann?‘ Und sie antwortete ganz ruhig und gelassen, als würde sie mir mitteilen, dass sie ein neues Radio bestellt hätte: ‚Ich denke, in zwei Wochen. Ich ziehe erst mal zu einer Freundin.‘ Auch ich war ganz ruhig. Ich machte keine Szene. Ich spürte: nichts. Dann sagte sie noch: ‚Es gibt keinen anderen Mann, wenn du das meinst. Zwischen uns ist es doch längst aus; ich ziehe jetzt die Konsequenzen.‘ Dann stand sie auf, verließ die Küche und fuhr in die Stadt.“

Eva blieb stehen und sagte: „Scheiße. Ziemlich heftig. War das wirklich so?“

„Ja. Als sie gegangen war“, fuhr Simon fort, „zog es mir den Boden unter den Füßen weg. Ich fühlte mich wie ein Totgeweihter, der in zwei Wochen sterben würde. Ich verstand es nicht, gar nichts mehr verstand ich. Ich war wieder der, den man einfach wegschubsen kann, den man links liegen lässt, wenn er nicht mehr passt, wieder dieser Niemand, wie früher in unserem Dorf, wie später mit anderen Frauen. Ich konnte nicht mehr. Ich war am Ende. Wir haben kein Wort mehr über das Thema verloren, und ich bestellte im Internet ein Mittel, um mich umzubringen.“

„Im Internet?“, fragte Eva ungläubig nach.

„Ja, im Darknet.“

„Oha. Du kennst dich damit aus? Das hätte ich dir gar nicht zugetraut.“

„Das ist nicht schwer.“

„Ich weiß.“

„Als das Mittel da war, starrte ich es mehrere Tage an und war nicht fähig, es zu nehmen. Ich war zu feige. Ich wollte nicht sterben. Ich wollte nur, dass Tatjana blieb, sonst nichts. Ja, ich redete mir ein, dass sie das nicht ernst gemeint hatte und dass wir uns mal aussprechen müssten, aber ich schwieg und steckte den Kopf in den Sand – als ob sich dadurch jemals was ändern würde.

Dann kam der Tag. Ich wusste nicht, dass es *der Tag* war. Wir saßen wieder am Frühstückstisch. Sie sagte, sie müsse heute noch was erledigen, aber am Abend würde sie dann einige Sachen packen und gehen. Alles weitere könnten wir beizeiten klären. Ich begriff alles und nichts. Ich starrte sie nur kurz an und dachte mir, nein, du gehst nirgendwo hin, du bleibst hier. Dann holte ich wie in Trance das Mittel – eine farb- und fast geschmacklose Flüssigkeit, ein klein wenig bittersüß, aber sehr dezent. Ich schüttete es in ihre halbvolle Teekanne, als ich sie bat, aus dem reichlich gefüllten Kühlschrank nach der Marmelade zu schauen, denn ich hätte sie nicht finden können. Ich wusste, dass wir keine Marmelade mehr im Kühlschrank hatten, weil ich selbst schon nachgesehen hatte. Sie ging zum Kühlschrank und durchsuchte die Ablagen, was ein wenig dauerte. Ich hatte also genug Zeit. Sie trank ihren Tee. Sie bemerkte nichts, sagte nur, dass sie mal die Sorte wechseln sollte, er würde ihr nicht mehr so gut schmecken. Ich wartete. Ich dachte, sie müsste jeden Augenblick umkippen. Nichts passierte. Sie frühstückte in Ruhe zu Ende, stand ganz normal vom Stuhl auf, fasste sich nur kurz an den Bauch, als hätte sie Blähungen, nahm ihre Handtasche und ging."

Eva konnte das alles kaum glauben: „Also, wenn das ein Stoff war, der einen töten sollte, da muss man doch was merken."

„Sie hat nichts gemerkt. Und ich saß da und dachte mir nur, dass man mir Wasser mit Süßholzextrakt verkauft hat. Und war irgendwie froh. Und gleichzeitig maßlos enttäuscht. Ich fühlte mich gedemütigt; ich spürte mein verletztes Herz. Sie hatte es tatsächlich vollzogen: sie hat mich verlassen. Und ich brachte es nicht fertig, sie zu stoppen. Ich war ernsthaft kurz davor, mir die Pulsadern aufzuschneiden. Aber dann kam der Anruf. Meine Frau wäre am Bahnhof ins Gleis gefallen, aber sie lebte."

„Wahnsinn", bemerkte Eva.

„Allerdings. Dann ging alles seinen Gang. Kranken-haus, Polizei – natürlich hat man mich befragt – Reha, Therapien und so weiter. Sie kam wieder nach Hause; sie war wieder da. Aber nichts mehr war so, wie es ein-mal war. Sie war auf Hilfe angewiesen. Ich musste sie bei den alltäglichen Dingen, wie Einkaufen, Bankge-schäfte und Staubsaugen, unterstützen, denn sie hatte Schmerzen, vor allem im Rücken, und des Öfteren Kon-zentrationsstörungen. Da ich neben der Arbeit nicht ge-nügend Zeit für sie hatte und mir langsam alles zu viel wurde, zog sie bei ihrer Schwester ein. Doris arbeitet nur Teilzeit und hoffte, dass sich Tatjana wieder erholen würde. Doch es ging ihr zunehmend schlechter, sodass wir uns immer mehr um sie kümmern mussten. Den Rest kennst du."

„Die große Liebe ist geschwunden, als die Belastung zu groß wurde. Fast wie bei mir."

„Im Endeffekt mag es so ähnlich gewesen sein wie bei dir – mit einem entscheidenden Unterschied: Dein Vater war dement, dafür konntest du nichts. Aber ich war an der schrecklichen Situation selbst schuld. Anfangs hatte ich sehr große Schuldgefühle und hoffte, dass sie bald wieder gesund wird, dass sie nicht mehr leiden muss und alles gut wird. Aber da die Prognosen schlecht waren, schwand die Hoffnung."

„Und irgendwann hast du sie gehasst dafür, dass sie überlebt hat", ergänzet Eva.

„Ja, du hast recht. Aber ich habe auch mich gehasst – dass ich es getan habe, und vor allem: wie! Wie konnte ich nur so blöd sein und glauben, dass man im Internet eine *todsichere* – im wahrsten Sinne des Wortes – Ware bekommt? Ich habe versagt. Und es gab keine Aussicht auf Besserung. Irgendwann kam mir der Gedanke, der zu einem Vorhaben reifte …"

„Es noch mal zu tun. Aber richtig", ergänzte Eva.

„Ja. Ich hatte mir ein neues Mittel besorgt. Diesmal auf

anderen Wegen.

„Wie?"

„Das sage ich nicht. Es ist besser, du weißt nichts davon – zu meinem eigenen Schutz, aber auch zu deinem."

Eva musste schmunzeln. „Jetzt übertreib mal nicht. Die Mafia wird uns schon nicht gleich killen."

„Wohl kaum, trotzdem sage ich nichts. "

Okay, ich frage nicht weiter. Aber konntest du dir denn sicher sein, dass das neue Mittel richtig wirkt?"

„Ja, konnte ich."

Simon sah auf die Uhr. „Wir sollten langsam umkehren. Ich muss noch arbeiten."

Sie machten kehrt. Nach einigen schweigsamen Metern nahm Eva das Gespräch wieder auf. Diesmal blickte auch sie sich um, ob eventuell jemand mithören könnte. Doch nach wie vor war der Park nur spärlich besucht.

„Hattest du denn keine Angst, dass bei der Leichenschau Zweifel aufkommen und man Indizien für einen unnatürlichen Tod finden hätte können? Ich weiß, dass die Ärzte oft nicht so genau hinschauen, besonders bei alten Menschen. Aber Tatjana war nicht alt, wenn auch krank, aber keineswegs todkrank. Die Sache war riskant. Hattest du keine Angst, unter Verdacht zu geraten, falls ein unnatürlicher Tod festgestellt worden wäre? Oder Simon …" Sie stockte, blieb stehen und drehte sich zu Simon. „Kann es sein, dass du mir noch etwas verschweigst? Sei ehrlich: Hast du einen Profi engagiert, nachdem ich es nicht machen wollte? Gibt es auch im Darknet."

„Und wenn so war, ändert das etwas?"

„Ja, das tut es."

„Verstehe ich nicht."

„Wirklich nicht?"

„Nein."

„Dann sage ich es dir: Wenn du es nicht selbst gemacht hast, war es Anstiftung zum Mord, aber du bist nicht der Mörder."

„Was macht das schon für einen Unterschied?"

„Für mich schon. Wenn du es selbst getan hast, verbindet uns etwas, und ich würde mich mit diesem Drama nicht so allein fühlen."

„Jeder ist mit seinem Drama allein", entgegnete Simon. „Es ändert nichts, ob jemand anders das gleiche Drama, die gleiche Schuld, das gleiche Leid hat. Du musst es immer alleine aushalten. Alles."

„Auch wenn man alles alleine aushalten muss, ist es doch weniger schlimm, wenn man weiß, dass es einem anderen ähnlich geht. Findest du nicht?"

"Vielleicht ist es so. Ich weiß es nicht. Ich habe darüber noch nicht nachgedacht."

Eva wartete, dass Simon ihr nun endlich sagte, unter welchen Umständen Tatjana starb. „Sag mir: Wie ist sie gestorben?"

Simon ließ sich ein paar Sekunden Zeit, bevor er mit gedämpfter Stimme antwortete. „Ich hatte einen Auftragskiller engagiert."

„Also doch."

„Ja. Ich sah keine andere Möglichkeit. Ich plante eine Tat, die funktionieren musste und für die ich ein wasserdichtes Alibi brauchte. Natürlich hatte ich Angst, dass man – obwohl das neue Mittel angeblich kaum nachweisbar wäre – eine unnatürliche Todesursache feststellen könnte. Ohne Alibi wäre ich als gestresster Ehemann doch sofort der Hauptverdächtige gewesen. Abgesehen davon – auch wenn du das vermutlich nicht glaubst – ich bin nicht so abgebrüht, wie es vielleicht scheint. Ich konnte es nicht noch mal tun … und ich wollte nicht dabei sein, ihr zusehen, wenn …"

Er hielt inne und sagte dann nachdenklich: „Weißt du, Eva … ich wollte uns alle befreien."

„Befreien?", wiederholte sie und hob mit einem zweifelnden Blick die Schultern.

„Ein Pflegeheim kam nicht in Frage. Der Pflegedienst konnte uns nicht wirklich entlasten. Und fast täglich mit dem Leid von Tatjana umgehen zu müssen …" Simon warf Eva einen prüfenden Blick zu „…war schwer."

„Hm. Nun ja, Simon. Was soll ich dazu sagen?"

„Nichts. Es ist gut, wenn du nichts sagst."

„Was hatte der Auftragskiller mit ihr gemacht? Welchen Anweisungen hattest du ihm erteilt?"

„Er sollte in die Wohnung gehen, sich als meinen Freund vorstellen, das Pulver in einer kleinen Tasse abgekühlten Tee auflösen und sie bitten, den Tee zu trinken. Sobald sie eingeschlafen war, etwa nach fünfzehn Minuten, könnte er gehen. Ich habe den Mann nie gesehen."

„Und was sollte er tun, wenn sie sich weigern würde, den Tee zu trinken?"

„Man sagte mir, es gäbe eine sanfte Methode, ihr den Tee einzuflößen. Am nächsten Morgen hat Doris Tatjana tot aufgefunden. Sie lag friedlich im Bett, als würde sie schlafen."

„Glaubst du, sie hat den Tee freiwillig getrunken? Es ist doch irgendwie seltsam, wenn plötzlich ein fremder Mann in die Wohnung kommt, sich als Freund von dir ausgibt und Tee macht – ein Mann, der vermutlich äußerst distanziert agierte. Ahnte sie vielleicht, was das bedeutete?"

„Ich vermute es. Aber was an dem Abend genau geschah, werde ich nie erfahren."

Dann war Stille zwischen ihnen eingekehrt – keine bedrückende, aber eine leere, trostlose, Stille, die weder mit einem belanglosen noch mit einem tiefsinnigen Kommentar durchbrochen werden konnte. Sie trotteten nebeneinander her, und es schien, dass ihr Abschlussspaziergangs im gemeinsamen Schweigen zu Ende gehen würde.

Als sie fast das Ende des Parks erreichten, wollte Eva doch noch eine Sache wissen: „Wo warst du in der Zeit, als es geschah? Und wo war Doris?"

„Wir waren im Theater. Ich hatte Doris und ihren

Freund eingeladen. Nach der Vorstellung haben wir zusammen noch einen Wein getrunken, gegen Mitternacht ist jeder zu sich nach Hause gefahren."

„Und Doris?", überlegte Eva. „Warum hatte sie Tatjana erst am Morgen tot aufgefunden? Das ist doch sonderbar. Hatte Sie an dem Abend nicht mehr nach ihrer Schwerster geschaut?"

„Das wollte ich von Doris auch wissen."

„Und was hat sie gesagt?"

„Sie hat mir in die Augen geblickt und mich gefragt: ,Warum waren wir im Theater als Tatjana starb?' Ich habe darauf nicht geantwortet – und wir haben darüber nicht mehr gesprochen."

„Ich denke, das ist gut so", stellte Eva fest. „Vielleicht, ja vielleicht hast du wirklich alle befreit."

9. Kapitel

An ihrem ersten Tag als Arbeitslose wachte Eva mit dem Sonnenaufgang auf und konnte nicht mehr einschlafen. Das Schlafzimmer in der neuen Wohnung lag auf der Ostseite, und sie hatte noch keine Verdunklungsvorhänge.

Sie ging auf den Balkon, freute sich über die vielen Grünpflanzen, die die Vormieter hinterlassen hatten, und blickte in den Himmel. Es war wolkig, ein wenig düster, als würde es bald regnen. Die Luft war feucht, frisch, sehr angenehm.

Sie trank eine Tasse Kaffee, zog sich warm an und verließ das Haus. Sie brauchte nur ein paar Minuten bis zur Isar. Dort war es noch ein wenig kühler. Die Isar führte viel Wasser, was Eva wunderte, denn es hatte in der letzten Zeit kaum geregnet. Sie spazierte den kleinen Weg, der direkt am Wasser entlangführte, Richtung stadtauswärts. Am frühen Vormittag war so gut wie niemand unterwegs, nur ein paar Frühaufsteher, die mit ihren Hunden Gassi gingen.

Schon seit mehreren Minuten spürte sie, dass jemand hinter ihr herging, zwar mit deutlichem Abstand, aber eindeutig hinter ihr. Sie drehte sich um. Es war ein Mann um die Fünfzig. Ohne Hund. Normalerweise hätte sie diese Situation beunruhigt – heute nicht. Irgendwann blieb sie stehen, beobachtete den Lauf des Wassers und wartete, bis der Mann sie einholte. Sie drehte sich zu ihm hin und lächelte ihn kurz an.

„Guten Morgen", sagte er freundlich, aber nicht aufdringlich.

Auch Eva sagte „Guten Morgen".

„Auch schon so früh unterwegs?, fragte er.

„Ja. Es ist ein schöner Morgen. Und ich konnte nicht mehr schlafen."

„Ich auch nicht. Eigentlich gehe ich morgens nie spazieren, aber heute ..."

„Es gibt so Tage, da ist alles anders".

„Ja", sagte der Mann. „Gehen wir ein Stück zusammen?"

Mein Gott, dachte Eva, soll ich das wirklich tun? – und sagte „gerne."

„Freut mich. Und was ist bei Ihnen heute anders? Sind sie arbeitslos geworden?"

„Ja, richtig. Gut geraten."

Der Mann schmunzelte.

„Glauben Sie an Zufälle?", fragte er.

„Sie meinen, ob es Zufall ist, dass wir hier zur gleichen Zeit spazieren gehen?"

„Ja, zum Beispiel."

„Ich weiß nicht. Was soll es sonst sein? Vorherbestimmung?", fragte Eva.

„Vielleicht", meinte der Mann.

„Manchmal könnte man das denken, wenn in kurzer Zeit so viel zusammenkommt, dass man es eigentlich gar nicht verarbeiten kann, man es aber verarbeiten muss." Eva atmete tief durch.

„Dann hofft man, dass das Schicksal auch noch bessere Zeiten für einen bereithält, zum Beispiel so einen schönen Morgen wie heute." Der Mann machte mit den Armen eine ausladende Geste, als würde er den Tag und die Natur begrüßen.

„Und was, wenn ich fragen darf, ist bei Ihnen heute

anders als sonst?", fragte Eva.

„Es sind doch immer die gleichen Ereignisse, die uns bewegen und die uns zu gerne aus der Bahn werfen. Man verliert etwas: den Partner, die Wohnung, den Job, die Gesundheit, Geld, Kinder, Eltern, Freunde … Etwas ist weg. Einfach weg. Und das schmerzt."

„Da haben sie recht. Aber es ist doch in den seltensten Fällen nicht gleich alles weg und es kommt auch wieder etwas Neues."

„Schön gesagt. Stimmt manchmal, leider oft auch nicht – meiner Erfahrung nach. Ein Verlust ist immer eine Herausforderung."

„Wen oder was haben Sie denn verloren?"

„Einen sehr guten Freund."

„Das tut mir leid."

„Schon gut. Es ist fast ein halbes Jahr her. Ich heiße übrigens ... wollen wir uns duzen?"

„Okay", sagte Eva, nicht ganz überzeugt. Aber es sprach auch nichts dagegen.

„Ich heiße Leonhard."

„Leonhard?"

„Ja. Und wie heißt du?"

„Ich? Ich heiße Eva."

„Ein schöner Name. Gibt es nicht mehr so oft."

„Kennst du eine Eva?"

„Nun ja – nicht wirklich. Nur indirekt."

Eva betrachtete diesen Mann: Leonhard – Leo. Sie wusste, es war *ihr* Leo. Sie erkannte die Stimme, den tiefen Klang, der sie immer so sanft berührte. Sie überlegte, ob sie sich zu erkennen geben sollte, entschied sich aber dagegen. Es war besser, die Anonymität zu bewahren. Er durfte sie nicht kennenlernen, nicht persönlich. Er wusste zu viel von ihr.

Und dann war sie sich plötzlich sicher: Sie würde nie wieder in der Telefonseelsorge anrufen und mit ihm sprechen. Mit ihm nicht und auch mit sonst keinem.

266

Nachdem sie noch ein wenig geplaudert hatten, trennten sich ihre Wege.

Sie verabschiedeten sie sich höflich, aber bestimmt. Auch Leonhard verabschiedete sich, ohne nach einer Telefonnummer zu fragen, und lächelte Eva tiefsinnig an. Sie vermutete, dass auch er wusste, wer sie war. Aber das war ihr egal. Dieses Kapitel war zu Ende. Sie brauchte keinen Leo mehr.

Sie ging über die Corneliusbrücke, schlenderte zum Gärtnerplatz und weiter zum Viktualienmarkt. Dort aß sie eine Fischsemmel, trank ein alkoholfreies Bier und beobachtete die Menschen in ihrem Machen und Tun.

Sie war wieder arbeitslos. Sie hatte wieder Zeit. Aber es fühlte sich anders an als früher. Besser, denn sie nagte nun nicht mehr am Hungertuch. Morgen würde sie die Dinge auf dem Arbeitsamt klären. Das Leben ging weiter.